明媒善娶

中

夢三生／著
哈尼正太郎／繪

目錄

第五章　眾人皆醉我獨醒

施伐柯剛回到家，便看到了正準備出門去尋她的大哥，不由心中暗自慶幸，若是再晚回來一會兒，鬧得興師動眾不說，娘一定會氣得再次讓她閉門思過的！畢竟，若不是因為朱家那封帖子，她到現在還在被禁足呢。

結果一進院門，便看到了陶氏晚娘一般的臉。

「不是去朱家嘛？怎麼這麼晚回來？」陶氏拉著臉，盤問。

「是去了朱家，原是朱大夫人回心轉意，想托我問問陸公子這門親事可還做得。」施伐柯訕訕地笑了一下，「這不，我就去尋陸公子了，結果沒想到他染了風熱，燒得迷迷糊糊的，我見他一個人獨在異鄉又沒人照料實在可憐，便替他煎好了藥才回來的，這才晚了些。」

陶氏面色稍稍好了一些，「就等妳吃飯了。」陶氏這麼一說，施伐柯才驚覺自己竟然忙活了一天，在朱家吃的那幾塊點心早已經扛不住了，此時已是饑腸轆轆，趕緊討好地笑了一下，去淨了手，一起幫忙擺碗碟。

晚膳過後，施伐柯堵住了施重海。

施重海眨巴了一下眼睛，看向一臉不善地堵住了他的妹妹，滿臉都是無辜。

「三哥，你這幾日可曾去了盛興酒樓？」施伐柯瞇著眼睛問。

「妳這是故意嘲諷我嘛，我打賭把銀子都輸於妳了，拿什麼去盛興酒樓？」一說起這個，施三哥便一肚子怨氣，他哀怨地看著自家妹妹，這幾日他已經淪落到在街邊小館和同窗小聚了呢！一想起妹妹鼓囊囊的荷包，再想想自己瘦巴巴的錢袋，施三哥便心中抑鬱，感覺自己作為兄長的尊嚴都蕩然無存了呢。

施伐柯被他看得有點心虛，但又覺得自家三哥向來滑頭，複又有些狐疑地看著他，「當真不是你？」

「什麼是我？」施三哥一臉的莫名。

「今日我去尋陸公子之前繞道去了盛興酒樓，打算帶些酒給陸公子，結果那夥計硬是睜著眼睛說瞎話，非說他們家的酒已經售罄，可是旁人都能買到酒，卻獨獨不肯賣於我，難道不是你搞的鬼？」施三哥瞪大眼睛，一臉不可思議地看著自家妹妹，猶如在看一個負心漢，「妳居然寧可買酒給外人喝，也不給最疼妳的三哥買！」

「這不是重點。」施伐柯瞪他，「休要顧左右而言他！」

「哦。」施三哥撇了撇嘴，隨即又一臉嘆服地道，「這是哪路英雄做的好事啊，竟然還不留名。」見他一臉誇張的嘆服，施伐柯抽了抽嘴角，「當真不是你？」

「若是我就好了。」施三哥聳肩，「可惜真不是我。」施伐柯瞇著眼睛看了看他，輕哼一聲，轉身走了。

「若以後知道是哪路英雄幹的好事，記得告訴三哥啊，三哥請他喝酒！」看著自家妹妹忿忿的背影，施三哥唯恐天下不亂地笑著嚷嚷道，施伐柯氣得回頭瞪了他一眼，轉身跑走了。

施三哥站在原地笑得直打滾，不過……他還真是好奇，這麼損的事情，會是誰幹的？隱隱約約的，施三哥心裡有個模糊的猜想，笑得有些意味深長起來。

嘖，覬覦他妹妹的狼崽子真不少啊。他得盯好了，別讓阿柯一不小心被狼崽子叼走。

第二日，施伐柯起了個大早，做了早膳，又另拿瓦罐煨了肉糜粥。

「阿柯，妳在瓦罐裡煮什麼這麼香？」飯桌上，三哥施重海誇張地嗅了嗅，笑得有點不懷好意，「咱們家可不興吃獨食啊。」

施長淮手中筷子一揮，精準地打中了施重海的腦袋，「阿柯一大早起來給你做飯，還堵不住你的嘴！」施重海苦哈哈地揉了揉腦袋，小聲嘀咕，「我肯定不是你親生的。」

「陸公子不是病了嘛，他一個人在銅鑼鎮也不容易，我打算待會兒再去看看他，順便給他煨了一罐肉糜粥。」施伐柯解釋。

施重海撇了撇嘴，一臉的不以為然，「他一個大男人染個風寒風熱的，哪至於這麼嬌氣，出門在外誰沒有個頭疼腦熱的，妳三哥我出門遊學的時候可沒人給我噓寒問暖。」

施伐柯愣了一下，看向自家三哥，「你在外面生病了？」家中三個兄長，三哥最小，也最嬌氣，施伐柯難以想像他一個人出門在外遊學，生了病苦哈哈地沒人管沒人問的情形，但他回來之後竟然也沒提起、沒抱怨。

被妹妹這樣滿含擔憂與關心地注視著，施重海略有些不自在，但心裡又覺得甜絲絲的，果然妹妹什麼的，最可愛、最貼心了呢！

「咳……也還好啦，總有個頭疼腦熱的嘛。」施重海擺擺手，滿不在乎地道。

施伐柯一臉擔憂地問，「那你當時是怎麼辦的？有人幫忙照顧你嗎？」

一提起這個，施重海的表情就有點一言難盡了……倒是有人想照顧他！但他並不想被照顧啊！一想起那位十分熱情地自薦枕席要來照顧他的姑娘，施重海就整個人都不好了。

他生平也見過不少熱情大膽的姑娘，但是熱情大膽到給他下春藥然後自薦枕席的……當真是生平僅見，後來他千辛萬苦地逃了出來，泡了一晚上的冷水，終於有幸感染了風寒。結果那個害他生病的始作俑者還十分熱情地要來照顧他，他嚇得拖著病體連夜跑了。

當然，這麼沒面子的事情，他是絕對、絕對不會說出來的。

「咳，男子漢大丈夫，哪裡就這麼嬌弱了。」施重海揚著脖子十分豪氣地道。

施伐柯抿了抿唇，一臉認真地道：「可是我總希望三哥你出門在外若是遇到難處，會遇到願意幫你一把的好心人。」施重海一下子就感動了。

正感動著，便聽施伐柯又道，「……所以我會好好照料陸公子的，今日我幫著照顧陸公子，希望日後三哥出門在外，也能被旁人幫助。」施重海感動的表情一下子卡殼了。

他是感動好呢，還是不感動好？總覺得哪裡有點奇怪啊……

見小弟被阿柯繞暈了，施大哥嘴角微微一挑，笑著點頭道：「陸池之前幫過阿柯一回，這次就當還他人情，也是於情於理。」施大哥向來覺得陸池人不錯，雖然是個書生卻沒什麼酸腐之氣，人也豪爽磊落，同樣是讀書人，比起自家這個滑頭又不省心的小弟，著實是好太多了。

「大哥說得有理，陸公子孤身一人來咱們銅鑼鎮，我們多照料一些也是應該，不過一罐子肉糜粥罷了，也值得你大驚小怪的。」二哥施重山咬了一口酥餅，嫌棄地看了小弟一眼，彷彿他真是個小雞肚腸似的。

施重海簡直不敢相信自己的眼睛和耳朵，大哥向來重義氣，又對陸池觀感不錯，他會出言相幫不奇怪，可是為什麼連最精明不過的二哥也……

對上小弟不敢置信的眼睛，施重山十分微妙地呵呵一笑，卻沒有替他解惑。

你道施重山為何畫風突變？無他，當然是因為他正惦記著陸秀才那一簍子畫啊，若他真是臨淵先生，那滿滿一簍子的畫……嘖嘖，一罐子肉糜粥算什麼！真是目光短淺！

總之，交好他，沒錯的。

「做人要善良一點。」施重山又咬了一口酥餅，微微一笑，高深莫測又語重心長地道。

「二哥你吃錯藥了？」施重海哪裡知道二哥心裡的小算盤，一臉見了鬼的表情，忍無可忍地道。自家這個向來無利不起早的二哥，突然就良心發現了？

施重山涼涼地看了自家這個最愛作死的小弟一眼。

「這不是一罐子肉糜粥的問題啊！阿柯一個姑娘家怎麼好去探望一個外男。」施重海被施二哥看得頭皮發麻，不死心地看向施長淮，「爹，你也覺得這樣沒問題？」

施長淮輕咳一聲，「唔……於情於理，也是應該。」畢竟，他可是誆了人家一個價值不菲的玉鐲呢，施長淮總是有點心虛的，如今那小子病了，探望一下也是應該。

施重海震驚了，他扭頭看向從頭至尾都沒有開口的陶氏，尋求認同，「娘，男女授受不親啊！阿柯她一個姑娘家……」

「什麼男女授受不親，我還受了朱家的委託去找陸公子有事情要談呢，我是一個媒婆啊。」施伐柯終於忍不住瞪了自家這個唯恐天下不亂的三哥一眼。

陶氏看了施伐柯一眼，「嗯，妳去吧。」自家閨女自家懂，這個傻姑娘根本還沒開竅呢。

施重海幾乎絕望了，沒有人站在他這邊啊！

施伐柯吃過早膳，便拎著瓦罐出門了。

施重海不甘心，鬼鬼祟祟地要跟上去，卻被施二哥拉住了。

「二哥你拉我幹嘛。」施重海想甩開他的手，一下沒甩開。

「你鬼鬼祟祟地幹嘛？」施二哥挑眉。

「我不放心阿柯，跟上去看看。」施重海不死心地道。

「不要添亂了。」施二哥警告道。

「我哪裡添亂了，孤男寡女的，你就不擔心阿柯被那陸秀才給拐騙了嗎？」施重海一臉不服氣地道。

「你多慮了，阿柯根本還沒有開竅。」施二哥說著，忍不住想起了那個可憐的褚逸之……他不得不說句公道話，喜歡上他妹妹，也是挺可憐的。

施重海簡直想撫額了，那位陸秀才到底是何方神聖啊，竟然不知不覺能讓一家子人都這麼信任他、向著他，連向來精明又市儈的二哥也跟中了邪似的……阿柯是沒開竅不假，可是，難道你們都看不出來那位陸秀才的狼子野心嗎？你們一定會後悔的！

但是此時，沒有人聽到施重海心底的吶喊。

早膳過後，大家都陸續出門，陶氏和施大哥去了衙門理事，施長淮和施二哥去了鋪子裡，阿柯反正一早拎著瓦罐走了，獨留施重海一個人孤零零的，可憐極了，頗有一種眾人皆醉我獨醒的淒涼。

正鬱鬱寡歡的時候，有人來敲門。施重海打開門一看，鬱鬱寡歡的臉上一下子露出了一個燦爛到有點耀眼的笑容，「賀姑娘？」

沒錯，站在門口的，正是賀可甜。

賀可甜被施重海的笑容閃了一下，忽然覺得……咦，施伐柯這三哥的模樣也意外的俊俏呢，她甜甜地笑了一下，喚了一聲，「施三哥。」有求於人的時候，她向來很放得下姿態。

「來找阿柯嗎？」施重海笑咪咪地道，可以說十分體貼了。

「嗯。」賀可甜有點羞澀地笑了一下，「阿柯在家嗎？」

「不巧，她剛出去呢。」施重海有點壞心眼地道。果然，便見賀可甜臉上那甜甜的笑容一下子僵住，變臉之迅速著實令人忍俊不禁，真是個有趣的姑娘啊。

賀可甜緩了緩，又端起笑臉問：「這麼早……阿柯去哪兒了？」她知道施伐柯接到了朱家的帖子，所以昨日特意沒來，今日到底按捺不住，迫不及待地想要實施她的計畫，引導施伐柯自己發現她中意陸秀才，這才特意一大早上門來堵她的，怎麼竟然就不在家了？

「哦……阿柯去看陸秀才了。」施重海施施然道。

賀可甜一下子瞪大了眼睛，「什麼？」聲音一下子高了八度。施重海的眼神一下子有些意味深長起來，果然……他的猜測沒錯吧。

賀可甜在施重海有點奇怪的眼神裡，察覺到自己失態了，她輕咳一聲道：「這一大早的，阿柯為何去看陸秀才啊？」這麼問的時候，賀可甜心裡升起了濃濃的危機感，莫不是有人看中陸公子？打算捷足先登，讓施伐柯上門去提親了？

「陸秀才生病了。」施重海微微一笑，又添了一把火，「更何況阿柯受了朱家的委託，要給陸秀才說親呢，這當頭陸秀才生病，阿柯當然著急了，就先去照料著。」

賀可甜聽到陸池病了，頓時一顆心都揪成了一團，心裡想著陸公子孤身一人，出門在外的也沒人好好照料，這麼想的時候她完全忽視了施三哥說「阿柯去照料了」這樣的話，然後眼前猛地一亮，多好的機會，她可以趁機去探望他、照料他，好好表現一下自己的溫柔賢淑，不是說人身體虛弱的時候最容易被打動嘛！

正躍躍欲試呢，聽到後半句……一顆火熱的心頓時被澆了個透心涼。

「朱家要說親？」賀可甜一臉不可思議地看著施重海，「給誰說親？」

「陸秀才啊。」

賀可甜心裡一下子慌了，若是旁人家看中了陸秀才，她還沒有那麼強烈的危機感，可是……是朱家啊！雖然她向來自視甚高，可也知道朱家那等門第不是她賀家可以比擬的，畢竟那是真正的書香門第啊！陸公子可是個秀才，商賈之家和書香門第，兩相比較如何取捨簡直一目了然，作為可能會被「捨」的那一方，賀可甜覺得整個人都不好了。

朱家……是朱家哪個姑娘呢？賀可甜想起前日來送帖子的那個僕婦，依稀彷彿是朱家大房的，莫不是朱家大房的那位嫡長女相中了陸公子？

賀可甜一時柔腸百結，她咬咬唇，謝過施重海，轉身有些失魂落魄地上了自家馬車。

「小姐，回府嗎？」見她面色不佳，車夫小心翼翼地問，生怕被遷怒。畢竟這位小姐的脾氣可不算好。賀可甜捏了捏手心，感覺到掌心的刺痛，不甘心自己的計畫還沒有來得及實施就胎死腹中，她咬牙道：「去柳葉巷。」

看著賀家的馬車篤篤走遠，施重海心滿意足地回屋溫書去了。

嗯，有賀可甜去攪和，他就安心多了，頓覺神清氣爽啊。

這廂，施伐柯拎著瓦罐走到陸池院子門口，剛想敲門，卻發現門沒有栓，輕輕一推就開了，不由得有些驚訝，這是忘記栓門了？明明昨日說了要栓門的，看來真是病得不輕啊。

院子裡靜悄悄的，陸池應該還沒醒。

抬頭看看天色還早，施伐柯乾脆將瓦罐裡的粥放在灶上溫著，然後將藥放在爐子上煎了起來，做好這些見陸池仍然沒有起來，便打算去看看他。

房間裡，陸池正閉著眼睛靜靜地躺在床上，呼吸聲仍有些重，眉頭微微蹙著，看起來睡得並不安穩，施伐柯上前，伸手探了探他的額頭，似乎沒有那麼燙了。

剛放下手，便對上了一雙極漂亮、幽深的黑眸。

施伐柯愣了一下，隨即下意識沖他笑了一下，「你醒了？」

陸池從黑甜的夢境裡醒過來，竟又看到了夢裡的人，一時有些懵，他極其緩慢地眨了一下眼睛，意識一下子回籠，下意識便揚起了一個笑容。這笑容太過耀眼，施伐柯有些受不住，她晃了晃腦袋收斂了一下心神，才道，「我來的時候發現院門沒栓，便自己進來了。」

「嗯，大概是忘記了。」陸池彎了彎唇角，隨便找了個不太重要的理由。

施伐柯也沒有深究，只有點操心地告誡道：「下回一定要記得栓門，你還病著，萬一有歹人闖進來多危險。」

「好。」陸池喜歡她為自己操心的樣子，乖乖地應了。

「餓不餓？肉糜粥在灶上溫著，起來吃一些吧。」施伐柯又道。

陸池其實是沒什麼胃口的，但想到是阿柯親手熬的肉糜粥，便很想嘗嘗。且，是特意為他熬的呢，這麼一想，心裡便有點美滋滋，一時竟有些出神了。

施伐柯見他沒有動作，只當他不想吃，哄道：「你昨日沒吃什麼，就算沒什麼胃口也要吃一些才好再喝藥，我小時候有個頭疼腦熱沒什麼胃口的時候，我娘就會給我熬些肉糜粥，只放少少的肉糜，清甜但又不會太過油膩，很好入口的。」她不自覺模仿了陶氏的口吻，用哄小孩般的語氣講話。

「嗯。」陸池翹了翹唇角。他發現自己十分喜歡阿柯這樣誘哄的語氣……啊，想不到他竟然是這樣的人！可是心裡又忍不住蕩漾了起來呢！

「陸公子？」見他愣愣的，施伐柯伸手在他眼前揮了揮。

陸池一下子回過神，為了掩飾自己的失態，便撐著身子想坐起來，結果沒想到剛睡醒的身體十分的疲軟無力，竟又軟綿綿地倒了下去。他彷彿不敢相信自己竟然會這般孱弱無力，就那樣愣愣地躺在那裡半晌沒動，看起來柔弱可憐又無助……這病美人的架勢……嗯，也別有一番風味。

施伐柯輕咳一聲，小心措辭，生怕戳了他的肺管子，「你昨日才發燒，沒有力氣也是正常的，不必擔心，我……扶你起來？」

陸池沒有想到自己有一日起床也這麼艱難……雖一時有點不能接受現實，但很快就緩過神來了，聽到施伐柯的話，自然是察覺到了她話中的小心翼翼，他彎了彎唇，伸出手，「勞煩了。」施伐柯得了允許，上前彎下腰，一手托住他的後頸，一手扶著他的胳膊，然後用力將他扶了起來。這姿勢看起來彷彿半扶半抱的，著實有些曖昧，陸池一下子聞到了她身上獨屬於少女的馨香，她距離他很近，近到他有些心中發慌，他甚至能夠聽到自己心口「撲通撲通」跳得很是急促，剛剛攢起來的力氣一下子又都散了……

可是施伐柯卻彷彿絲毫沒有感覺到異樣，陸池雖然看著瘦削，但體重著實不輕，她幾乎是使出了吃奶的力氣來扶他的，又哪裡顧得上其他。他的慌亂和她的淡定形成了鮮明的對比，陸池心裡有些微妙的不爽，她心中一片光風霽月，對他毫無防備，甚至也不曾注意男女大防……這，於他而言可不是什麼好事。

「阿柯。」他冷不丁開口。

他的唇就在她的耳邊，莫名低啞的聲音帶著一絲溫熱的氣息，軟軟地拂進了她的耳朵，施伐柯只感覺一陣莫名的酥麻，手猛地一抖，陸池「撲通」一聲，又摔回了床上。

這就有點尷尬了……

施伐柯捂住耳朵，臉上不自覺泛起一層緋色，「你你你、你做什麼！」

「嗯？」陸池倒在床上望著她，一臉無辜。施伐柯頓了頓，仔細回想了一下，他……彷彿也沒有做什麼？只是喚了她的名字而已？

「我……逾矩了嗎？」陸池垂下眼眸，看起來情緒有些低落，「我原以為我們已經是朋友了，直呼名字應該無礙，原是我過分了。」

「啊不是……」見他一臉低落，施伐柯反而覺得自己有點小題大做了，「我們自然是朋友了，直呼名字什麼的當然無礙。」嗯？彷彿有哪裡不太對？

如果褚逸之在此，大概會十分悲憤地提醒她，朋友算什麼！他們青梅竹馬，到現在還不是得避嫌？得避嫌啊，姑娘！可惜，褚逸之不在。

陸池唇角微微彎了彎，「阿柯……」這名字可算過了明路，以後都不用在心底悄悄地喚了。

「不過，你為何突然在我耳邊說話，我怕癢啊！」施伐柯突然擺正了臉色，道。對，這才是重點，冷不丁幹嘛在她耳邊說話啦！她超級怕癢的啊！

「我只是想說，剛剛妳的髮絲拂進我的眼睛，有些癢。」陸池臉不紅氣不喘地睜著眼睛編瞎話。

「原來是這樣啊。」施伐柯釋然，「你早說嘛。」頭髮絲掃進眼睛裡什麼的，可是很難忍的，施伐柯表示十分理解以及感同身受。

陸池眼中的笑意不自覺加深，只覺得這姑娘可真是個寶貝，總是忍不住想逗她怎麼辦，他什麼時候這麼惡劣了。若他那位同父異母的兄長在此，大概會嚴肅地告訴他，不，你一直都是這麼惡劣，莫不是書生當久了，便真的以為自己是個好人了嗎？

「你、你能自己起來了嗎？」施伐柯頓了頓，遲疑地問。她倒是願意幫忙，但剛剛那一幕不知為何讓她有些心有餘悸，明明陸公子已經解釋了原因，但不知為何她總覺得有些害怕……總覺得陸公子莫名其妙變得有些危險了起來。

陸池自然瞧出了她的矛盾，但明明知道她有些不自在，但他總想看她更不自在的樣子，剛想再為自己謀取些福利，一陣突如其來的敲門聲打破了他心裡的小算盤。

那敲門聲十分急促，聽得人有些煩躁。

「我去看看！」施伐柯忙不迭地跑了。看那背影，卻有幾分落荒而逃的感覺。

陸池幽幽地歎了一口氣，罷了，心急吃不了熱豆腐。

施伐柯走出房間，輕輕地吁了一口氣，然後伸手有些不自在地揉了揉耳朵，彷彿那溫熱的感覺還在耳邊一般，好奇怪的感覺啊。

正想著，那敲門聲越發的急促了，施伐柯忙把那點子異樣丟了出去，匆匆跑去開門，結果打開門，看到門外站著的人，可以說是非常之意外了。

「……可甜？」沒錯，站在門外的，正是氣勢洶洶趕來的賀可甜。

「妳怎麼來了？」施伐柯奇怪地問。

賀可甜被她問得噎住，滿腔怒氣一下了就散了，因為她突然發現自己其實並沒有生氣的立場……她腦中急轉，「我去妳家尋妳，施三哥說妳來看陸公子了。」

施伐柯的表情變得有些奇怪，「妳見到我三哥了？」

「嗯。」賀可甜沒有注意到施伐柯有點奇怪的表情，因為她說著說著，突然就想到了一個極其正當的理由，她面不改色地看向施伐柯，「施三哥有些放心不下妳，雖然說妳是個媒人，但也要注意避嫌，畢竟孤男寡女共處一室總是不妥，難免惹來閒言閒語。」

施伐柯的表情卻是更加奇怪了，「三哥托妳來看著我？」賀可甜眼瞼微微一閃，當然不會那麼傻，承認這種莫須有的事情，萬一回頭阿柯和她三哥對質呢？所以她一臉誠懇地執起了她的手，似是而非地道：「施三哥的擔憂也不無道理，橫豎我今日無事，就讓我陪著妳吧。」

施伐柯自然察覺到了賀可甜的表情有些不自然，但那抹不自然卻更讓她想歪了……果然，賀可甜喜歡她三哥吧！要不然平日裡眼高於頂的賀大小姐怎麼可能這麼聽話又貼心？

這算什麼，一物降一物？

「阿嚏！」施家，正提筆寫文章的施重海冷不丁地打了個大大的噴嚏，他揉揉鼻子，思量一番，忽然嘿嘿一笑，十分得意地喃喃自語道：「該不會是小阿柯又在說我壞話吧。」

嗯，忽悠了賀可甜去陸池家中，他的小妹妹估計正惱著呢。難得天真的施重海全然不知自己終日打雁，終於被雁啄了眼，被賀可甜嚴嚴實實一口黑鍋砸了下來，自己還美滋滋覺得幹得漂亮呢。

陸池還不知道他即將要面對什麼，此時正毫無危機感地躺在床上，心情甚好地翹了翹唇角，雖然手軟腳軟的提不起力氣，但心情卻奇異的有些美妙。晨起睜開眼睛就能看到自己喜愛的人，還能逗弄一番，這種感覺真是……令人回味無窮啊！

他閉上眼睛默默回味了一番，感覺剛睡醒之後的疲乏稍稍退去了一些，便扶著床沿自己慢慢坐了起來。其實風熱並不嚴重，只是陸池從小到大都沒有生過病，於是連小小的風熱都顯得來勢洶洶，他稍作休息，卻不見施伐柯回來，不由得疑惑外頭來者是誰，便披衣下床，慢慢走了出去。

然後，便看到了一個令他想扭頭就跑的人。

「……賀小姐？」陸池有點崩潰，那位眼高於頂的賀家小姐為何會紆尊降貴來他的小院啊！這位賀小姐如今儼然已經成了他的大麻煩，畢竟她還是阿柯的閨中好友，所以這尷尬的關係便顯得有點棘手了起來，陸池是恨不得永遠都不要再同她見面了……但她這會兒來他家裡做甚？

賀可甜卻並不知道她心心念念的臨淵先生，心裡想的全是如何與她撇清關係，她一踏進院子便看到了朝思暮想的臨淵先生，不由得眼前一亮，只見他一襲木槿色的薄衫鬆鬆的披在身上，如緞的黑色長髮披在肩頭，宛如謫仙人一般，整個人都彷彿在發著光呢！

兩兩相望，一眼萬年。賀可甜腦海中情不自禁地想起了一句詞，「金風玉露一相逢，便勝卻人間無數。」一時竟是癡了。

陸池卻絲毫沒有要與她心靈相通的意思，只看到那位賀小姐虎視眈眈地望著他，眼裡閃爍著令他看不明白且有點害怕的光芒……下意識扭頭望向站在一旁的施伐柯，面露求救之色。

施伐柯輕咳一聲，拉了拉賀可甜，小聲告誡道：「妳來陪我可以，但不可以再找陸公子麻煩了。」

賀可甜對施伐柯的遲鈍絕望了，在心裡默默翻了個白眼，臉上卻露出了一絲恰到好處的羞赧，她完全無視了施伐柯的話，而是看著陸池，十分誠懇地道：「陸公子，家兄先前多有冒犯，還望你大人不計小人過，不要與他計較，也……不要同我計較了。」對，先前冒犯你的都是家兄！不是我！賀可甜甩鍋甩得可以說十分的順手且熟練了。

陸池看著賀可甜，目光有些奇異……這關她兄長何事啊？明明之前還曾牙尖嘴利地嘲諷他，讓他不要對她存有什麼非分之想呢，怎麼態度突然就發生了這麼大的改變啊。唔，事出反常必有妖……「賀小姐多慮了。」陸池思量一番，尋了個安全些的說辭，十分謹慎地道。

賀可甜心中一鬆，感覺似乎有了一個良好的開端，見他看著有些蒼白虛弱，便關心道：「陸公子，你身體好些了嗎？」

「已經無礙了。」陸池忍了忍，到底沒忍住，「不知道賀小姐今日來此，所為何事？」

賀可甜一噎，想起施三哥說朱家相中了他，一時心痛如絞，咬唇道：「我先前去施家尋阿柯，施三哥說陸公子病了，阿柯來探望妳，我……便也來了。」這話語焉不詳，怎麼聽都成。可以說她是受施三哥所托來看著阿柯，畢竟孤男寡女共處一室不太妥當；也可以說她是聽聞陸公子身體有恙，心中牽掛，故而來探望……端看你怎麼理解了。

賀可甜的目光含羞帶怯，希望臨淵先生能夠理解她的深意，但可惜，顯然她的一番心思都付諸東流了，因為陸池聽了這話，幾乎立刻斷定是施家那個娃娃臉三哥在使壞！當下，他的目光便有些不善了起來。

賀可甜被他陡然犀利的眼神嚇了一跳，再看時他的目光卻已經恢復了平靜……唔，大概是看錯了吧。

「陸公子，可曾用過早膳？」賀可甜殷勤地問。陸池心中警鈴大作，腦中閃過一排大字：「無事獻殷勤，非奸即盜」，於是下意識就不太想回答這個問題。

「還沒有呢，不過我帶了肉糜粥來，在灶上溫著。」施伐柯見陸池不答，怕氣氛尷尬，趕緊緩和氣氛。

賀可甜似乎也意識到臨淵先生不太待見她，心裡有些黯然，但想起畢竟是她先給了他沒臉，後來又給了他不少委屈受，如今他不待見她似乎也是人之常情，便努力壓下了心頭的委屈，「我去幫忙盛粥吧。」

對於賀可甜主動提出幫忙這件事，施伐柯也是有點驚奇的，畢竟賀可甜向來是個十指不沾陽春水的大小姐。根據施伐柯以往的經驗，一旦她主動提出幫忙，最好還是不要拒絕，不然大小姐定然會因為下不來台而翻臉……於是她笑咪咪地點頭，「好啊。」

陸池是打從心底想拒絕的，可是施伐柯已經笑咪咪地應了，還給她指了廚房的方向，只能保持沉默。

賀可甜沖她笑了一下，提起裙擺去了廚房。施伐柯一回頭便對上了陸池不甚贊同的眼神，訕訕地笑了一下，「可甜也是好心。」話音剛落，便聽到「砰」地一聲巨響從廚房傳來，隨之而來的是賀可甜驚慌的尖叫聲。

「可甜！」施伐柯面色一變，慌忙衝進了廚房，便見賀可甜一臉無措地站在灶前，一個瓦罐掉在了地上，摔得稀爛……裡面的肉糜粥灑了一地。

隨之趕來的陸池看著掉在地上的肉糜粥，面色鐵青。這是阿柯親手給他熬的粥！他還沒有嘗過一口呢！他就知道賀可甜沒安好心，定然是施家那位三哥授意的吧！說不定施三哥不滿阿柯給他熬粥，這才讓賀家小姐來故意使壞！這一刻，幾乎要氣瘋了的陸池徹底陰暗了。

「我、我不是故意的，瓦罐太燙手了，我沒抓牢就掉地上了，對不起……」賀可甜握著被燙紅的指尖，眼淚汪汪地道。

施伐柯趕緊從水缸裡舀了一勺涼水出來，拉過賀可甜，將她被燙紅的手按在涼水裡，「沒事沒事，不過一罐子粥而已，不哭啊，妳的手怎麼樣了，疼不疼？」

「疼……」賀可甜向來嬌氣，委屈巴巴地輕聲道。

不．過．一．罐．子．粥．而．已？

陸池氣呼呼地瞪著施伐柯，說得輕巧！那是她親手熬的粥，他連一口都沒有嘗到呢！那是他的早膳！

賀可甜一下子注意到了陸池憤怒的眼神，也不敢撒嬌了，咬了咬唇，一臉愧疚地道歉，「對不起，我好像幫倒忙了……」陸池在心底重重地哼了一聲，妳也知道幫倒忙了啊！

「沒事沒事，我知道妳是好心。」施伐柯見她眼圈又紅了，有些頭疼地趕緊哄。陸池看得眼紅，好氣啊！他也不開心！誰來哄哄他啊！不行不行，不能氣，一氣頭就暈……

施伐柯正一門心思地哄著賀可甜呢，終於後知後覺地察覺到了身後強大的怨念……回頭一看，便見陸池正一臉苦大仇深地盯著已經灑了一地的肉糜粥，面色蒼白，搖搖欲墜，不由得大驚失色，趕緊跑了過去扶住他，「陸公子，你沒事吧？」陸池扭頭看向她，從牙齒縫裡迸出兩個字，「我餓。」

賀可甜一聽，終於忍不住淚崩了，「對、對不起陸公子……」施伐柯扭頭看了看哭得梨花帶雨的賀可甜，又看了看身旁餓得頭暈眼花，彷彿有點神智不清的陸池，一時頭大。

「可甜，妳是乘馬車來的吧？」施伐柯按了按突突直跳的額頭，問。

賀可甜哽咽著點點頭。

「不如讓妳家車夫幫忙去飯館買些吃食回來，給陸公子墊墊吧，麵條、餛飩之類好消化一些的都行。」施伐柯提議道。

賀可甜也是一時被嚇懵了，慌了神，畢竟雖然她向來自詡城府頗深，可到底也只是一個未出閣的小姑娘，怎麼扛得住在自己的心上人面前一再出糗，如今聽了施伐柯的話立時豁然開朗。為了表現一番，她決定不假車夫之手，自己親自去。

「妳的手……」施伐柯見她自告奮勇，有點驚訝。

「只是燙紅了一些，浸過涼水已經無礙了。」賀可甜說著，看了陸公子一眼，期望得到他一個憐惜的眼神。很顯然，她失望了。陸池壓根不肯看她。

「陸公子，你且等等，我很快就回來。」賀可甜委屈巴巴地說著，趕緊出門去補救了。

施伐柯則有些驚訝於賀可甜的態度，她竟然願意低頭道歉，還親自去買吃食，但一時也沒有多想，打算先扶看起來已經餓得頭暈眼花的陸池坐下。

「可甜去給你買吃食了，你且忍一忍，先坐著喝口水吧。」她道。

誰料賀可甜一走，陸池頭也不暈了，眼也不花了，掙脫開施伐柯的攙扶，自己走到桌邊坐下了。施伐柯抽了抽嘴角，哪裡還能不明白這是什麼情況，「你就這般不待見她啊……」有點無奈地，施伐柯道。

陸池默默看了一眼地上死不瞑目的肉糜粥，「我真的餓。」

「不過一罐子粥罷了，可甜都認錯了，而且不是已經出去給你買吃食了嘛……」要知道，讓賀可甜低頭認錯也不是一件容易的事呢。

陸池默默看向她，幽幽地道：「可是我中意吃肉糜粥。」

施伐柯被他看得壓力很大，「那我明日再給你熬吧。」

「嗯。」陸池滿意地收回了視線。施伐柯輕輕地吁了一口氣，陸公子鬧起脾氣來也是不容小覷呢……但他正病著，又餓了肚子，鬧些小脾氣也能理解，她倒了一杯熱水給他，「先喝口水潤潤嗓子吧。」陸池伸手接過，慢慢啜飲。

施伐柯見他乖乖喝水，便轉身去收拾地上碎了的瓦罐，誰料剛撿起一片，便被陸池按住了手。

……他不是正坐著喝水嗎？什麼時候蹲到她身後的？還有，他不是頭暈眼花餓得沒力氣嘛，怎麼動作竟這樣快？

「怎麼了？」施伐柯扭頭看他。

「這碎片鋒利，妳讓開，小心割傷了手。」陸池沉聲道。

「哪裡就這麼嚴重了，我小心些便是，你坐著吧。」施伐柯說著，便想掙開他的手。一下，沒掙開，兩下，沒掙開。「陸公子？」施伐柯納悶了。

陸池握著手中柔軟細膩的小手，忍不住又有些蕩漾了起來，不自覺竟出了神，被施伐柯一叫，趕緊回了神，他輕咳一聲，鬆開她的手，「妳讓開，我來撿。」說著，便不容置喙地推開她，將地上的碎片一一撿了起來，放在簸箕裡。施伐柯見狀便也隨他去了，只去幫忙打掃散落了一地的粥。

陸池看著那些被掃掉的肉糜粥，冷不丁幽幽地說了一句：「真可惜。」見他一副怨念十足的樣子，施伐柯簡直有些無奈了，不知道陸公子怎麼就這麼執著於這一罐子粥呢。

「陸公子。」施伐柯實在受不了他那幽怨的眼神，便決定尋個話題，「我記得你說你是嵐州人？」聽到這個問題，陸池眼神一頓，微微提起了心，「嗯，怎麼了？」

「那你去過千崖山嗎？」施伐柯小心翼翼地試探著，「……嗯，大概十年前的樣子，你去過嗎？」

「十年前的事情，怎麼可能記得那麼真切呢。」陸池面上露出了恰到好處的疑惑，「妳為何突然問起這個，可有什麼緣故？」

施伐柯猶豫了一下，還是沒有說出朱顏顏的事……畢竟這件事涉及到朱顏顏的閨譽，若是陸池並非是她要找的人，這件事便不宜讓陸池知道，這世道對女子嚴苛，施伐柯不得不謹慎。

「沒什麼緣故，就是好奇罷了。」施伐柯笑了一下，一臉神往地道，「不知道千崖山飛瓊寨是個什麼樣子，若能見識一下便好了。」

陸池的表情顯得有些奇怪起來，「那不是個匪寨嗎？妳不怕？」

「為什麼要怕？」施伐柯一臉天真地道，「我爹說那飛瓊寨裡的都是義匪俠盜，專門劫富濟貧，並不是什麼真正的惡人呢。」

陸池見她一臉神往的樣子，表情越發的微妙了起來，「妳喜歡的話……以後會有機會的。」這麼說的時候，他的眼神下意識瞄了瞄她的手腕，那只青翠欲滴的玉鐲掩在她的衣袖裡看不真切，但……他知道她一定戴著。已經戴上了他的手鐲，以後自然會有機會去飛瓊寨的。

他說得含糊，施伐柯也沒有往心裡去，自然不知道陸池已經把她劃入自己的所有物了，不知不覺已經是千崖山飛瓊寨的一分子了呢。

施伐柯沒有察覺到陸池的言外之意，卻是想起了另一樁事，「啊對了，我昨日不是去了一趟朱家嘛……」陸池聽了這個開場白，只以為她又要提起朱家那門莫名其妙的親事了，剛剛還有些飛揚的心一下子又沉寂了下來，他鬱鬱地看了一眼毫無自覺的施伐柯，自己中意的姑娘更中意替他做媒，真是件令人苦惱的事呢……

「你知道我在門口看到誰了嗎？」施伐柯一臉神秘地道。

「誰？」陸池挑眉。

「那個小胖子朱禮！」施伐柯一臉誇張地道，「原來他是朱家二房的孩子。」

陸池倒真有些意外，竟然不是想說朱家的親事嗎？……只是，突然提起那個小胖子作甚？

「不過一段時日沒見他，他看起來清減了許多，也懂事了許多。」施伐柯頗有些唏噓的樣子，「看起來這段時日過得很是辛苦呢。」

「玉不琢不成器。」陸池毫不心虛地道。

「也是，你也是用心良苦了，比起那個蠻橫的小胖子，現在的朱禮看起來可要可愛許多。」施伐柯點點頭，深以為然，然後話音一轉，又道：「你可知他家中長輩為何突然要他回家中族學上課？先前不是在學堂裡學得好好的嗎？」

陸池眉頭一挑，突然有些明白施伐柯繞這麼大一個圈子想說什麼了……但他很善解人意地沒有戳破，只順著她的話頭道：「因為我發現他有過目不忘之能，不忍他被家中繼母捧殺耽誤，故登門將此事告知了朱家那位老太爺，想來朱老太爺如今正如獲至寶，想親自動手打磨這塊璞玉吧。」施伐柯有些驚訝，原來朱禮竟然有過目不忘之能，那可真的很是了不得了。

「其實，昨日朱禮見到我，央我替他說情呢。」施伐柯總算將話繞到了正題上。

「哦？」

「咳，他說他不想回家中族學，想拜你為師……想讓我幫著勸說，不過我也知道先生收徒不是小事，旁人一句話能抵什麼用？我三哥當初拜師，那位先生可是考驗了他一整年呢，所以我也只是替他傳句話，至於要不要收他為徒，肯定還是看你自己的意思……」施伐柯十分委婉地說著，努力表達著自己的意思。

「好。」

「啊？什麼？」施伐柯一愣，有點不敢相信自己的耳朵。

「朱禮不是托妳說情，想拜我為師嗎？」陸池揚眉。

「呃，是……」

「我說，好。」陸池笑了一下，道。

施伐柯驚訝了一下，隨即也笑了起來，一臉了然道：「你原就打算收他為徒的吧？」

師者，傳道授業解惑也。若非陸池惜才，不忍一個有過目不忘之能的天才毀於繼母的捧殺，又怎麼會自找麻煩登朱家的門，將此事告知朱老太爺呢？想來，陸池定是一早便有了收徒的打算吧，只是擔心朱禮仗著自己有過目不忘之能就恃才傲物不服管教，這才磨磨他的傲氣，朱禮那小胖子真是白操心了。

陸池一臉驚訝，「妳怎麼會這樣想？」簡直是典型的得了便宜還賣乖呢。

施伐柯笑著斜睨了他一眼，「那難不成你是因為我一句話就改變主意，願意收朱禮為徒了？這也太兒戲了，放心吧……我不會拆穿你其實很中意收朱禮為徒這件事的。」

他就是如此兒戲的呀！陸池歎氣，可惜這世道，真話總沒人肯信呢。

「陸公子，你真是一個負責任的好先生。」施伐柯一臉認真地表揚他。

陸池被表揚得有點羞愧。唔，其實他也沒有那麼高尚啦。

說話間，外頭響起了馬車的軲轆聲。

「應該是可甜回來了。」施伐柯一臉高興地跑了出去，「我去看看。」

陸池支著下巴，沉下了臉，再次覺得賀家那位大小姐當真是太煩人了。明明氣氛正好呢。

不一會兒，便見賀可甜有些吃力地拎著一個大大的食盒進來了，大概是因為食盒又大又重的關係，她氣息微急，白皙的臉頰也染了一絲緋色。

「怎麼弄了這麼大一個食盒啊。」施伐柯邊走邊驚歎。賀可甜有心表現一番，也不肯讓施伐柯幫著提，聞言只羞赧地笑了一下，「不知陸公子喜歡吃什麼，便多備了幾樣。」說著，她走到桌前，十分吃力地將那個大大的食盒擺在了桌上。

「陸公子，抱歉因為我讓你餓壞了。」賀可甜說著，打開了食盒的蓋子，將裡面的碗碟一一擺了出來。

雞絲粥、棗泥山藥糕、五彩小包子和幾樣精緻的小菜，甚至還有一盞燕窩，這食器和做法看起來應該不是外頭飯館裡的，八成是賀可甜回了一趟家，讓自家廚娘趕出來的。施伐柯有點驚歎，先前賀可甜說多備了幾樣，可見也是謙虛了的。

……難怪那麼重，這一大盒子可以說很用心了。

賀可甜略帶期待地看向臨淵先生，希望她精心準備的吃食可以讓他抹去先前的不快，進而感受到她的一番心意，然而她失望了，因為對著這一桌子的美味，自稱餓極了的陸池卻並沒有動作，甚至連表情都沒有變化。

「賀小姐太客氣了，在下受之有愧。」陸池板著臉道。

「是我打翻了你的早膳在先，這些都是我應該做的。」賀可甜急於將功補過，一時顧不得矜持，親手替他盛了一碗雞絲粥，「陸公子，你嘗嘗這個雞絲粥，很清甜的。」

陸池卻是一下子站了起來，「不敢勞煩賀小姐。」他的動作著實有些突兀，卻又似乎不是那麼突兀，如果說他是一個古板又迂腐的書生，他這番作態也並不奇怪。

可……賀可甜總覺得他不該是這樣的性格，於是她稍稍愣了一下，默默往後站了站。

氣氛一時有些尷尬。

滿腔的熱情被涼水澆了一遍又一遍，賀可甜終於受不住，哽咽著道了一句，「陸公子慢用，我……便先告辭了。」聲音已有哽咽之意。饒是鐵石心腸的人聽到，只怕也要心軟，然而陸池彷彿比鐵石心腸更甚，只默默垂眸，作恭謹有禮狀，可是說是鐵石心腸中的鐵石心腸了。

賀可甜終於咬唇轉身離去。施伐柯夾在中間有些兩難，只得送了賀可甜出門。

「陸公子……真的很討厭我呢。」站在陸池的院子門口，賀可甜忍不住心酸，輕聲道。

「他病著嘛，難免任性呢，何況……你們先前也的確是將他得罪狠了。」施伐柯勸解。

她不勸解還好，一勸解賀可甜更想哭了。先前……先前誰知道他是臨淵先生啊！千金難買早知道啊！若早知道他是臨淵先生，她一定早就歡歡喜喜的嫁了啊！說不得現在早就同她的臨淵先生雙棲雙宿，只羨鴛鴦不羨仙了，哪裡會有眼下的心酸和難堪……沉默了許久，賀可甜終於忍不住，「聽聞……朱家相中了陸公子？」

施伐柯一愣，隨即蹙眉，「聽我三哥說的？他也太沒分寸了，這種八字還沒有一撇的事情怎麼好拿來亂說，壞了人家姑娘的閨譽看我不找他算帳！」

「施三哥也知道我們是好朋友才說漏嘴的，妳知道我口風很緊，不會到處亂講的。」賀可甜見她岔開話題，趕緊搖了搖她的袖子，輕聲道。

如果可以，她巴不得這件事就此沉寂，再也不要提起，又怎麼可能到處亂說！

施伐柯卻是有點頭疼地想，我的哥哥和我的好朋友關係密切，我該怎麼辦呢？棒打鴛鴦，還是推波助瀾？

「阿柯，朱家真的相中了陸公子？」見施伐柯不吱聲，賀可甜不死心地又問。

施伐柯揉了揉腦袋，有點頭疼地道：「這件事還沒有定，妳千萬不要說出去啊。」

「知道了。」賀可甜悶悶地道。她才不會說出去，不能成才好呢。想了想，又有些不甘心地試探道：「妳知道朱家為何會相中陸公子嗎？」可惡……會不會也是因為知道了陸公子的秘密，知道他是大有來頭的臨淵先生，這才打起了他的主意？

施伐柯正頭疼這件事呢，而且此事又涉及朱顏顏的閨譽，出於職業道德，就算賀可甜是她的朋友，她也不可能將這件事的原委告訴她，因此只半開玩笑地道，「怎麼了，妳有眼不識金鑲玉，就不興旁人慧眼識珠啊。」

因為最近賀可甜實在態度太好，施伐柯便以為她已經放下此事，心中毫無芥蒂了，這才拿來開玩笑，卻不知……恰恰好戳到了賀可甜的痛腳。

賀可甜的臉一下子扭曲了，當下氣得幾乎要吐血。施伐柯這個死丫頭總有本事無意中刺到她的死穴呢！

心裡默念小不忍則亂大謀一百遍，才硬生生忍住了沒有當場翻臉，賀可甜死死捏著手中的帕子，臉色難看地擠出了一個笑容，硬梆梆地道了一句，「告辭。」便轉過身，拉著臉上了馬車。變臉之迅速，嚇壞了馬車前站著的車夫……

可憐的車夫為此留下了沉重的心理陰影，導致他終身未娶，娘啊，女人真是太可怕了！

目送賀家的馬車遠去，施伐柯後知後覺地想，唔……剛剛可甜的臉色看起來有點奇怪呢，大概是因為陸公子給她臉色看了？施伐柯沉沉地歎了一口氣，回去看陸池。

陸池默默坐著，一桌子吃食仍是沒動。

「不是餓了嘛，為何不吃？」施伐柯按了按額頭，不知道他又在作什麼。那一桌子美食，饒是她明明用過早膳的，都有些食指大動，號稱已經餓極了的陸池為何竟一副無動於衷的樣子？

「我想吃肉糜粥。」陸池默默看了她一眼，道。

……不知為何，這話聽著竟莫名有些委屈。施伐柯抽了抽嘴角，不明白他為何如此執著於肉糜粥，況且同這一桌子的美食相比，她那一罐子肉糜粥根本就是難登大雅之堂啊……陸公子這到底是什麼奇葩的眼神和品味？

「這雞絲粥看起來也很香甜呢。」施伐柯將剛剛賀可甜盛出來的粥推到他面前，「不管怎麼樣先吃一口吧。」陸池默默地扭開頭了。

「陸公子！」施伐柯忍不住有點暴躁了。

陸池抿了抿唇，一臉低落地道：「我沒胃口，口中寡淡得很……」

好吧，他是病人，她忍著。施伐柯深深地吸了一口氣，放軟了聲音哄道：「就算沒胃口，也要吃一口的，不然身體如何才能好起來呢？」陸池垂眸，總算是勉為其難地伸手扶住了碗。他沒胃口是真，口中寡淡而苦澀，吃什麼都沒有味道，據說很香甜的雞絲粥吃在口中也如同嚼蠟。

施伐柯看他吃得一臉苦大仇深，思維卻漸漸放飛了。她在思索朱顏顏的事，不可以直接挑明問陸池當年的事，但又要查清楚他到底是不是十年前在千崖山救了朱顏顏的那個少年。要怎麼辦呢……

施伐柯絞盡腦汁，突然想到，若陸池是當年救下朱顏顏的那個少年，那他一定會武功，且身手不弱才對，不然何以打殺那些窮凶極惡的匪徒？施伐柯眼睛一亮，對啊！她可以試探一下陸池會不會武功啊！

這會兒，施伐柯忽然想起了自己先前有一日來柳葉巷找陸池，結果碰到他在打拳……當時她下意識便以為他是同三哥一樣修習了強身健體的拳法，是為了日後下場考試做準備，畢竟現在科舉考試也需要強健的身體才能熬過來，聽聞考試時因為體力不濟，幾場下來身子撐不住昏倒在考場上的考生也不在少數。

現在想來，她當時可能是太過想當然了呢……真相到底怎樣，還需試他一試。

「為何一直這樣盯著我看？」正沾沾自喜，覺得自己想到了一個絕妙好主意的施伐柯冷不丁地聽到陸池的聲音，她一下子回過神，這才意識到自己剛才在思索的時候，竟一直在盯著陸池瞧。

「看你有沒有認真吃東西。」施伐柯故作鎮定地道。只一雙眼睛亮閃閃的，一看便知定是在打什麼歪主意。

陸池輕笑一聲，也不戳破她，「那妳可要牢牢盯緊了。」他含笑的聲音莫名低沉，施伐柯忍不住又揉了揉耳朵，彷彿那裡又在癢了……真是見鬼。陸公子簡直有毒。

施伐柯眸子微微一轉，落在他拿著湯匙的那只手上，他的手骨肉勻亭、修長漂亮，唔這不是重點，重點是……據說會武功的人身手都特別敏捷。

「實在沒胃口的話，就不要喝粥了，把這盞燕窩喝了吧，也是可甜的一片心意，據說燕窩特別養人呢。」施伐柯心裡有了主意，含笑走到他身邊，伸手將盛著燕窩的湯盅遞給他，伸手的時候袖子彷彿不經意般掃到了桌邊一個擺著小菜的碟子，碟子便一下子掉了下去。嗯，徒手接個掉落的碗碟什麼的，肯定是小菜一碟吧，施伐柯篤定地想。

然後，便聽「啪」地一聲脆響，那碟子乾脆俐落地垂直掉落在了地上，毫不猶豫地摔了個四分五裂。施伐柯一呆，看著那瞬間碎成幾片的碟子，忽然注意到碟子上的圖案似乎……有點眼熟，她目光呆滯地看了一眼地上的碎片，又看了看桌上其他碗碟，忽然意識到這些碗碟似乎是成套的，而且是賀可甜最喜歡的那套粉彩，她眼前頓時一黑，賀可甜大概會殺了她的吧！

不過，賀可甜為何竟這麼大方用自己最喜歡的碗碟來給陸公子送飯啊！

這些念頭的閃現不過須臾之間，而她想試探的那位陸公子從頭到尾都牢牢坐在那裡，紋絲不動，可以說非常淡定了。連試圖伸手搶救一下都不曾，就這麼眼睜睜看著那個粉彩的碟子在他面前摔成了一片一片的！

「陸公子……」施伐柯抖了抖唇。

「嗯？」

「你為什麼沒有接住它……」

陸池一臉無辜地道：「怎麼可能接得住？」但是你連伸手都沒有啊！施伐柯一臉控訴。

「好好好，就算接不住，我下次也會試著去接接看的。」陸池歎了一口氣，有些無奈的道，彷彿她在無理取鬧似的！施伐柯忿忿地想。

不過……她彷彿就是在無理取鬧？

施伐柯顫抖著伸出手，去撿地上那碎成一片一片的粉彩碟子……啊啊啊賀可甜一定會殺了她的，施伐柯開始考慮究竟拿什麼東西賠給她，才能讓她消氣。

唔，她彷彿很喜歡陸公子之前送給她的那幅江南煙雨圖？甚至還差點花一千五百兩來買呢，雖然是贗品，但是千金難買心頭好嘛。不過……她自己也很喜歡那幅圖呢，好捨不得。

施伐柯一臉糾結著去撿地上的碎片，結果指尖還沒有碰到那碎片，她的手又被陸池的捉住了。

陸池歎了一口氣，隨手將碎片撿起來扔到一旁的簸箕裡，「都說了不要去撿這麼鋒利的東西，會紮到手的。」正說著，一低頭便看到了施伐柯泫然欲泣的表情，不由得嚇了一大跳，「妳妳妳……妳怎麼了？」

「我打碎了可甜的碟子……」施伐柯扁嘴。

「那又如何，她還打碎了我的肉糜粥呢。」見她一副要哭出來的樣子，陸池急得頭上冒了汗。

「可是這是可甜最喜歡的粉彩……」

「那還是我最喜歡的肉糜粥呢！」

饒是施伐柯此時十分糾結，也差點被陸池逗笑了，他這是跟肉糜粥槓上了嘛，這是多大的怨念……

見她破涕為笑，陸池總算是放下了高高吊起的心，「不過一個粉彩罷了，也值得妳掉眼淚。」

「不是普通的粉彩啊，這套粉彩碗碟是可甜最喜歡的，打碎了一個就不成套了，她肯定會很生氣。」施伐柯一臉苦惱地皺起了眉頭，說著，又糾結著看了陸池一眼。

「怎麼了？」這眼神讓陸池有了些不太美妙的預感。

「可甜很喜歡你送給我的那幅江南煙雨圖……之前還曾說要花一千五百兩來買呢。」施伐柯咬了咬唇，「如果我把那幅圖送給她，她估計就不會生氣了。」

陸池板起臉，涼涼地看了她一眼，「嗯，可是我會生氣。」施伐柯一下子垮下了臉，她就知道……所以才想著試探一番，果然啊。

「其實，我也很喜歡那幅畫，也很捨不得送給可甜，上次她出一千五百兩我都沒肯賣呢。」施伐柯有點氣餒地道，「可是這次我打碎了她最喜歡的碟子，要怎麼賠啊……」

陸池沉默了一下，看她一臉苦惱的樣子，「就這麼怕她生氣？」

「嗯，她是我最好的朋友了。」施伐柯悶悶地道，「而且打碎了她最喜歡的東西，我心裡也十分過意不去啊。」尤其……她還是故意的。想起之前那個餿主意，她此時差點悔青了腸子，虧她之前竟然還沾沾自喜！

陸池默默在心底歎了一口氣，他先前見她一副要打什麼歪主意的樣子，便打定主意不上套，誰知道這傻姑娘就搬起石頭砸了自己的腳……現在還委屈上了。

他能怎麼辦呢？誰讓這是他中意的姑娘呢。

「她喜歡畫？」陸池歎完氣，問。施伐柯想了想，賀可甜好像只喜歡臨淵先生的畫？

「可甜喜歡臨淵先生的畫，先前在我房裡看到你送的那幅江南煙雨圖，便誤以為是真品，我跟她解釋了她都不相信。」說著，又一臉贊許地看了陸池一眼，「可見陸公子你的畫當真可以假亂真了呢。」陸池抽了抽嘴角。

「既然如此，我幫妳再畫一幅，就當賠她的碟子了。」陸池道。

施伐柯一愣，隨即眼睛一下子亮了起來，「當真？」

陸池失笑，「我騙妳作甚。」那幅江南煙雨圖是他贈予她的，她若轉送，他自然心中不快，既然這傻姑娘非得賠人家一幅畫，那不如他再畫一幅好了。

「陸公子你真是太好了！」施伐柯一下子高興了起來，「可甜一定會很高興的！」雖然陸公子畫的不是真品，但架不住可甜喜歡啊，那天她明明跟可甜解釋了許久那幅江南煙雨圖不是真品，可是可甜愣是不肯信，還非得出錢來買，她不願意賣，可甜還差點翻臉呢。

想來，她真的很喜歡臨淵先生的畫吧。陸公子的畫技也已是登峰造極，仿臨淵先生更是仿得出神入化，畫一幅畫送給她，可甜一定會很高興吧。

陸池見施伐柯高興了，搖搖頭，認命地起身準備去給她畫畫。

「不著急，你還病著呢。」施伐柯良心發現地拉住了他，「等你好了再畫也不遲。」賀可甜高不高興他都無所謂，眼前這個傻乎乎的姑娘高興就好。

「還是阿柯體貼。」陸池揶揄。

這對話施伐柯簡直太熟悉了，完全是從小到大她和哥哥們的套路，當下習慣性毫不臉紅地點點頭，「那是。」陸池一頓，隨即終於忍不住笑出聲來。

施伐柯被他笑得呆了呆，這才意識到陸公子可不是她的哥哥們……唔，這種得了便宜還賣乖的行為彷彿有點不要臉？當下臉便紅成了一團，難得有點害羞了。

「你快把燕窩喝了吧，涼了就不好喝了。」施伐柯假裝不在意地換了話題，陸池十分善解人意地沒有再逗她，聽話地坐下端起湯盅。

吃過東西，施伐柯端了煎好的藥來讓他喝，似乎是因為有求於他的原因，她看起來分外的殷勤狗腿，看得陸池有些忍俊不禁。以至於喝藥的時候，他也是含笑的。

那湯藥聞著便知十分難喝，也難為他還能含笑入口，施伐柯不禁肅然起敬。畢竟她之前生病要喝藥的時候，都是死活不肯好好喝的呢……想著想著，施伐柯又悄悄覷了他一眼，然後又想起了那個被她故意打碎的粉彩碟子，忍著心痛想，莫非他當真不會武功？那豈不是說朱顏顏認錯了人？

施伐柯自然不知道，她自以為完全不會被察覺的偷覷，其實都在陸池的眼皮子底下，陸池一邊喝藥一邊默默地想……今日阿柯偷看他的次數有點多啊，她這是又在瞎琢磨什麼呢？但她沒有要說的意思，陸池也不好問，只體貼地假裝沒有看到她的偷覷，避免阿柯因此惱羞成怒。

喝過藥，陸池便換了衣衫準備去學堂了。

「啊？你今日還要去學堂？」施伐柯十分驚訝。這早上一出出的，一直拖到現在他都沒有動靜，她還以為他今日不去學堂了呢。

「不曾告假，自然是要去的。」陸池整了整衣袖，道。

「可是這個時辰去，已經有些遲了吧，不如乾脆告假吧。」

「不算晚，今日我的課比較靠後。」

「可是……」施伐柯有些不放心。

「我感覺已經好多了，不是已經喝過藥了嘛。」陸池冷不丁伸手拍了拍她的腦袋，「放心吧。」施伐柯被他拍得一呆，總覺得這動作……有點過於親昵了啊。

見她呆呆地彷彿感覺到有點不妥的樣子，陸池自然不會讓她有機會思考，於是又擺出一副嚴肅臉，鄭重地看著她道：「不過，妳一定要記得妳答應過我的事啊。」

他這樣鄭重其事，施伐柯有點被嚇到了，果然一下子忘記了去想他先前的行為舉止是否不妥，只瞪大了眼睛問：「我……答應你什麼了？」

「看來妳完全沒有放在心上啊。」陸池微微蹙起眉，眸色黯然，有點失望的樣子，「我答應妳的事，可是認真放在心上了呢。」

施伐柯被他繞暈了，「……所以我到底答應你什麼了啊。」這樣語焉不詳的很嚇人啊！她到底在自己不知道的時候答應了什麼東西啊！

「妳答應過我，給我熬肉糜粥的啊。」陸池一臉失望地道，「我答應給妳畫畫的事情可是記得很清楚呢。」

聽了這話，施伐柯一顆心總算是放回了肚子裡，她抽了抽嘴角，「放心，我回去的路上正好經過肉鋪，買些回去給你燉上粥，晚上應該就能喝了……」一罐粥而已，至於這般鄭重其事嘛！她還以為莫名其妙答應了什麼了不得的事情呢。

於是回去的路上，經過肉鋪的時候，施伐柯當真買了一條肉，因為是熬粥用，特意選了裡脊處的瘦肉。

又不是小孩子，怎麼能饞肉糜粥饞成這樣啊……施伐柯腹誹著付了錢，拎著肉回去了。

剛到自家門口，便看到家門口停著一輛眼生的馬車，施伐柯好奇地走上前，便看到她三哥正在門口和一個僕婦說話。

「我家小妹真的不在家，家中只有我一個人。」施重海有點頭疼，這僕婦既無拜帖，又不肯說馬車裡坐著的是誰，上來就問他施姑娘在家嗎？他都說了阿柯不在家，竟還不肯走，只一徑歪纏。

「那你可知施姑娘去了哪兒？」那僕婦十分懇切地道，「我家小姐和施姑娘是閨中好友，她難得能出門一趟，如果見不到施姑娘定然會難過的。」

……與我何干啊！施重海默默吐槽，而且這話著實可疑，阿柯從小人緣不佳，據他所知閨中好友也只有一個賀可甜了，什麼時候又冒出來一個閨中好友，而且藏頭露尾的，他怎麼可能就這樣說出阿柯的行蹤。

「這……我也不是十分清楚呢，不如等我妹妹回來，我同她講今日她閨中好友來尋她了？」施重海端出一副溫文爾雅的嘴臉，微笑著道：「只不知，妳家小姐是哪位？」

果然，那僕婦遲疑著不肯說出她家小姐的名號。施重海心中冷笑。果然可疑！

在他們言語糾纏的時候，施伐柯已經走了出來，待走得近了，她一下子認出了那僕婦，不是朱顏顏的奶娘嗎？她來找自己幹什麼？

施重海眼尖，看到施伐柯回來了不由有點緊張，因為摸不清對方的來路，萬一馬車裡有歹人，他雙拳難敵四手，萬一護不住阿柯……等爹回來可不得把他生吞了，腦補過甚便有些著急了，連連對阿柯使眼色，讓她快走。

施伐柯有些奇怪地看著自家三哥不停地對自己擠眼睛，「三哥，你眼睛怎麼了？」施重海眼角狠狠抽搐了一下，真是太沒有默契了！

奶娘聽到施伐柯的聲音，忙不迭地回過頭來，看到她眼睛便是一亮，「施姑娘妳可回來了！」

「呃……妳找我有什麼事嗎？」施伐柯對上她過於熱切的眼神，一時有些莫名。

「我家小……」奶娘話還沒說完，便被一個軟糯的聲音打斷了。

「阿柯！」那軟軟的、滿是驚喜的聲音是從她身後的馬車裡傳出來的。施伐柯回頭一看，便見馬車的車簾被迫不及待地拉開了，露出一張雖然瘦得可憐，但仍舊精緻漂亮的臉來……朱顏顏？她簡直不敢相信自己的眼睛，朱大夫人之前連在府中讓她見上一面都不肯，怎麼會讓她出門？

「哎呀小姐！」奶娘一看著急了，趕緊上前要替她拉上車簾。朱顏顏卻根本不聽她的，不但不肯拉上車簾，還扶著車門要下來……看看她那單薄的身子，再想想昨日見她時，她還躺在床上起不來，連說話都費勁呢，施伐柯不由得為她捏把冷汗。

「哎呀小姐，妳說了只是在馬車裡同施姑娘說兩句話的。」奶娘急得跳腳。

施伐柯了然……果然是偷跑出來的，朱大夫人根本不知道啊。

「奶娘，都已經到阿柯家門口了，便讓我進去坐坐吧。」朱顏顏楚楚可憐地說著，眼中飛快地浮上了一層水霧，「我難得有個朋友……只坐一小會兒，我娘不會知道的。」

奶娘見她要哭，一顆心都揪了起來，忙不迭地扶她，「好好好妳慢點，我可憐的小姐……」看著奶娘小心翼翼地扶了朱顏顏下車，施伐柯抽了抽嘴角，感覺朱顏顏根本吃定了她奶娘嘛。

注意到施伐柯的視線，朱顏顏有些羞澀地閃了一下長長的睫毛，走到她面前，輕聲道：「阿柯……我能去妳家坐坐嗎？」

那廂，奶娘已經十分警覺地讓車夫將馬車駛遠一些，不要停在施家門口惹人注目，任何關係到朱顏顏的事情，這位奶娘總是怎麼謹慎都不為過，也正是因此，朱大夫人才能對她如此放心吧。聽到了小姐小聲的請求，奶娘一下子看向了施伐柯。

施伐柯被這一主一僕盯著，莫名有些壓力遽增，總感覺如果她敢說不，那位忠心護主的奶娘便會撲上來同她拼命……

見她不語，朱顏顏的眼睫閃得更快了，兩隻纖細白皙的手還緊緊地扣在了一起，顯得十分緊張。

「進來坐吧。」施伐柯笑了一下，道。朱顏顏鬆了口氣，沖她甜甜地笑了一下，跟著施伐柯踏進了施家的小院。

站在一旁的施重海摸了摸鼻子，見人家真的認識小妹，便知自己枉作小人了，而且看那奶娘一臉警惕地盯著他，生怕他唐突了她家小姐似的，他便收回視線，自覺地躲回書房溫書了。

避嫌嘛，他懂。

朱顏顏的變化很大，施伐柯只見過她兩回，一回是在朱家的園子裡，她獨自一人坐在涼亭裡給花盆鬆土，像個漂亮的瓷娃娃，又像是受驚的小鹿，一點小小的風吹草動都會讓她膽顫心驚。第二回便是昨日在她的閨房了，她躺在床上整個人都瘦得脫了相，氣若游絲，連說話都費勁。然而不過一晚的功夫，眼前的朱顏顏卻與昨日判若兩人，雖然仍是瘦得可憐，但兩頰微微有了血色，精神也飽滿許多，此時這纖細又柔弱的少女正嫋嫋婷婷地站在她面前，絲毫看不出她昨日還躺在床上一副性命垂危的模樣。

朱顏顏被她看得有些害羞，「阿柯，為何這樣看我？」

「妳氣色好了許多。」施伐柯誇獎她。

「真、真的嗎？」朱顏顏眨了眨大大的眼睛，更加害羞了，她抿了抿唇，小聲道：「我有好好吃飯。」說著，還挺了挺小小的胸脯，然後視線不自覺落在施伐柯胸前，複又低頭看了看自己，亮起來的眼睛頓時又黯淡了下來，好像……還差得遠呢。

「我……我會繼續努力的！」施伐柯抽了抽嘴角……喂醒醒，這才不過隔了一晚而已啊朱小姐！妳再怎麼努力也不成的！

「妳這樣偷偷跑出來不要緊嗎？」施伐柯想起以朱大夫人對她的保護程度，有點擔心地問。

「我娘反而不要緊，是奶娘緊張過度了。」朱顏顏吐了吐舌頭，露出一副有點頭疼的樣子。站在一旁的奶娘一臉的不贊同，「萬一小姐出了什麼差錯，老奴萬死難辭其咎。」

施伐柯笑了一下，對奶娘異常護犢子的表現已經習慣了，並且不予置評，「妳先坐，我把肉拿去廚房。」

「這是……肉？」朱顏顏一臉好奇地看著施伐柯手裡拎著的東西，紅通通的一條。

「唔，這是沒煮過的生豬肉，妳該不是沒見過吧。」朱顏顏一臉懵懂地搖頭。施伐柯有點驚訝，不過想到朱大夫人和她奶娘都對她一副保護過度的樣子，她沒見過生肉也不奇怪，有心同她說說，但看到奶娘已經面露嫌棄之色，滿臉寫著「這種腌臢東西不要拿來汙我們家小姐的眼睛」……便默默閉了嘴。

「妳稍坐，我去去就來。」說著，便拎著肉去了廚房。

雖然很意外朱顏顏會來找她，但對於她的來意，施伐柯心知肚明。不過，比起朱顏顏竟然會來找她，施伐柯更心驚的是……這才過了一日啊，她就忍不住偷偷跑來找她了。

想著，便有點頭疼，她要怎麼跟她說呢？

施伐柯將肉擱在廚房，然後淨了手，端了些茶水點心出去，便見朱顏顏正乖乖坐在院子裡等她，是真的乖乖的、端端正正地坐著，一看就是大戶人家嚴格教養出來的姑娘。這個乖乖巧巧的小姑娘，一看到她過來，立刻又將有些單薄的背脊挺直了些，目光亮閃閃地看著她，滿含期待的樣子。

施伐柯心情有點複雜，她又想起了之前那次失敗的試探，不但失敗了，還得央著陸池畫畫來賠償賀可甜的碟子，不由得有點鬱卒……不對這不是重點，重點是，如果陸池當真不會武功，那朱顏顏就極有可能真的認錯了人。而此時面對朱顏顏飽含期待的、亮閃閃的眼睛，施伐柯覺得自己有點不忍心將這樣的話說出口……她會非常的傷心失望吧。

雖然施伐柯總在腹誹朱大夫人和奶娘對朱顏顏保護過度了，但……講良心話，對著這樣柔弱又乖巧的姑娘，誰又捨得讓她傷心難過呢，這一刻，施伐柯奇跡般的理解了奶娘的心態。

施伐柯在她面前坐下，默默給她倒了一杯茶。

見施伐柯遲遲不開口，朱顏顏眼睫微微閃了一下，表情逐漸變得有些不安起來。

「阿柯，妳……跟陸公子提起我的事了嗎？」朱顏顏咬了咬唇，似是忍住了極大的羞意，她的面上緋紅一片，有些艱難地開口道：「我也知今日突然登門是不對的，很沒有禮貌，也……很不矜持，可是我當真等不及了……」施伐柯見她忍著羞意，面露難堪之色，但依然咬牙在訴說著自己的心事，心中不由得大為不忍，伸手握住了她的手。

入手微涼，還在微微顫抖。

施伐柯更是大為心疼，但縱然不忍心，有些話還是要說的，畢竟比起一時的失望，總好過讓她沉浸在這錯誤的虛妄裡……那才是最大的殘忍。

一旁的奶娘又開始抹眼淚了，雖然小姐的話聽得她心驚肉跳，一旦傳出去小姐肯定就聲名盡毀，可是她可憐的小姐心裡苦啊……

「顏顏，我昨日問妳會不會是弄錯了……當時妳很肯定地告訴我，妳見過陸公子，並且確定他就是十年前救了妳的少年。」施伐柯握著她的手，斟酌著開口。

朱顏顏心情稍稍平靜了一些，輕輕點了點頭，「嗯。」複又有些緊張，猶豫了一下，問：「有什麼不妥嗎？」

「妳想過沒有，那件事至今已經隔了十年，人的相貌肯定會發生極大的變化，妳……會不會認錯了？」況且，當時朱顏顏也才八歲，一個八歲孩子的記憶當真可靠嗎？

朱顏顏一愣，下意識便搖頭否認，「不，我不會認錯的。」

「妳說是陸公子救了妳，但是十年前陸公子才多大？而且能夠從窮凶極惡的匪徒手中救了妳，那少年定然武藝高強吧？」施伐柯抿了抿唇，看著朱顏顏，將之前的事情和盤托出，「因為此事關係到妳的聲譽，我並沒有直接去問陸公子當年的事情，只先試了他一下，陸公子他彷彿……並不會武功。」

那就是一個身體孱弱，又手無縛雞之力的書生啊！甚至連個碟子都接不住！

一旁的奶娘聽到這裡，頓時面露感激之色，先前小姐指名要找這位施姑娘做媒，她心下是不以為然的，只當小姐任性胡鬧，可是小姐向來乖巧，難得任性這一回也就隨她去了，但如今看她能夠考慮到她家小姐的聲譽，並且行事如此謹慎，真不愧是官媒陶氏的女兒，以後說不定當真能承她娘和外姐母的衣缽，成為一代大媒呢。

朱顏顏卻是怔怔地坐著，久久沒有言語。

難道……當真認錯人了嗎？

她定定地坐著，恍惚間，她彷彿又陷入了那個可怕的噩夢，耳邊都是打殺聲，尖叫聲。

八歲的她被那個可怕的刀疤臉男人惡狠狠從馬車裡拖出來，那男人如同惡鬼一般將她壓倒在地上的血窪裡，觸目所見，都是殷紅的血色，可是……她卻一點都沒有害怕，因為她知道，她的英雄就快來了。

她咬牙，忍著。在彷彿就要瀕死的那一刻，眼前的一切驟然扭曲，那個壓在她身上的惡鬼彷彿一隻死狗般無聲無息地被人掀飛了出去。她怔怔地躺在地上，望著那個逆著光出現的少年。她的英雄，來了。

「沒事吧。」他朝她伸出手。極修長、極好看的手，她看到他的手腕內側，有一枚形狀奇怪的刺青，似龍非龍，似蛇非蛇。

他的聲音也清越好聽。他說，「嘖，妳這小丫頭，是嚇傻了嗎？」

不，這一回，她沒有嚇傻，她一次一次做著這個噩夢，她用八歲時的那雙眼睛看著那時的少年，她想看清他的模樣。

他說，「好漂亮的小姑娘。」那，你喜歡我的漂亮嗎？

他說，「原來是個啞巴啊。」不，不用這樣惋惜，我並不是啞巴，可是我甚至沒有機會告訴你這件事。

他說，「不要怕，妳家人找來了，妳乖乖在此處等著，我走了。」八歲的她見他起身要走，有些慌張地伸手拉住了他的手，他的手如同她想像般那樣溫暖……

他回頭看她，「怎麼了？」

遠遠的，有一個少年的聲音傳來，「看這小丫頭挺喜歡你的，不如帶回家做個壓寨夫人好了，反正這世道對女子如此苛刻，她今日這般也算毀了名節，回家也是沒人要的。」她的手微微顫抖了一下……是的，娶我吧，即便你是山匪，我也願意隨你去做個壓寨夫人。

「妳別聽他嚼舌根。」少年回頭瞪了那人一眼，複又用另一隻空閒的手在身上摸摸，最後從袖袋中掏出了一枚玉墜塞進她手中，複而抬手摸了摸她的腦袋，輕聲對她道：「此處是我的地盤，沒想到有瞎眼的流寇在此處作亂，連累妳受了這番驚嚇，聽說山下對女子苛刻，若以後妳因為今日之事嫁不出去，便帶著這信物來千崖山飛瓊寨尋我，我娶妳。」

言罷，他掙脫開她的手，終究還是走了。

奶娘見自家小姐突然就定定地坐在那裡不動了，還雙目發直，頓時嚇得魂都飛了，上前一把摟住她，哭叫道：「小姐、小姐，妳且看看奶娘，不要嚇唬奶娘啊……我可憐的小姐啊……」

在奶娘的哭聲中，朱顏顏的眼珠終於動了動，她吐出一口氣，緩緩伸手，握住了一直佩在胸口處的玉墜，十分委屈地低聲喃喃，「奶娘，怎麼能不是他呢……」

那曾是她最大的噩夢，她曾陷在那場噩夢裡久久出不來，夜夜如此，總在半夜被驚醒，甚至因此變得更為膽小，可是漸漸的，那於她……竟不再是一場噩夢。

她甚至開始期盼夜晚，期盼著入夢。因為那場夢裡，有他。

她一遍一遍地重複著那個夢，她留著他贈予的信物，他說了要娶她的……朱顏顏終於忍不住低聲哭了起來，為什麼不是他呢？為什麼會認錯人呢？他也姓陸啊，他是從千崖山飛瓊寨來的啊……為什麼不是他呢？他答應過要娶她的啊，就算他是個長著絡腮鬍子，虎背熊腰又滿身是肉的胖子，她也願意嫁給他，做他的壓寨夫人啊！

奶娘看著自家小姐這副失魂落魄的樣子，心疼極了，「我可憐的小姐啊！」這才有了盼頭，肯好好吃飯，好好將養身體了，卻被這樣迎頭痛擊，告訴她一直期待的人竟是認錯了的……她的小姐以後可怎麼辦啊！

看著眼前抱頭痛哭的主僕兩人，施伐柯有點頭疼。

「雖然陸公子不是妳要找的人，可是我會幫妳打聽的……」她有些乾巴巴地道。但這一次她沒有頭腦發熱地跟她保證一定會幫她找到人，畢竟隔了那麼久，線索又那麼少，希望越大，失望越大，她可受不住朱顏顏的眼淚……

「真、真的嗎？」朱顏顏哭得打了個嗝。

施伐柯一下子感到了巨大的壓力，但在奶娘的逼視中，她艱難地點了點頭。

「阿柯，妳真好。」朱顏顏總算是止住了眼淚，頓了頓，又異想天開地道，「阿柯，我想看妳做肉。」竟然還惦記著肉啊……大概剛剛是真的很好奇，但出於大家小姐的矜持這才沒有追著問吧，哭了這一會，這是已經徹底放飛自我，顧不上矜持了……

奶娘糾結了一會兒，見朱顏顏哭得雙眼微腫著實可憐，到底沒敢再勸。

於是，朱大小姐生平頭一回走進了廚房，還是施家的小廚房。

朱顏顏跟著施伐柯進了廚房，好奇地看著那條被掛在鉤子上的肉。施伐柯卻並沒有去取肉，而是先從米缸中舀了米出來淘。

「這是什麼？」朱顏顏蹲到施伐柯身邊，看她淘米。

「這是白稻米。」一旁，奶娘慈祥地解說，語氣又輕又柔，彷彿怕說重了些就把她家小姐吹跑了似的。

「不是做肉嗎？」朱顏顏又問。這一回，連奶娘都看向施伐柯了。

被這對主僕目光炯炯地盯著，施伐柯抽了抽嘴角，「我打算做肉糜粥。」

「啊這個我知道！」朱顏顏眼睛一亮，「我吃過。」

那真是好棒棒……施伐柯默默將淘好的米放入瓦罐中加水泡上，然後轉身去處理生肉。

「我來幫忙吧。」朱顏顏見施伐柯從鉤子上取下了那條肉，躍躍欲試道。施伐柯默默看了她一眼，連生肉都不認識的人，能幫什麼忙啊！朱顏顏神奇地看懂了施伐柯那個眼神的含義，微微紅了臉，囁嚅著道：「我可以學嘛……」

「哎喲我的小姐，這哪是妳能幹的活！」奶娘忙上前攔住了她。雖說奶娘說的並沒有什麼不對……但施伐柯莫名就有些不高興，這個奶娘說話真氣人，誰還不是家裡的小寶貝了呀！她爹娘和哥哥們也可疼她了呢！默默腹誹著，施伐柯垂頭將一條肉一分為二。

「肉也算矜貴東西，一般人家還是要省著吃的。」奶娘見朱顏顏目露好奇，一臉慈祥地跟她解釋。

我們家吃不起肉真是不好意思了啊！一條肉根本用不掉，陸池胃口不佳，肉放多了會膩，破壞了粥原本清甜的口感反而得不償失，但施伐柯也懶得解釋，只默默將一半掛回了鉤子上，另一半放入水中清洗。洗淨血水，先切塊，再剁成肉糜狀，放入碗中備用。剁肉的過程十分簡單枯燥，可是朱顏顏卻站在一旁看得津津有味，可以想像她平日的生活有多乏味。

剁好肉糜，瓦罐中的米已經浸泡得差不多了，施伐柯彎腰生火煮粥。

「肉糜不放進去嗎？」朱顏顏眨了眨眼睛，好奇地問。

「等粥煮開了再放，現在放進去肉就老了，口感會很柴。」施伐柯解釋。

「原來煮粥也有這樣大的學問啊，阿柯妳真厲害！」朱顏顏眼睛亮閃閃地看著施伐柯，一臉很崇拜的樣子。施伐柯嘴角可疑地翹了翹，又很快壓了下去，十分老成持重地道：「這並沒有什麼難的，看一遍就會了。」朱顏顏便笑彎了眼睛。

一旁的奶娘悄悄抬手抹了抹眼睛，她自然知道先前說的話有些欠妥，可是這麼多年她已經習慣了這樣為人處事，事事以小姐為先，改也改不過來了，但是小姐卻極漂亮地化解了施姑娘心中的芥蒂，真該讓府裡那些碎嘴的婆子看看，她的小姐是多麼的聰慧又善良……

待粥煮上了，施伐柯又拿了刀子走出廚房。

「去做什麼啊？」朱顏顏亦步亦趨地跟了上去。

「割些韭菜，這個時候的韭菜十分鮮美，放一些在粥裡提鮮最好。」施伐柯說著，又想起了對肉糜粥十分執著的陸池，額角抽了抽，有點頭疼地道，「而且韭菜的氣味可以增進食欲。」說著，她走到了院子角落裡，那裡長著一茬一茬的韭菜，翠綠翠綠的，看著有種生機勃勃的美好。

「聽起來好像很美味啊。」朱顏顏也在她身邊蹲下來，看她割韭菜。漂亮的裙子沾了些泥土，她也不在意，只一徑好奇地探頭看著施伐柯割韭菜，她回頭看了一眼沒有跟出來的奶娘，小小聲道：「可以讓我試試嗎？」

施伐柯搖搖頭，乾脆俐落地拒絕道：「割韭菜看著容易，但妳從來沒有做過還是不要試了，很容易割傷了手。」

朱顏顏卻還是眼睛亮亮的，一副躍躍欲試的樣子，正想磨著施伐柯答應，那頭奶娘卻是不放心探出頭來看，她不由得蔫蔫地住了嘴，「哦。」施伐柯看得好笑，這才發現朱顏顏原來只是看著乖巧，心裡也是個不安份的姑娘啊，此時的施伐柯還不知道……豈止是不安分，這位看著乖巧的朱大小姐可是一心想嫁入土匪窩當壓寨夫人呢！

施伐柯割好韭菜，見她仍是一副垂頭喪氣的模樣到底有些不忍，想著這姑娘剛剛傷心了一場，還是需要哄一哄的，正好看到韭菜叢裡長了幾根狗尾巴草，毛茸茸的很可愛，順便摘了一些，編了一個毛茸茸的小兔子。

「阿柯妳手好巧！」朱顏顏一臉新奇地道。

施伐柯終於忍不住笑了起來，「不比妳嘴甜。」說著，把手裡編好的小兔子遞給她，「送給妳。」

朱顏顏接過，十分歡喜地看了又看，「謝謝妳阿柯，真可愛啊。」正高興著，奶娘走了過來，道：「小姐，我們該回去了。」朱顏顏頓覺大煞風景，嘟起嘴，不肯走。

「太晚回去夫人會擔心的。」奶娘苦口婆心地勸著。

「可是粥還沒熟呢。」朱顏顏小聲道。

……這是想幹嘛？聽這架勢莫不是想喝完粥再走？

奶娘有點頭疼了，今天的小姐真是格外的不聽話啊……說要出府散心，結果出了府就想來找施姑娘，說好找到施姑娘只在馬車裡說兩句話，結果到了施家就要進來坐坐，說好只坐一小會兒……現在這是要吃完飯才肯走？

「我只是想嘗嘗阿柯做的粥，看起來很好吃的樣子呢。」朱顏顏眼淚汪汪地道。

見朱顏顏一副要哭的架勢，奶娘就慌了，「好好好，我們吃了粥再回去啊，小姐妳不要哭，小心傷了眼睛，剛剛還哭了好一場呢。」原則是什麼？小姐一哭就不存在的。

「可是娘會不會生氣……」

「不會的，夫人看到小姐願意出來散心，心中十分欣慰呢。」奶娘忙哄道，「再不濟老奴豁出老臉去跟夫人請個罪，無礙的啊……」

不，有礙的……這是陸池心心念念的肉糜粥，如果被妳們吃掉了……後果不堪設想啊！妳們這對主僕不要自說自話啊！好歹問一下她這個主人家啊啊啊！

施伐柯面無表情地站在一旁，內心在哀嚎。

「阿柯，我能吃完粥再回去嗎？」朱顏顏轉身看向她，漂亮的大眼睛忽閃忽閃的，一臉羞赧地輕聲問。施伐柯捂著心口，微笑著道：「當然可以啊。」

「阿柯，妳真好！」朱顏顏甜甜地道。

這樣乖巧又可愛，誰能拒絕呢？施伐柯在心底默默流淚，可是她要怎麼面對陸池的憤怒啊……只是此時看著朱顏顏一副很開心的樣子，施伐柯還是有點欣慰的，她之前那副傷心欲絕的模樣還在眼前，如果吃碗肉糜粥能讓她開心一些，為什麼要拒絕她呢？

相信陸公子一定會理解的。他一定會理解的，是吧？

在朱顏顏無比的期待中，瓦罐裡的粥開始咕嘟咕嘟響，散發出白米粥特有的香氣，施伐柯打開蓋子，將剁好的肉糜倒了進去，拿筷子迅速劃散，複又蓋上了蓋子。

「韭菜是要最後放嗎？」朱顏顏好奇地問。

「嗯，要起鍋前放最好，因為韭菜不能久煮，久煮就不香了。」

「哦。」朱顏顏一臉受教的表情。

施伐柯其實有點不太能理解朱顏顏對這罐子肉糜粥的期待，畢竟她作為朱家的小姐，什麼沒吃過呢？此時對肉糜粥的熱情和期待簡直有點匪夷所思。施伐柯抬頭看了一眼圍著爐子上的瓦罐轉的朱顏顏，她的臉上帶著謎一樣的期待……想了想，施伐柯有點明白了，許是因為寂寞吧。她被養在深閨之中，保護得太好，也失去了太多。

因為朱顏顏和她奶娘要留下吃飯，施伐柯又做了幾個簡單的家常菜，順便送了一份去三哥的書房。

「那位真是朱家的小姐啊？」因為避嫌而不得不躲在書房的施三哥一邊吃一邊問，那些大家小姐規矩重，他在外頭遊學的時候可是吃過虧的，吃一塹長一智，他再不敢去觸這黴頭。可餓壞他了。

「嗯，她悄悄來的，你不要說出去。」施伐柯告誡，事關朱顏顏的閨譽，不可兒戲。

「知道了，我嘴可是很嚴的。」

施伐柯表示懷疑，畢竟家裡這麼多人，只有三哥是個大嘴巴，關不嚴實。

「喂喂，幹嘛用那種眼神看我，我還是知道什麼話能講，什麼話不能講的好嗎？」施三哥朝天翻了個白眼兒，見那位朱家小姐神神秘秘，連名號都不肯報的樣子，他就知道此事不宜外傳了啊。

「你慢慢吃吧，小心噎著，我出去了。」施伐柯說完，就出去了。

她前腳剛走，施三哥就噎住了……被噎得直翻白眼兒。

施伐柯妳個烏鴉嘴！

朱顏顏終於嘗到了她心心念念的肉糜粥，雖然不是她自己親自動手做的，但她親眼看著施伐柯做的啊，本來普普通通的一碗粥彷彿瞬間就不同了起來，她興致勃勃地喝了一小碗，竟然還意猶未盡地又添了一碗。

奶娘看她吃得香甜，鼻子一酸又想哭了，她家小姐向來吃得不多，前段時日又為了陸公子和夫人嘔氣，最嚴重的時候幾乎粒米不進，昨日施姑娘來過之後她終於肯乖乖吃飯，但因為餓得久了脾胃太弱，胃口不開，她硬是逼著自己喝了半碗燕窩，還差點吐出來，今日早膳也格外努力，雖然都吃進去了，但卻吃得很是艱難。

此時卻不同，她吃得眉開眼笑，奶娘欣慰地想，即便回去被夫人處罰也值了……她先前還擔心，她知道陸公子不是她的救命恩人之後，又會傷心欲絕不肯好好吃飯，如今終於放下了高高提起的心。

「阿柯，我還要。」朱顏顏吃完，又道。施伐柯額角一抽，見瓦罐裡只剩淺淺一層的粥了，果斷蓋了蓋子，義正辭嚴地道：「不能再吃了。」

奶娘贊許地看了施伐柯一眼，心道這位施姑娘果然是個好的，能哄著小姐高興，但也不縱著她傷了身子，見小姐又嘟嘴，忙上前哄道：「小姐，施姑娘說得對，妳胃口才開，不能再多吃了，回頭吃傷了小心肚子疼，喜歡吃這個，回府裡奶娘再給妳做啊。」

朱顏顏看了看義正辭嚴的施伐柯，又看了看雖然慈祥但卻十分堅決的奶娘，見這回竟沒有一個人肯站在她這邊，終於聽話地放下了碗。可以說非常之乖覺了。

施伐柯終於保住了最後一點粥……不知道這一點粥能不能稍稍緩解一下陸公子的憤怒？

「阿柯，妳在嗎？」說曹操，曹操到，外頭冷不丁響起了陸池的聲音。施伐柯頓時一個激靈，陸池怎麼來了？

「啊……在。」她下意識應了一聲，然後驀然意識到了什麼，回頭看向朱顏顏。

朱顏顏也被這突如其來的聲音嚇了一跳，大大的眼睛圓睜著，彷彿受了驚嚇的小鹿般後退了一步，差點踩到自己的裙子摔倒。

奶娘忙扶住了她，聽到外頭有腳步聲進來，暗暗責怪自己真是太大意了，低低地對施伐柯說了一句，「小姐不好見外男。」便忙扶著朱顏顏躲進了灶台裡頭。

朱顏顏和奶娘剛躲好，外頭陸池就走了進來。

陸池看到施伐柯在廚房，臉上便帶了笑，「阿柯，妳一個人在家嗎？我看外頭沒有人，門怎麼沒關？」原來……沒關門啊。

「唔，我三哥在書房溫書呢。」施伐柯一見陸池，眼睛就不自覺瞄向那罐子已經只剩下一點點的肉糜粥，心裡特別虛，口中沒話找話，「你從學堂過來嘛。」

然後又有些擔心躲在灶台裡頭的朱顏顏，既擔心她被陸池發現不好收場，又擔心她見到陸池又引動傷心事。可以說非常煎熬了……

「嗯，散學之後便覺腹內空空，想著阿柯答應了要做肉糜粥，便過來了。」陸池自然注意到了施伐柯不太自然的臉色，見她不停地偷覷爐上的瓦罐，唇畔便不自覺帶了一絲笑意，他已經聞到熟悉的香味了。先前他這般執著於肉糜粥，其實只是執著於阿柯親手替她熬粥的心意，可是此時聞到那股熟悉的香味，不知為何竟真的饑腸轆轆了起來，一直寡淡而苦澀的口中有津液分泌出來，瞬間就有了胃口，只覺得自己可以吃掉整整一罐子粥。

施伐柯頓覺頭皮一緊，真是哪壺不開提哪壺啊！

「好香啊，粥已經熬好了嗎？」陸池含笑道，聲音又軟又柔。因為此時，他的心裡也是又軟又柔。廚房裡有食物的香氣，有他中意的姑娘，連外頭的春風都似乎柔軟了起來……一切都是那麼美好。

美好得令人沉醉。然而，他軟柔的聲音聽在施伐柯耳中，簡直如同春雷陣陣……

不……粥已經……她看到陸池面帶微笑地走到爐灶邊，伸手去掀瓦罐的蓋子，當下眼角一跳，迅速上前，以迅雷不及掩耳之勢按住了他的手。

這親近來得猝不及防。陸池低頭看著那個主動按住了他手的姑娘，眼中波光粼粼，「怎麼了，阿柯？」他輕聲問。

施伐柯被他看得不自覺吞了一口口水，只覺得自己差點溺斃在那雙波光粼粼的眸子裡，她掙扎著撿了回自己的理智，有些艱難地開口，「陸公子……」

「嗯？」

「聽聞成大事者，皆胸懷寬廣，阿柯覺得陸公子便是一個胸懷寬廣的人。」她又吞了吞口水，硬著頭皮道。

「……」陸池微微挑起眉，彷彿有哪裡不太對？他看了施伐柯一眼，又看了看她按在自己手上的那只手，然後默默地、堅定地，打開了瓦罐的蓋子。

瓦罐裡，只剩淺淺的一層粥。

先前有多期待，此時他就有多絕望……什麼食物的香氣、柔軟的春光……都是假像！

「誰吃了？」他問。聲音平靜，卻又有種風雨欲來的危險，如果先前的美好讓他沉醉，那現在殘酷的現實已經讓他覺醒了！

「有、有點意外的事情發生……」施伐柯硬著頭皮解釋。

灶台裡頭，一連吃了兩碗粥的朱顏顏心虛地動了一下，發出細微的聲響。

陸池眉頭一動，森冷的目光看向灶台的方向，「誰？出來！」裡頭卻是一下子安靜了下來。

陸池瞇了瞇眼睛，慢慢走了過去，施伐柯見狀，慌忙拉住了他。她的表情實在太過慌張，慌張到有點異常，陸池蹙了蹙眉，「別怕，我去看看。」

吃得只剩一層底的粥，灶台裡藏匿的人，施伐柯難得的慌張……這一切的不尋常讓陸池心生警覺，他把一切聯繫到了一起，得出一個結論。

灶台裡藏了歹人！

難怪門是開著的，難怪阿柯的表現那麼奇怪。她不肯說，大概是因為不想連累他吧，畢竟在她眼中，他只是一個手無縛雞之力的書生呢。

施伐柯簡直快急哭了，死死拽著他不放。

「相信我。」陸池溫柔地摸了摸她的腦袋，安撫道，然後毅然決然地衝到了灶台裡頭。

施伐柯一個沒拉住，眼睜睜看著他衝了過去……混蛋！不是手無縛雞之力的書生嗎？怎麼那麼大力氣！

陸池衝到灶台裡頭，居高臨下地站著，看到了灰頭土臉的兩個人。

一個少女，一個僕婦。唔……這個組合怎麼看都不像是歹人啊。陸池有點費解了。

施伐柯抽了抽嘴角，趕緊跑去拉他，「你先出來……」陸池看了她一眼，後知後覺地想到，他可能是誤會了，灶台裡沒有什麼歹人，只是因為這姑娘聽到他的聲音，不得已才躲進灶台裡避一避。畢竟一個姑娘家不太好隨意見陌生男人。

這就尷尬了。陸池看了一眼因為躲在灶台裡而顯得有點灰頭土臉的少女和僕婦，摸了摸鼻子，打算退出去。

「陸公子……」朱顏顏忽然站了起來，因為站得太急，十分單薄的身子歪了一下，差點摔倒。一旁的奶娘忙扶住了她，忿忿地看了陸池一眼。

朱顏顏站穩了身子，看向眼前這芝蘭玉樹般的公子。她躲在灶台裡頭，一開始並不知來的是誰，直至施伐柯喚他「陸公子」，才意識到這個男子便是她差點想要嫁的人。

原來，陸公子是這樣的一個人啊，並沒有長著絡腮鬍子，也並不是虎背熊腰滿身肉的胖子，確如施伐柯所說，他是個芝蘭玉樹般的公子。

可惜……卻不是她要找的人呢。

「對不住，那粥……是我吃了。」朱顏顏咬了咬唇，有些羞愧地微紅了臉，道，「我不知那是阿柯給你準備的……」

「沒事沒事，陸公子跟我鬧著玩呢。」施伐柯瞪了陸池一眼，趕緊安撫朱顏顏，「不過一罐子粥而已，不用道歉的。」陸池幽幽地看了施伐柯一眼。施伐柯被他看得頭皮一緊，但卻沒有要退縮的意思，畢竟那只是一罐子粥，也是她同意人家吃的，這會兒卻讓一個姑娘家因為吃了罐粥而道歉，實在太過分了！

陸池沒有說什麼，只伸出手，將進門時便一直握在手中的畫卷遞到了她手裡，「這是我答應要給妳的畫。」說完，垂下眸子，轉身欲走。

施伐柯愣愣地看著手裡的畫卷，想起了陸池之前說的話。

「一定要記得妳答應過我的事啊。」

「我……答應妳什麼了？」

「看來妳完全沒有放在心上啊，我答應妳的事，可是認真放在心上了呢。」

施伐柯忽然十分羞愧起來，覺得自己簡直罪大惡極，她腦袋一抽，慌忙一把拉住要走的陸池，然後眼疾手快地拎起瓦罐用布包著塞進了他懷裡，「還有一些你先吃吧，明日我再給你送來。」

「……」陸池默默看了一眼懷中溫熱的瓦罐，還有瓦罐裡吃剩下的、那一層淺淺的粥。

施伐柯這才意識到自己做了什麼，正準備迎接陸池狂風暴雨般的憤怒時，陸池默默拿起一旁的蓋子蓋在瓦罐上，抱著瓦罐走了。

「……」施伐柯看著他落寞的背影，感覺自己簡直像個負心漢。

正糾結著，一隻顫巍巍的小手突然拉住了她。

朱顏顏拉住她的手，緊緊握著，她握得很緊，緊到施伐柯的手隱隱發痛。施伐柯下意識看向朱顏顏，很難想像她單薄的身體居然有這麼大的力氣，竟握得她的手生疼，莫不是被陸池嚇著了？

這一看，施伐柯便被嚇住了。朱顏顏正定定地看著她，眼神發亮，眼中有淚水滾落下來，她張了張嘴，似乎發不出聲音。
「怎、怎麼了？」施伐柯見她這樣，被嚇了一跳，「妳別哭啊，陸公子不是針對妳，他只是惱我不守信……」
「阿、阿柯……」朱顏顏在顫抖，淚水不停地往下落，終於能發出聲音卻還是語不成句。一旁的奶娘嚇壞了，「小姐，妳這是怎麼了啊……哎呀！都怪那個陸公子，好端端闖進來做什麼，嚇壞了我家小姐！」
「陸池他不是故意的，顏顏妳別緊張，他沒有惡意的。」施伐柯急忙替陸池解釋，生怕朱家去找他麻煩。……這都叫什麼事兒啊！一罐肉糜粥引起的血案嗎？
朱顏顏閉著眼睛搖頭，淚水落得越發快了，她抖著唇想說什麼，但卻又說不出來。
「妳別急、別急，緩一緩，慢慢說，怎麼了？」施伐柯忙扶住她，慢慢撫了撫她的背，替她順氣。
「我、我好開心！」朱顏顏緩了緩，終於迸出了一句話。
「什麼？」施伐柯一愣，這轉折有點快，她有點懵。開心？開心什麼？
「是他……是他……」朱顏顏緊緊握著施伐柯的手，抖著唇道。
「什麼？」施伐柯瞪大眼睛，卻是一瞬間福至心靈，忽然明白了朱顏顏的意思，「妳是說，陸公子就是妳要找的人？」朱顏顏點頭如搗蒜。
「不是說認錯了嗎？」施伐柯疑惑道。
「我、我看到了……」他伸出手遮畫卷的時候，朱顏顏看到了他的手。那是極修長好看的一隻手，從她的角度剛好可以看到他的手腕內側……他的手腕內側，有一枚形狀奇怪的刺青，似龍非龍，似蛇非蛇。

是他！真的是他！陸公子就是十年前在千崖山救了她的少年，她萬分確定！朱顏顏眼神發亮，蒼白的臉上染了一抹醉人的殷紅。

待朱顏顏終於緩過神來，告訴她陸公子手上那枚形狀奇怪的刺青和當年那個救了她的少年手上一模一樣時，施伐柯還是有點不敢置信。這算什麼？山窮水盡疑無路，柳岸花明又一村？「可是，陸公子不會武功啊。」施伐柯還是有點想不通。

朱顏顏笑得有些神秘，又有些羞澀，「許是他比較低調，不喜賣弄吧。」雖然喜歡施伐柯，但朱顏顏也知並不是什麼話都好同她講的，朱顏顏心中篤定陸公子是因為身份敏感，所以才不願意曝露身懷武藝的事實，畢竟他是從千崖山飛瓊寨出來的，若是被旁人知道，只怕會惹來大麻煩。雖然不知他為何會來銅鑼鎮，又為何會成了秀才，但朱顏顏篤定，那就是他與她的緣分，要不然他為何不去別處，就偏偏來了銅鑼鎮呢？要不然為何明明她都已經絕望了，他卻突然出現在了她的面前，還讓她看到了他手上的刺青呢？

所以，這合該是她的緣分啊。

因為懷揣著一個只有他和她知道的秘密，朱顏顏心中越發的甜蜜起來。只是大悲之後的大喜讓朱顏顏的身體有些受不住，畢竟她還虛弱著，待面上的殷紅退去之後，她面色很快便蒼白了下來。

奶娘見狀，又勸她回去。這一次，朱顏顏沒有再任性，她已經看到了想看到的人，而且這個人比想像中還要美好，她可還記得施伐柯說過陸公子喜歡有福氣一點的姑娘，今日她留給他的印象肯定十分糟糕。又瘦弱又蒼白，還躲在灶台裡看起來灰撲撲、髒兮兮的，想到這裡朱顏顏不禁有些懊惱，而且，她還吃了他要的粥……這麼一想，朱顏顏又有點想哭了。

但不管如何，總算又有了盼頭，有點小沮喪又有點小甜蜜的朱顏顏終於提出了告辭，她要好好修養身體，她要做一個看起來就特別有福氣的姑娘！

「阿柯，妳明日一定要來我家找我啊，我娘明日肯定不許我再出來的。」臨走前，朱顏顏拉著施伐柯可憐巴巴地道。

很有自知之明的姑娘嘛……妳今日這番倒騰，明日朱大夫人許妳出來才怪。

但施伐柯知道這姑娘被養在深閨也沒個可以說話的人，如今乍悲乍喜的沒人陪著說話，別再憋出病來，再看一旁虎視眈眈地盯著她，一副不答應她家小姐就是罪大惡極的奶娘……施伐柯嘴角抽搐著答應了明日一定去看她。

「陸公子的事情……也拜託妳了。」得了施伐柯的許諾，朱顏顏又含羞叮囑了一句，終於上了馬車。

坐上馬車，朱顏顏掀開車簾，依依不捨地沖施伐柯揮手，一直揮到看不見人影了，才安分下來。

奶娘一邊拿帕子替她擦了擦額頭根本不存在的汗，一邊嗔怪道：「明日就能再見的，怎麼就這樣依依不捨了。」

「我喜歡阿柯嘛。」朱顏顏靠在奶娘身上撒嬌。

「知道妳喜歡施姑娘。」奶娘見小姐這樣乖巧地膩在自己身上撒嬌，臉上的笑容掩也掩不住，她一輩子到頭，相公沒留住，孩子也沒留住，除了小姐什麼都沒有了，於她來說，沒有什麼比小姐更重要了，頓了頓，又有些感慨地道：「施姑娘是個好姑娘，小姐妳這樣聰慧，找的朋友也是個好的。」

「那是，我一見阿柯就喜歡，彷彿上輩子就該做姐妹的。」朱顏顏得意地道。那樣小小的得意出現在她嬌俏精緻的臉上，顯得尤為可愛，奶娘看著，臉上的笑紋更深了。

笑著笑著，朱顏顏突然就沉默了。

「小姐，怎麼了？累了嗎？」見她突然安靜下來，奶娘有點擔心地問。

朱顏顏點點頭，又搖搖頭，不知道該怎麼形容，終於見到了自己想念了十年的人，她心裡是十分高興的，可是又有點失落。「奶娘，他……沒有認出我呢。」朱顏顏低低地開口。

見自家小姐有些低落的樣子，奶娘伸手將她摟在懷中，憐惜地撫了撫她的腦袋，哄道：「我的傻小姐，已經隔了十年，我的小姐也從一個瘦巴巴的小姑娘變成漂亮的大姑娘了呢，陸公子沒有一眼認出小姐，也不能怪他啊。」

朱顏顏被奶娘逗得笑了笑，然後又垂頭看了看自己的胸口，有些沮喪地道：「奶娘騙人，我明明是從一個瘦巴巴的小姑娘變成了一個更瘦巴巴的大姑娘。」明明小時候臉還有點肉嘟嘟的呢。說不定因為這個，陸公子看她討喜才說要娶她的。

哎呀，陸公子會不會因為嫌棄她不夠有福氣，就不肯娶她了呢？朱顏顏又有點慌了。

「奶娘。」她冷不丁道。

「嗯？」

「回去之後我一定要好好吃飯。」奶娘一愣。

「我要變成一個看起來就很有福氣的姑娘。」朱顏顏握了握拳頭，目光堅定。

奶娘笑出一臉褶子，「是是是，我家小姐是最有福氣的姑娘，誰也比不上。」

朱家的馬車漸漸遠去，施伐柯還在原地揮手。

「妳的手不酸嗎？」施三哥不知道從哪裡竄出來，站在她身後涼涼地道。

施伐柯默默收回了揮得有些發酸的手。當然酸，可朱顏顏沖她揮手，她也不能無動於衷啊，雖然朱顏顏真的是熱情到有點讓人吃不消呢……

「可算是走了。」施三哥雙手舒適地枕在腦後，長長地歎了一口氣，「這些大家小姐真是麻煩。」

「可甜也是大家小姐。」施伐柯看了他一眼，頗有些意味不明地道。

施三哥眨了眨眼睛，一頭霧水，這又關賀可甜什麼事了？

不過他想了想，還是十分公正地道：「賀家小妹妹倒是沒這麼麻煩。」畢竟人家賀家小妹妹沒逼著他避嫌啊！明明是在自己家裡，卻不能隨意走動，吃飯都要等阿柯送進書房，連去個茅房都要膽顫心驚，唯恐被人發現，誰能理解他的憋屈！

施伐柯的表情更微妙了，果然很護著賀可甜呢。施三哥被她看得抖了抖，「妳幹嘛這樣看著我，怪嚇人的。」

「三哥。」施伐柯冷不丁地道。

「嗯？」

「你任重而道遠啊。」施伐柯高深莫測地道。賀可甜可不是那麼好娶的呢，首先她哥那一關就難過得很。

「啥？」

「不過，祝你得償所願。」施伐柯微微一笑，又叮囑道：「記得，肥水不流外人田。」找媒人，一定要找她啊。

說完，施施然走了。

留下施三哥一頭霧水地站在原地，妹妹說的話每個字他都能聽懂，但是為何連在一起竟然就聽不明白了？說人話啊！

第六章　為人師表

送走了朱顏顏，施伐柯回到廚房，卻發現陸池給她的畫不見了，不由得有點著急，那可是她準備賠給賀可甜的啊！為此還欠了陸池好大一個人情呢！她已經因為肉糜粥的事情十分愧疚了，要是再把畫弄丟了，乾脆就尋塊豆腐撞死算了。

在廚房找了一圈沒找著，施伐柯思索了一下，朱顏顏和奶娘肯定不會拿她的東西，那麼……「三哥！」施伐柯衝出廚房，攔住了剛打大門進來的施重海。

「幹嘛？」施重海還沒想明白施伐柯剛剛那些奇奇怪怪的話是什麼意思呢，這種被蒙在鼓裡的感覺很不好，總感覺自家妹妹有點不懷好意啊！

「廚房裡的畫，是不是你拿的？」施伐柯一臉嚴肅地問。

正準備問問她先前那些話是什麼意思，卻聽她提起了畫，施重海的神色立刻就有點不太自然了。

「果然是你！」施伐柯瞪大眼睛，「快還我！」

「哎呀，那畫就擱在廚房的桌上，我哪知道是妳的。」施重海打哈哈。

「現在知道了，快還我。」施伐柯板著臉道。

「給三哥看看嘛，看完就還妳，難道三哥還會貪妳東西不成？」施重海一臉受傷的樣子。

施伐柯才不上當，滿臉都寫著不信任，大哥二哥比她大了許多，自小讓著她，只要她想要就沒有不給的，而唯一會跟她搶東西的，就是眼前這位正在裝模作樣騙她東西的三哥！

施重海嘿嘿一笑，搓搓手，「阿柯啊，那畫妳是哪來的啊？」

「陸公子給的。」施伐柯綳著臉道，「你快還我，我有用。」

施重海的表情有點驚訝，「妳是說……那個陸公子？」

「還有幾個陸公子不成？」

「他有沒有告訴妳這畫哪來的？」施重海的表情似乎有點糾結，又追問。

「他畫的啊？」施伐柯一臉奇怪地道，隨即回過味來，「你莫不是以為那是臨淵先生的畫？那不是真品，是陸公子仿的，陸公子仿臨淵先生仿得很像，連向來慧眼如炬的二哥都差點看走了眼呢。」

施重海看著傻妹妹一副與有榮焉的樣子，心情有點複雜。那幅畫他看了，真品無疑，二哥會不會走眼他不知道，但他是絕對不走眼的，畢竟……他可是與那位臨淵先生神交已久了呢，施重海咬牙切齒地想。難怪他從頭到尾就看那位陸公子不順眼，原來他就是那個藏頭露尾見不得人的臨淵先生啊……

兄妹倆正對峙的時候，施長淮和施重山從鋪子裡回來了。

「小三，你是不是又欺負阿柯了？」一進門，施長淮就偏心眼兒地吼了一聲。

「沒……」施重海忙不迭的否認。

「爹！三哥搶我的畫！」施伐柯告黑狀告得十分俐落。

「你個小兔崽子越來越出息了，連你妹妹的東西都要搶！」施長淮眉頭一豎，操起一旁的掃帚就要打。

施重海簡直欲哭無淚，「嗷」地一聲跳了起來，邊跑邊道：「沒搶沒搶！我跟她鬧著玩呢！」

「鬧著玩？來！你老子陪你玩！」施長淮一邊追著施重海打，一邊怒目道。

施伐柯「噗」地一聲樂了。

「阿柯妳個小沒良心，快救救我！」施重海氣得大叫。

「再敢欺負你妹妹老子打折你的腿！」施老爹也大叫。

連鬥雞狗勝都撲楞著翅膀看熱鬧，一時間施家小院裡當真是雞飛狗跳。

陶氏一踏進院子就黑了臉，「這一天天的鬧什麼呢？」聲音不大，院子裡卻立刻安靜了下來，連狗勝也默默將腦袋塞進了翅膀裡，施家一眾的家庭地位一目了然。

施重海簡直淚流滿面，「娘，妳可算回來了。」

「阿柯，妳又攛掇妳爹欺負小三？」陶氏看向施伐柯。

施伐柯扁嘴，「才不是，是三哥先偷了我的畫。」

陶氏是家裡唯一頭腦清醒並且公正的人，聞言看向施重海，「什麼畫值得你巴巴地跟你妹妹搶？」

「是陸公子給我的畫，三哥估計誤以為是臨淵先生的畫，就給拿走了。」不待施三哥開口，施伐柯繼續搶著上眼藥。

一直作壁上觀的二哥施重山聽到是臨淵先生的畫，立刻眼睛一亮，「小三，把畫拿出來。」

施重海最見不得他二哥一聽「臨淵先生」這四個字就如獲至寶的模樣，氣呼呼地跑回屋子，將一卷畫拿出來，塞進了施伐柯手裡，「妳可拿好了，別被二哥騙去鋪子裡給賣了。」

施伐柯抱緊了手裡的畫，沖他吐了吐舌頭，「二哥才不跟你似的總欺負我呢，二哥最疼我了。」

施重山聞言，笑瞇了眼睛，「二哥不貪妳東西，能給二哥看看嗎？」

施伐柯乖乖將畫遞給了二哥。他們一副兄妹和樂的樣子，施重海更氣了。當然，他最氣的是二哥的態度，對臨淵先生的畫如獲至寶的態度！

對於臨淵先生此人，施重海的心態十分複雜。

施重海是個相當自負的人，雖然沒有下場考試，但向來自詡學問不輸任何人，而他最為擅長的，便是繪畫。

他的先生是一個隱世的大儒，之所以會收他為徒，也是因為他於繪畫一道天賦出眾。他幾年如一日地磨練畫技，有一日同二哥開玩笑說要將畫放在自家鋪子裡出售，看看價值幾何，二哥說價值十兩。他也挺美滋滋的。

後來那幅畫竟然賣了百兩。他更美滋滋了，覺得自己果然畫技出眾。

結果有一日，二哥十分激動地回來了，說撿了個大漏，有人在鋪子裡當了一副臨淵先生的畫，價值千兩。

施重海頓時感覺自己的三觀都崩壞了，憑甚這臨淵先生的畫能值千兩，他的畫在二哥口中便只值十兩？……虧他還美滋滋的。

自此，施重海便狠狠記住了這個臨淵先生，並且暗地查探他的消息，但這臨淵先生藏得很深，根本沒人知道他是誰，他也鑒賞了不少臨淵先生的畫，雖然不想承認，但那臨淵先生的確是個有大才的。但這不妨礙施重海仍舊覺得他是個沽名釣譽之輩，沒事將自己的畫炒出天價是何居心！

施重山果然只是看了看便將畫還給施伐柯了，心裡卻越發篤定了那個傻書生就是臨淵先生，他當然不會搶妹妹的畫，可是……臨淵先生本人就在眼皮子底下，還是可以套套近乎的嘛。

施重海一眼看穿了自家二哥的想法，然後突然意識到……二哥可能一早就知道那位陸公子就是臨淵先生了，難怪向來無利不起早的二哥竟然吃錯了藥一般，竟同意阿柯去照料生病的陸公子，他還當他是良心發現，卻原來不過是有所圖謀罷了！膚淺！市儈！

施重海氣呼呼地甩袖走了。

氣走了三哥，施伐柯抱著失而復得的畫回了房間。

她把畫卷放在桌上，小心翼翼地打開，畫的是一幅中規中矩的山水圖，依然印著臨淵先生的章，施伐柯忍不住翹了翹唇角，覺得陸公子很是善解人意，畢竟賀可甜就好這一口嘛。

看著看著，她就更愧疚了，陸公子可真的是把答應她的事情放心上了呢，可是她卻讓他喝剩粥，而且還只剩下了那麼一點⋯⋯

不過，原來陸公子真的是朱顏顏要找的人嗎？念頭忽爾一轉，施伐柯想起了朱顏顏篤定地喜極而泣的模樣。那時她仍然心存猶疑，畢竟她試探過了，這陸公子他不會武功啊。

當時，朱顏顏笑了。她說，「許是他比較低調，不喜賣弄吧。」⋯⋯可能朱顏顏自己都不知道，她的笑容中帶著一些小小的羞澀和甜蜜，一種彷彿擁有了只有他們兩個人知道的小秘密的甜蜜。

所以，若是朱顏顏沒有認錯人的話，陸池原是會武功的啊。那他豈不是故意眼睜睜看著她，傻乎乎地為了試探他而砸碎了那只碟子⋯⋯？

這一夜，向來睡眠很好的施伐柯輾轉反側，難得沒有睡好。

第二日，施伐柯又起了個大早，做了一家人要吃的早膳，順便將昨日買的另一半肉拿下來泡在水中，淘了米準備煮的時候，忽然想起來家裡只有兩個瓦罐，一個被賀可甜砸了，一個昨日被陸池抱走了⋯⋯正糾結要怎麼辦的時候，便見爹抱著一個瓦罐從外頭走了進來。

施長淮習慣早起，在早膳前出去溜一圈再回來吃飯，今日亦是如此。

「爹，你手裡怎麼有一個瓦罐？」施伐柯一臉驚訝地問，且⋯⋯那瓦罐彷彿還很眼熟呢。

「不知道是哪個兔崽子放在我們家門口的，害得老子差點絆了一跤。」施長淮將手裡的瓦罐掂了掂，「不過這瓦罐看著挺新，回頭洗洗拿來醃菜吧。」

施伐柯抽了抽嘴角，到底沒敢講這就是自己家的瓦罐，只伸手接過，「我來洗吧。」

「沒事，回頭爹來洗。」施長淮說著，動了動鼻子，聞到了飯食的香味，「阿柯最近這麼勤快啊，早上不用多睡一會兒嘛。」

「我們只是順便吧。」施重海打了哈欠，伸著懶腰慢吞吞地走了出來，酸溜溜地看了一眼施伐柯抱在懷裡的瓦罐。

「這個混帳東西，整日就曉得說風涼話，也不見你起來做早膳啊。」施長淮橫了他一眼。施重海撇撇嘴，感覺自己簡直就是一個爹不疼娘不愛的小可憐。

施伐柯低頭摸了摸懷裡的瓦罐，確認了這瓦罐就是昨日陸池抱走的那個……畢竟這瓦罐當初還是她去挑的，自然不會認錯。

抱著瓦罐走進廚房，將瓦罐洗了洗，燉上了粥。

吃過早膳，待粥熟了，先後撒上肉糜和新割的韭菜，香噴噴的肉糜粥就完成了。

施伐柯頂著自家三哥涼絲絲的目光走出家門，拎著去了柳葉巷。

站在陸池的院子門口，施伐柯推了推門，發現門是從裡面栓著的。她默默站了一會兒，扁扁嘴，將手中拎著的瓦罐放在了門口的角落裡，然後轉身走了。

隔著一扇不算厚實的門板，陸池正好整以暇地坐在院子裡，等著施伐柯帶著肉糜粥來敲門。他聽到她的腳步聲，故意矜持地坐著，嘴角卻是忍不住翹了起來。

等啊等。沒有人敲門。

陸池蹙了蹙眉，終於繃不住開門去看。結果門口空蕩蕩的什麼都沒有，他的臉一下子黑了，然後，他看到了門口角落裡那個眼熟的瓦罐，正是他今日一大早偷偷送去施家門口的那個。

陸池默默拎起瓦罐，沉甸甸的。揭開蓋子一看，滿滿一罐子肉糜粥，香噴噴的肉糜、白米和翠綠的韭菜，看得人食欲大開。

輕輕「哼」了一聲，嘴角卻是高高地翹了起來。

離開柳葉巷，施伐柯去了朱家。

她答應了朱顏顏今日要去尋她說話的，結果在朱家大門口，她看到了一個探頭探腦的少年……這少年不是旁人，正是望眼欲穿的朱禮。

「施姐姐！」看到施伐柯，朱禮眼睛一亮，左右看看，鬼鬼祟祟地走了過來。不過是幾日未見，眼前這少年……又清減許多，已然是個清俊的小少年了。

「施姐姐我等了妳許久啊，妳怎麼今日才來。」朱禮眼巴巴地看著她，一副望眼欲穿的樣子，十分可憐。

「你等我作甚？」施伐柯下意識便問了一句，畢竟今日她是來見朱顏顏的，何曾約了這個小胖子……哦不，眼前已經不是個小胖子了。

「誒？」朱禮一下子瞪大了眼睛，「言而無信，不知其可也，施姐姐妳莫不是忘記和我的約定了？」好嘛，果然是長進不少，都會拽文了。

「不對啊……妳若不是來找我的，妳來幹嘛？」朱禮想了想，一臉疑惑道。

「尋你大姐姐啊，顏顏約了我來玩。」施伐柯眨眨眼睛道。

朱禮一臉的匪夷所思，先生喜歡施姑娘，大姐姐想嫁給先生，施姑娘和大姐姐成了閨中好友……這關係亂的。但他現在已經沒有心情去嘲笑先生了，施姐姐已經是他最後的辦法了，結果竟然是個不靠譜的，枉他期待了這麼久。

施伐柯這會兒知道他為何在這裡等著她了，見他可憐巴巴的，也不忍逗他，「我已經同你先生說了。」

「真的？」朱禮忙眼睛一亮，隨即一臉緊張地問，「先生怎麼說？」成敗在此一舉了！要是不成……他就得聽爺爺的安排去族學了。

「自然是同意了。」施伐柯笑了一下，「即便你今日不在此等我，估計你先生也快來找你了。」

朱禮本來都已經放棄了，結果竟然有意外之意，自然是喜不自勝，「太好了施姐姐！真是多謝妳了！」果然他先前的想法是對的，施姐姐在先生心目中的地位果然是不一般啊，施姐姐的話就是管用，她一開口這事兒就成了！

「不必謝我。」施伐柯微微一笑，不好同他講你先生本就打算收你為徒，先前不應，可能也只是想磨磨你的傲氣，怕你仗著有過目不忘的才能就恃才傲物、不服管教諸如此類，只含蓄地暗示道：「先生對你期望很高，你莫要辜負他。」若陸池知道她的想法，定會說一句，妳想太多了……而顯然，此時朱禮也是這麼覺得的。

難道施姐姐這是在暗示他，先生是個高尚的先生，先前不同意收他為徒只是為了考驗他、磨練他？……別逗了，那種小雞肚腸又不負責任的傢伙，怎麼可能那麼高尚。

施姐姐妳看走眼了啊！

施伐柯沒有注意到這個小少年的表情一瞬間變得有點一言難盡，她猶豫了一下，忽然拉著朱禮問，「我跟你打聽個事兒。」

「施姐姐妳儘管問，我保證知無不言，言無不盡。」朱禮正感激著呢，當下拍著胸脯道。

施伐柯抽了抽嘴角，輕咳一聲，問：「你覺得你們先生……會武功嗎？」關於朱顏顏和陸池的事情，施伐柯想了許久也沒個頭緒，想找個人問問吧，又不知道該問誰，這會兒看到朱禮，想起來他是陸池的學生，自然和他相處的時間比較多，也許會有什麼線索？

聽到這個問題，朱禮先是一愣，心道關於先生的事情妳不知道，我怎麼可能知道得比妳多啊，隨即卻又有些興致勃勃了起來，施姐姐會這麼問，難道……是發現了什麼端倪？

正這時，一個胖乎乎的書僮走了出來，苦著臉道：「少爺你怎麼又跑出來了啊！老太爺一會兒來發現你不在書房看書，一準又要罰我了！」

「知道了，這就來。」朱禮應了一聲，又回頭神秘兮兮地壓低了聲音道，「施姐姐妳放心，回頭有機會我幫妳打探一下。」

那胖書僮見他還在說話，又跺了跺腳，焦急地催道：「少爺！你倒是快點啊！」朱禮又鄭重其事地謝了施伐柯一次，並保證有機會便會替他打探關於先生會不會武功的事情，這才壓抑著忍不住要翹起的唇角，跟著火燒屁股一樣的書僮回書房去了。

施伐柯默了默，總覺得他彷彿對於自家先生可能會武功這件事情莫名的興奮呢……

回書房的路上，朱禮心情好極了。

先生答應了收他為徒，那他就不用去族學面對那群討厭的偽君子了，而且……先生可能會武功這件事情讓他也興奮莫名，畢竟施姐姐不會無的放矢，於是他開始天馬行空地腦補了一堆，比如先生是隱世的高人，又或者是身負血海深仇的俠客，不管哪種想起來都有點心潮澎湃呢。

那書僮見朱禮難得笑咪咪的樣子，覺得有點奇怪，「少爺，你今日彷彿心情很好呢。」

「我向來心情不錯啊。」朱禮仍是笑咪咪的。

……才怪！那書僮默默腹誹，明明這幾日都彷彿跟個炸藥似的一點就著呢。

主僕兩人回到書房的時候，老太爺已經在書房裡坐著了。

看到總是一臉嚴肅的老太爺，那書僮嚇得站都站不直，撲通一聲跪下了。

「去領罰，五戒尺。」老太爺淡淡地道，書僮戰戰兢兢地去了。

朱禮剛剛還笑咪咪的臉一下子就繃直了，但他沒有說話，只默默垂了頭。這幾日但凡他哪裡做得不對，爺爺不會罰他，但是會讓他的書僮代為領罰，一開始他還試圖反抗，但他反抗之後，他的書僮只會被罰得更狠，漸漸的他學會了沉默。

「你準備一下，我已經和秦先生講好了，你明日便回族學去吧。」朱老太爺看著下首那個因為瘦下來而顯得尤為清俊的少年，其實心裡是十分滿意的，面上卻仍是十分嚴肅。因為是塊品質上佳的璞玉，所以才更要好好打磨。

「我不去族學，先生已經同意收我為徒了。」朱禮捏了捏拳頭，道。

朱老太爺微微瞇起眼睛，能夠讓這個刺頭一樣的孫子尊一聲「先生」的，他知道是先前學堂裡那個姓陸的先生。

「我不同意。」朱老太爺沉聲道，「那不過是個秀才，如何比得上族學裡的先生。」

「如果不是先生，您族學裡的先生根本看不上我。」朱禮猛地抬頭，直視坐在上首的朱老太爺，終於忍不住面露譏諷之色。

「放肆！」朱老太爺一下子怒了，拿起手邊的硯臺就砸了過去。朱禮站在原地，竟是不閃不避地挨了一下，腦門上立刻見了血。

朱老太爺剛把硯臺扔出去就後悔了，那可是硯臺啊！挨實了一下別把人給砸死了，這會兒見這熊孩子平時打他，他溜得比誰都快，可這會兒一個硯臺砸過去，他竟然就直挺挺地站著，一動不動地挨了一下，不由得氣急。就算是個天才，也是個來討債的！

「我不去族學，我要拜先生為師。」朱禮瞪著眼睛說完，就倒在了地上，昏迷不醒，額頭流下來的血糊了一臉，看起來十分嚇人。

「來人！來人！快去找郎中！」朱老太爺又氣又急，站起身連聲大喊。

朱禮跟胖書僮走後，施伐柯抬頭看了看朱家的高門大戶……一時有點懵了，她要怎麼進去？前兩次她都有帖子，可這一回……她要怎麼進門？

施伐柯正猶豫著，便見一個熟悉的、微胖的身影走了出來，正是朱顏顏的奶娘，忙走上前去。「哎呀，施姑娘妳可來了，我都出來三趟了，小姐一直等著妳呢。」奶娘看到她，嗔怪道。

……來晚了真是對不起哦。

「小姐想著今日施姑娘要來，興奮得幾乎一夜沒有睡著，今日一大早起來就在小廚房忙碌，說要好好招待施姑娘呢。」奶娘邊走邊道，一副與有榮焉的表情。

施伐柯聽著，幾乎有點感動了……直至她見了朱顏顏。施伐柯見到朱顏顏的時候，她正在小廚房折騰，看到施伐柯來了，她十分開心，「阿柯妳總算來了，快來嘗嘗我的手藝！」

「妳在做什麼？」施伐柯好奇地走上前。畢竟昨日她還連生豬肉是什麼都不知道呢，今日就能下廚了？

「肉糜粥啊。」朱顏顏眼睛亮亮的。

奶娘在一旁抹眼淚，一臉感動地道：「我家小姐也會下廚了呢。」明明昨日妳還說這不是妳家小姐該幹的活呢，施伐柯默默在心底吐槽。但是為什麼又是肉糜粥，這幾天她身邊的人都怎麼了……一個一個都跟肉糜粥槓上了嗎？施伐柯腹誹，覺得自己都快對肉糜粥過敏了。

朱顏顏卻是興致勃勃地非要親自給施伐柯盛一碗她親手做的肉糜粥，然而她的手還沒有碰到鍋蓋，奶娘已經上前拿了勺子，「小姐妳讓開些，別燙到了，讓老奴來。」說著，俐落地盛了一碗粥出來。施伐柯忙謝過，伸手接了。

「來來來，坐下吃。」朱顏顏拉著她在一旁坐下。

施伐柯坐下，嘗了一口。「怎麼樣？」朱顏顏雙手支著下巴，一臉期待地問。

施伐柯一臉驚奇地看著朱顏顏，「很好吃。」說是肉糜粥，但和她之前做的比較起來，朱顏顏的這碗肉糜粥可以說是豪華版的了……入口很鮮，可以嘗到裡面有海米和干貝，但只有鮮味，卻沒有絲毫的腥味。要把這麼多材料融合進去，還能毫不衝突，其實是很不容易的，朱顏顏第一次做就能如此驚豔，莫非她很有廚藝天賦？

「真的嗎？」朱顏顏聽得小臉發亮，「我用高湯燉粥，裡面加了好多材料呢！」

「哦？都放了些什麼啊？」施伐柯好奇地問。

朱顏顏歪著腦袋想了片刻，有些苦惱地道：「不記得了，反正好多。」

施伐柯抽了抽嘴角，這麼隨意的啊……總覺得彷彿有哪裡不太對呢。

「不過這些不重要，好吃就行了，妳喜歡的話，我回頭再給妳做。」朱顏顏小手一揮，十分豪爽地道。施伐柯真的有點感動了。然而還沒待她感動完，便見朱顏顏忽然小臉一紅，有些害羞地道：「那妳說……陸公子會不會喜歡啊？」

施伐柯想應該會喜歡吧，畢竟這粥是真的很好吃，入口非常驚豔，但又完全不會感覺到膩呢，便點點頭，「這樣好吃的粥，應該會喜歡吧。」

「太好了，如果他喜歡就太好了，不枉我忙碌了一早上學會了這道粥！」朱顏顏拉了施伐柯的手，說著說著，聲音又忽然放低了，「阿柯，我好開心啊……昨天幾乎一晚上都沒能睡著呢，閉上眼睛就能看到他的樣子，但不知為何他的面目總是十分模糊……」施伐柯聞言，默默看了站在一旁的奶娘一眼，想起她之前說「小姐想著今日施姑娘要來，興奮得幾乎一夜沒有睡著，今日一大早起來就在小廚房忙碌，說要好好招待姑娘呢」，良心不痛嗎？

奶娘注意到了施伐柯的注視，默默移開了視線。

朱顏顏沒有注意到施伐柯和奶娘間的擠眉弄眼，拉著施伐柯說心事，「阿柯，妳說為什麼啊？」

「嗯？什麼為什麼？」施伐柯回過神，不解地看著她。

朱顏顏咬咬唇，「我總是記不住陸公子的模樣。」

「什麼？」施伐柯這次真的有點驚訝了，陸池的容貌……很少有人會記不住吧。而且，此前明明她說過，曾在上香途中見過陸池一面，便一眼認出了陸池就是十年前救了她的那個少年，怎麼此時卻又說記不住陸池的模樣了呢？就不說，昨日她才又見了陸池一面啊。

朱顏顏沒有意識到自己說漏了嘴，只有些苦惱地傾吐著心事，她往日除了奶娘也沒個說話的人，連對著自己的娘親朱大夫人，也輕易不會吐露心事，此時有了個可以說話的朋友，心裡倒是輕鬆許多，下意識便十分依賴她。

但……很多事情她卻又沒辦法說得特別明白，畢竟陸公子的身份不能說。

在昨日見到陸公子之前，朱顏顏曾經無數次幻想過他的模樣，也曾想過不管他長得什麼模樣，她都是願意嫁給他的，直至昨日見到他……那樣芝蘭玉樹般的公子，比她想像中更加美好。但，不知為何，她會從心底彌漫出了一種不安的陌生感。

是患得患失的心情在作祟嗎？「阿柯，我好想再見他一面啊……」朱顏顏輕聲道。他見到她，也是十分陌生的感覺嗎？他根本沒有認出她來呢。朱顏顏有些失落地想。

「哦，原來是想再見陸公子一面啊。」施伐柯笑盈盈地看著她，打趣道。

朱顏顏回過神來，立刻發覺了自己話中的歧義，一下子紅了臉，「才不是……我……」這是以為她為了再見陸公子一面在胡說八道，編出不記得他模樣那種話嗎！

施伐柯雖打趣著，心裡卻知私下安排他們見面是不合規矩的，昨日的見面也只是無意中湊了個巧罷了，再一來肯定不行。

「此事，得需要朱大夫人同意才行。」施伐柯想了想，又道：「若朱大夫人同意了，我還得問過陸公子。」奶娘一聽，眼神也不躲閃了，贊許地看了施伐柯一眼，「施姑娘說得對，私下見面是不合規矩的，若讓旁人知道，姑娘的清譽就毀了，即便是要見面，也得按規矩來。」

朱顏顏知道此事無可轉圜，便也放下了這個心思，只握著施伐柯的手，滿面羞澀地道：「一事不煩二主，阿柯，除了妳我誰也不信，我的婚事便託付於妳了。」

這份沉甸甸的信任讓施伐柯有些動容。而且朱家大小姐的托媒，可不是隨便哪個媒人便有機會得的，因此她點點頭，也鄭重其事地承諾道：「我一定會盡力辦好此事的。」

朱顏顏眨了眨眼睛，覺得自己應該羞澀一下，可是卻傻乎乎地笑了。

施伐柯也忍不住笑了起來，覺得朱顏顏真是率真又可愛……若是陸公子見過她這副模樣，也會十分喜歡的吧。

正在兩人相視而笑的時候，外頭突然傳來一陣喧嘩，雖然聽著聲音有些遠……但這種異樣的喧嘩總是令人感到不安。

「奶娘，妳去看看發生什麼事了。」朱顏顏側頭看向奶娘。

奶娘應了一聲，趕緊走了出去，生怕發生了什麼事情驚嚇到了她家小姐。

不一會兒，奶娘進來了。「說是三少爺頂撞老太爺，老太爺一時下了重手，鬧得請了郎中，如今二房那位夫人正哭鬧著要把三少爺帶回去呢。」奶娘道，說著又歎了口氣，「三少爺也是個可憐的，差點被那位夫人養廢了，如今好不容易得了老太爺的看重，偏自己又不爭氣。」

施伐柯聽著聽著，有些回過味來了，「三少爺……可是朱禮？」她問。

「正是呢，府裡幾位少爺他按序齒排第三，是二房先頭夫人留下的孩子。」奶娘頗有些唏噓地道，這沒有親娘在身邊的孩子就是可憐。

想起剛剛才在府門外見過的那個孩子，先前還生龍活虎的呢，施伐柯有點擔心，這得下了多重的手，才能鬧得請郎中啊。

見施伐柯有點出神，奶娘猛地住了口，輕輕拍了一下自己的嘴，家醜不可外揚，她著實不該在外人面前嚼舌根的，回頭讓夫人知道了肯定又得責罰她……她怎麼就管不住自己這張破嘴呢。見奶娘這樣，朱顏顏也有些無奈。「阿柯，讓妳見笑了。」

施伐柯回過神來，知道這種事情她不好插嘴，便按下了心裡的擔憂，笑了笑道：「我三哥小時候也常被我爹打。」嗯，現在還常被打呢。但是爹下手有分寸啊，通常都是雷聲大雨點小，導致三哥越來越皮，根本不怕他，哼。

正在街邊小館和同窗友人飲酒作詩的施三哥打了個噴嚏揉揉鼻子，誰又在想他了？他魅力真大啊。

因為朱家有事，施作柯也不好再待著，很快尋了個理由提出了告辭。朱顏顏依依不捨地拉著她的手，讓她一定要常來看她，施伐柯在奶娘炯炯有神的注視中有點艱難地點頭應了。

走出小廚房，經過一個拐角的時候，施伐柯撞到了一個抱著瓦罐的小丫頭。

小丫頭走得有點急，差點撞到她。施伐柯趕緊扶了她一把，不小心碰掉了她手裡抱著的瓦罐蓋子，立刻聞到了瓦罐裡傳出了一股難以描述的味道……聞一下都彷彿會中毒的感覺。

小丫頭嚇了一跳，慌忙撿起了蓋子蓋上。

「妳這是什麼？」施伐柯實在好奇。剛剛驚鴻一瞥，只望見裡頭花花綠綠五顏六色，顏色竟比味道還要精彩萬分……

小丫頭差點碰到她也有些不好意思，見她問話，左右看看，見沒有人，便小聲道：「妳不要同旁人講，這是我們家小姐熬的粥，奶娘讓我尋個無人的地方埋起來。」

粥？那不可描述的物體竟然是粥？……還要埋起來？施伐柯嘴角抽搐了一下，忽然就想起了朱顏顏那罐放了好多材料的豪華版肉糜粥，總覺得自己發現了什麼了不得的真相呢。

施伐柯心情有些複雜地走出了朱家的大門，然後忽然看到了一個有點眼熟的身影，正在不遠處偷偷摸摸，鬼鬼祟祟地往這邊張望。

……賀可甜？

賀可甜今日是特意來打探敵情的，她眼睜睜看著施伐柯走進了朱府的大門，已是急得如同熱鍋上的螞蟻，這會兒見她出來，卻又忙不迭地想躲，然而已經遲了，施伐柯發現了她。

對上施伐柯的視線，賀可甜一僵，下意識便想躲，但隨即便意識到此時躲了便是作賊心虛，因此她非但沒有躲，反而很有氣勢地主動迎了上去。

「可甜，妳怎麼在這裡？」施伐柯有點驚訝，總覺得賀可甜最近有些神出鬼沒啊。

「路過。」賀可甜繃著臉道，「妳又為什麼從朱府出來？」

「朱小姐約了我來府中玩。」施伐柯謹慎地道。朱顏顏和陸池的婚事八字還沒有一撇，自然不好外傳，且她也不算完全說謊，今日她的確是受邀來玩的。

誰料賀可甜一聽，便拉了長臉，酸溜溜地道：「妳已經許久不曾來我家找我玩了，結識了新朋友，就厭倦我了嘛。」……喂喂，妳這般深閨怨婦一樣的口吻是鬧哪樣，不要把我形容得像個負心漢啊。

「我打算下午去妳家尋妳的。」施伐柯道。陸池的畫留在家中她也有點不放心，總感覺隨時會被三哥摸走，還不如早日賠給賀可甜安心，也算了了一樁心事。

「當真？」賀可甜有些懷疑。她才說了這話，她便這樣說，莫不是在敷衍她？

「我騙妳作甚。」施伐柯莫名其妙的看她一眼，想了想，決定還是先跟她透個口風，「妳那套粉彩的碗碟……」

「不過一套粉彩罷了，有什麼稀奇的，我正好用膩了。」賀可甜心裡一慌，只聽了個開頭，就很有些此地無銀三百兩地打斷了施伐柯，一臉倨傲地道。

說完，就恨不能錘死自己，她這是條件反射一般的嘴硬啊！明明她是把自己最喜歡的那套粉彩拿去給陸公子用了，只期盼他能歡喜，可是施伐柯問起，她卻敢做不敢認……簡直太慫了。

施伐柯聽著，卻是鬆了口氣，原來是用膩了啊，那打碎一個，可甜應該也不會太生氣，再賠她一幅陸公子的畫，應該就萬事大吉了。

「那我下午來尋妳啊，我先回去了。」施伐柯放下了心頭大石，揮揮手走了。

留賀可甜站在原地無語凝噎。多好的機會啊，她明明可以借這個機會暗示施伐柯，她有多喜歡陸公子的……可是又被她搞砸了……

施伐柯自是不知道賀可甜內心有多少的扼腕，她一邊想著朱禮的事，一邊又想著朱顏顏的事情，不知不覺就走到了自家門口，然後，在門口發現了一個眼熟的瓦罐。

上前打開一看，空空如也。已經洗淨了。施伐柯想，吃了她的粥，氣也該消了吧？

便打算去尋陸池，畢竟朱顏顏一口咬定要嫁於他，還將此事鄭重託付於她，她也得再探探他的口風才行啊……如果能夠辦成了朱家這樁婚事，她就不再是一個名不見經傳的小媒婆，八成就會成為一個威風八面的大媒婆了呢！憧憬了一下那個畫面，施伐柯立刻幹勁十足。

將瓦罐拎回廚房放好，施伐柯便去學堂尋陸池，結果陸池竟然不在，說是告假了。

施伐柯不由得有點擔憂起來，昨日他病得那麼嚴重都沒有請假，怎麼今日反而就請假了呢，一時有些擔心，便又去了柳葉巷。

門依然栓著。施作柯抬手敲了敲門。

門很快便打開了，快到……有點詭異。

彷彿那個人就一直站門後面等著開門似的，是錯覺嗎？施伐柯看了看陸池，他穿著家常的薄衫，面色仍是有點蒼白，看起來果然是沒有完全康復的樣子。

「多謝妳的粥，瓦罐已經洗淨放在妳家門口了。」陸池定定地盯著她看了一眼，複又垂眸道。

「嗯，我看到了。」施伐柯點點頭，「我去了學堂找你，說你告假了，可是有哪裡不舒服嗎？」

陸池聞言，又抬眼看她，「找我作甚？」不知為何，施伐柯竟詭異地從這句話裡聽出了一絲幽怨的味道。

「呃……我打算下午去把畫賠給可甜，想著順便將你這兒的食盒帶去還給她，省得你自己去還了。」施伐柯覺得自己很是體貼。

畢竟陸池先前與賀家鬧得有些不愉快，這食盒還不還，如何還，都有些難做。

陸池卻是似乎絲毫沒有察覺到她的體貼，額角青筋一跳，默默抿了唇，轉身從廚房裡拎出了食盒，裡面裝著洗乾淨的碗碟，「勞煩妳了。」

施伐柯接過，想了想，又尋了個話頭，道：「我今日去了朱家，朱禮好像被他爺爺打了。」

「嗯。」那熊孩子三天不打，上房揭瓦，挨揍不是很尋常嘛。

「打得挺嚴重，彷彿還請了郎中。」施伐柯又道。這一次，陸池微微蹙了一下眉，半晌，還是淡淡地「嗯」了一聲。

施伐柯見他彆彆扭扭的，終於忍不住了，「陸公子，你到底怎麼了嘛！」

陸池掀開眼皮看了她一眼，複又垂下了眼皮，「無事。」

施伐柯想了想，無非就是前兩回沒吃著肉糜粥？可是第一次是被賀可甜打碎了，她也無可奈何，況且賀可甜也十分誠心地道歉了，還讓家中廚娘做了豐盛的膳食給他，第二次是被朱顏顏吃了不假，可是她也解釋了……何至於彆扭到現在嘛。

不過，想想他還病著，病中任性些也是可以理解的，往常陸公子還是十分通情達理的，只是看他一副心情不佳的樣子，施伐柯想了想，覺得此時不是同他提起朱家那門親事的大好時機。

「那我不打擾你了，你好好休息啊。」施伐柯便沖他甜甜地笑了一下，拎著空食盒轉身走了。

身後，陸池懵了一下。這就……走了？不來哄哄他嗎？

施伐柯當然不知道她心目中很是通情達理的陸公子正像個寶寶一樣等著她去哄呢，拎著食盒便走了。

下午，她帶著食盒和畫卷，去了好久不曾登門的賀家。雖然好些天不曾來了，但來賀家她可是輕車熟路多了，也不需要人引路，也不需要帖子，自己就進去了。門房都認得她的。

一進大門，剛好迎面撞上了準備出門的賀可鹹。

賀可鹹自那日從施家回來之後便一直有些不得勁，褚逸之那些意味不明的話讓他如鯁在喉，他也不是個蠢人，琢磨了一兩日便隱約有些窺見了自己的心思，此時冷不丁撞見正主，呆了一呆，下意識便道：「妳怎麼來了？」說完，賀可鹹便覺得有些不妥，這話彷彿是不歡迎她來似的……

「我跟可甜約好了來尋她的。」施伐柯倒沒有往心裡去，畢竟賀可鹹的脾氣向來古怪。

賀可鹹輕咳一聲，破天荒解釋了一句，「妳不要誤會，我只是見妳久不來找可甜，有些驚訝罷了。」自從拋繡球招親那樁烏龍之後，施伐柯便和賀可甜鬧僵了，後來賀可甜存了小心思頻繁去施家，施伐柯卻是再沒踏過賀家的門。這會兒看到施伐柯登門，也難怪賀可鹹驚訝了。

施伐柯眨巴了一下眼睛，本來不驚訝的，這會兒倒有點驚訝了……今日的賀可鹹看起來有些奇怪啊。

賀可鹹被她看得有些不自在，視線游移了一下，落在了她手裡拎著的大食盒上，「這是什麼？」看著……很是眼熟啊。

「這是你們家的食盒啊，我順便帶了來還的。」施伐柯回答。賀可鹹眸中一凜，頓時誤會了，只當這食盒是蠢妹妹拿去施家獻殷勤的。

賀可鹹有心再同施伐柯說兩句，但前頭小廝來催，他今日約了人談生意，看看時辰也不好再耽擱，早知今日施伐柯要來，他說不得就將這樁生意推遲些再談，想到這裡，他忽地驚覺……自己那蠢蠢欲動的心思竟如此明顯了。

「妳難得來一趟，多玩一會再走。」賀可鹹囑咐了一句，心亂如麻地走了。

施伐柯看著他匆匆離開的背影，一副見了鬼的表情……今日賀可鹹吃錯藥了？這般通情達理簡直都不像是他了呢。搖搖頭，甩去心裡的疑惑，施伐柯拎著食盒往裡走。

剛進二門，便看到了一個眼熟的小丫頭，正是賀可甜房裡那個叫胭脂的小丫頭。

「施姑娘妳可來了，我們家小姐等妳許久了呢。」小丫頭看到她，眼睛一亮，嘴巴甜甜地道。施伐柯莫名覺得這話有些耳熟，總覺得她最近彷彿很受歡迎呢……順手將手裡的食盒交給那小丫頭，施伐柯和她說笑兩句，便進了賀可甜的房間。

賀可甜正在寫大字，她的字很漂亮，也是下過苦功的，她覺得寫大字能靜心養氣……現在，她就覺得自己很需要靜心養氣。幾遍大字下來，人果然平和許多。見到施伐柯來，也能以平常心相待了。

「阿柯妳來了，我備了妳喜歡的茶和點心，快來。」賀可甜招招手，溫溫柔柔地道。

……又變成這副有點嚇人的樣子了啊。施伐柯乾巴巴地笑了一下，「妳在寫字啊。」

「嗯，已經寫好了。」賀可甜走到一旁淨了手，然後在施伐柯身邊坐下，遞了一塊點心給她，「嘗嘗，這是廚房剛做的玉帶糕，我吃著不錯，給妳留了些。」施伐柯有點受寵若驚地接過，咬了一口，入口軟糯，豬油的香氣，白糖的甜味，以山楂為餡，山楂的酸很好的中和了豬油和白糖味道，吃完一塊只覺得唇齒留香，絲毫不會覺得膩味，施伐柯眼睛一亮，「好吃。」

「我便知道妳會喜歡，讓廚房多做了些，妳回頭走的時候可以帶上。」賀可甜很貼心地道。

施伐柯也習慣了她這副模樣，一邊吃了幾塊玉帶糕，當然也沒有忘記自己的來意，邊吃邊道：「陸公子那邊的食盒，我順手帶來了，在外頭交給胭脂了。」

賀可甜一聽，差點繃不住臉上溫柔的笑意，就差罵一句多管閒事了。她原還想著……若是陸公子親自來還的話，她還能同陸公子見上一面呢……

「不過……有件事我得同妳道歉。」咽下口中的糕，施伐柯眨巴了一下眼睛，小心翼翼地覷了她一眼，硬著頭皮道。

「怎麼了？」賀可甜正心塞呢，聽了這話，頗有些不善地看向施伐柯。能讓這個傢伙露出這樣的表情……怕不是幹了什麼壞事。

「唔，那裡頭少了一個碟子，被我不小心打碎了。」施伐柯一臉抱歉地道，又露出一副怕怕的表情，「打碎之後我才認出來那是妳最喜歡的一套粉彩，當時都嚇死了，覺得妳大概會殺了我吧……好在妳用膩了。」說到這裡，施伐柯一臉慶幸。

本就心塞不已的賀可甜頓時瞪大了眼睛，氣得手都在抖，覺得自己剛剛寫大字好不容易平和下來的心情一下子又波瀾起伏了起來。不！並沒有用膩！那只是我的藉口啊！

「不過，不管妳有沒有用膩，打碎了妳的碟子總是我不對，想著要賠妳些東西才好。」施伐柯說著，將手邊帶來的畫卷放在桌子上，「這卷畫賠給妳吧，希望妳不要生氣。」

賀可甜已經氣得腦袋一抽一抽地疼，十分心疼那個被打碎的碟子，那可是她好不容易得來的粉彩，因為喜歡，往日輕易都不捨得用的……才拿出來這麼一次就被打碎了一個，不成套了啊！

見賀可甜瞪著自己看，一副面色不善的樣子，施伐柯陪著小心道：「妳不是喜歡我房裡那幅江南煙雨圖嘛。」賀可甜忽然一頓，眼睛陡然亮了起來，莫不是把江南煙雨圖賠給她了？剛剛的不快一掃而空，她簡直是迫不及待地低頭便要去看畫卷。

手剛觸到畫卷，卻聽施伐柯又道，「可是那是陸公子贈的，我實在不好轉送。」

「……」賀可甜的笑容一下子僵在了臉上。話不要只說一半！很討人厭啊！

「所以，我又央他畫了一幅。」施伐柯又接著道。

賀可甜額角抽了抽，表情已經有些轉換不過來了，她放棄了轉換表情，低頭去看畫。展開畫一看，眼睛便亮了。雖然不是那幅江南煙雨圖，但的確是臨淵先生的畫呢。

「可甜，妳在生氣嗎？」施伐柯也不是全然遲鈍，因此小心翼翼地問。賀可甜此時哪裡還顧得上生氣了，伸手輕輕撫了撫眼前這幅山水圖，只覺得大氣磅礴，那岩上奔流而下的瀑布彷彿還帶著森然的水氣。當下便有些愛不釋手。

聽了施伐柯小心翼翼的問話，賀可甜兩眼只盯著那畫，心不在焉地擺擺手，「那套碟子送妳了，妳愛怎麼砸怎麼砸。」

施伐柯便安心了。嗯，果然很喜歡呢。送禮果然還是要投其所好啊。

一時間，賀可甜的閨房裡安靜了下來，一個賞畫，一個吃點心，氣氛倒也十分和諧。

「朱家小姐是個什麼樣的人啊。」冷不丁地，賀可甜突然開口，打破了室內靜謐的氣氛。

這話問得有些突兀，施伐柯有些疑惑地看了她一眼。賀可甜顯然也意識到這個問題有些突兀，她一手輕輕地撫摩著畫上那方「臨淵先生」的小印，一手將額前滑落下來的散髮勾到耳後，溫溫婉婉地笑了一下，似乎是十分隨意的樣子，「我好奇嘛，朱家小姐向來大門不出，二門不邁的，見過她的人屈指可數呢，聽說她十分擅長種茶花？」

賀可甜家世不錯，這些年努力下來，琴棋書畫都十分拿得出手，早些年孤僻乖戾的性子也都收了起來，如今也是個人人稱道的賢淑女子，自然也結下了許多手帕交，譬如金滿樓的大小姐沈桐雲、來福記的三小姐林嬌嬌，甚至是周縣丞家那位小姐……可以稱得上交遊廣闊了。

朱家二房那幾個庶出的小姐也見過幾回，唯有朱家大房那位嫡出的大小姐，竟是從來沒有見過，偏就是這樣一個身份可以碾壓她的人，看上了她心心念念的臨淵先生！這怎麼能不令她心焦。

「嗯，朱小姐種的茶花很漂亮，她還種出了五色茶花呢。」施伐柯點點頭，又想起了在朱家花園裡初見她時，見到的那幾株十分驚豔的茶花。

賀可甜心裡頗有些不是滋味，又問，「……她容貌如何？」

施伐柯想起了朱顏顏弱不勝衣，嬌嬌怯怯的模樣，十分中肯地道：「實在是個不可多得的美人兒。」賀可甜越發的氣了。

好嘛，家世比她好也就罷了，容貌也能碾壓她，好氣哦。

「既然朱小姐這般好，為何竟看中了陸公子？」賀可甜負氣道，「這門不當戶不對的，妳就沒查查這其中有沒有什麼蹊蹺，別到時候砸了妳這塊媒人的招牌。」

這話聽著有些刺耳，施伐柯雖先前也有過疑慮，但從賀可甜口中說出來聽著便十分不適了，下意識便回道：「陸公子長得好、學問好，還是個前途無量的秀才，怎麼就不能被朱家看上了？」賀可甜一噎，心中直發苦。

且……她發覺施伐柯的態度有了些微妙的不同。

上一回她問起朱家的親事時，施伐柯說這種八字還沒有一撇的事情不好拿來亂說，會壞了人家姑娘的閨譽，還特地囑咐了她說這件事還沒有定，讓她千萬不要說出去。

可是這會兒……她卻彷彿沒有那麼避諱了。

莫不是這門親事已經有進展了？賀可甜想著，心中發沉。雖心中鬱鬱，但賀可甜面上半點沒露，反而好好地招待了施伐柯，臨走還吩咐廚房包了兩份玉帶糕讓她帶回去吃。

施伐柯前腳剛走，賀可甜便咬牙叫了胭脂進來伺候筆墨，她要練大字！

寫到第六張大字的時候，賀可鹹從外頭回來了，一進大門便拎著一盒雪花酥直奔賀可甜的院子。

「阿柯呢？」左右看看，沒找著人，賀可鹹問。

「回去了。」練著大字，已然平心靜氣的賀可甜慢悠悠地回了一句。

賀可鹹有些失望，枉他還急匆匆趕回來了呢，「她難得來一趟，妳怎麼不留她多玩一會。」賀可甜手中的毛筆一抖，一團黑漆漆的墨汁落在宣紙上，一瞬間什麼平心靜氣都見鬼去了，她抬頭看了自家哥哥一眼，表情鬱鬱。

賀可鹹一愣，這才發現妹妹又在寫大字……嗯，這是發生了什麼事竟然需要寫大字來靜心養氣？「……又和阿柯拌嘴了？」

賀可甜咬了咬唇，「哥，我問你一個問題。」

「嗯？」

「如果你忽然發現自己喜歡上了一個人，然而這個人目前卻對你毫無感覺，甚至你先前可能還得罪過她，你要怎麼辦？」

賀可鹹心頭一跳，他喜歡阿柯這件事已經如此明顯了嗎？

「此事與妳有何關係，好好練字吧。」說完，賀可鹹甩袖走了，腳步之匆匆，彷彿後頭有狗攆似的。

賀可甜一呆，嗯？此事當然和她有關啊！哥哥真是越來越莫名其妙了。

這廂，陸池看了看天色，心情有點低落。病來如山倒，病去如抽絲，此時雖然不發熱了，可腦袋還有點昏昏沉沉的，因為身體難得的不適，心裡便越發的委屈上了。

明明之前還哄著他呢，今日竟就這樣走了。

好吧，他其實是在吃乾醋，覺得施伐柯對那位賀姑娘，還有昨日吃了他肉糜粥的那位姑娘都比對他好！不過……阿柯該不會當真不理他了吧？這麼一想，心裡又有點慌慌的，決定山不來就我，我便去就山，簡單來說，就是阿柯若是再不來哄他，他便只能先去哄她了……

然而對付小姑娘，陸池其實是沒什麼經驗的，要不然也不會出現眼下這種看中了一個姑娘，結果人家姑娘卻一心想給他做媒的窘況。

正糾結著，突然聽到敲門聲。

陸池眼睛猛地亮了下來，忙不迭地起身跑去開門。然而在看清門外站著的人時，他一下子挑起了眉，門外站著的並不是他心心念念想著的姑娘，而是一個模樣清俊的小少年。

他頭上負了傷，裹著一層白布看著有點滑稽，不是旁人，正是阿柯口中那個被朱老太爺下了重手，打得請了郎中的朱禮。

「先生。」朱禮行了一禮，難得的恭敬。

「嗯。」陸池看了一眼他的腦門，確定他是偷跑出來的。

見陸池不說話，朱禮心裡有點發虛，他這一趟出來得可不容易，被爺爺一硯臺砸暈過去是真，只是醒來之後他又繼續裝暈，這才趁人不備，尋了個機會偷溜了出來，大約是走得急了，腦門上現在還突突地痛呢。

可是，施姐姐不是說先生已經同意收他為徒了嗎？為什麼竟一點表示都沒有？

「先生，我是來拜你為師的。」先生不說話，朱禮只得硬著頭皮道。

「拜師有拜師的規矩，可不是你這樣空口白牙一拜就成的。」陸池雙手環胸，靠在門邊涼涼地道。

朱禮心中更涼，他忿忿地抬頭看向鐵石心腸的先生，「先生，你可是答應了施姐姐要收我為徒的，難道你要對施姐姐食言？」見他一口一個施姐姐，陸池挑了挑眉，這算什麼？拿著雞毛當令箭嗎？

「我自然說到做到。」陸池輕哼了一聲，道。朱禮聞言，默默腹誹，果然是因為施姐姐才答應收他為徒的啊，枉他聽了施姐姐的話還心中竊喜了一番，只當先生當真惜才，想著要打磨他呢，他再也不會那麼天真對這個不靠譜的先生抱有期待了！

雖然心中腹誹著，但朱禮卻還是美滋滋地倒頭便要拜，然而卻又被陸池制止了。

「拜師，可不是這樣拜的。」陸池看著他，幽幽地道。

「可若今日不拜師，我爺爺明日就要送我去家中族學了。」朱禮急道。

「即便你今日拜了師，得不到你爺爺的承認，你明日難道就不用去家中族學了？」陸池挑眉。

朱禮一下子沉默了，他果然還是太天真了嘛。「那我要怎麼辦……」他喃喃。

「回去好好休息吧。」陸池擺擺手，語氣輕飄飄的。朱禮站了許久，最終默默行了一個大禮，轉身垂頭喪氣地走了。

回到朱府的時候，府裡正因為他的突然失蹤而亂成一團，朱二夫人看到他回來哭嚎著撲上前，將他死死摟在懷中，心肝肉兒地直叫喚。

「我可憐的孩子，才幾日不見竟瘦成這樣……母親好心疼啊……」朱禮任由她抱著，眼神卻是疏離的。

朱二夫人見狀，哭聲更大了，「這是要剜了我的心啊！這才幾日功夫竟將孩子養得跟我這個母親離了心啊！」

朱老太爺拄著拐杖走出來，見到這亂糟糟的場面，重重地杵了杵手中的拐杖，面色陰沉地低喝了一聲，「閉嘴。」聲音不大，朱二夫人卻是一下閉了嘴，不敢再嚎了。

朱禮垂下頭，不語。

「都杵在這裡做什麼？帶三少爺回房休息。」朱老太爺又重重地杵了杵手中的拐杖，顯得氣得狠了。朱禮不敢言語，默默隨著淚眼汪汪，捂著屁股彷彿又挨了板子的書僮回了房間。

「少爺啊！你可長點心吧！我娘說我這些時日跟著你都瘦了！」胖書僮一邊捂著屁股一

瘸一拐地走著，一邊哀哀地道。每次少爺調皮，總是他遭殃！

朱禮看了一眼他臉上的肉，以及那快要長凸出來的雙層下巴，默默撇開頭，沒理他。

胖書僮終於察覺到自家少爺今日異於尋常的沉默，默默閉了嘴，好半晌，又輕輕地勸了一句，「其實族學也沒什麼不好，有很多人想進還進不去呢。」

是啊，那麼多人想進還進不去呢。

所以他就該感恩戴德。朱禮默默回到床，默默躺在床上，腦袋還在一抽抽地疼，他捂著腦袋有點灰心地想……也許他這一輩子就這樣了吧。被母親愚弄，被爺爺擺弄，永遠如傀儡般身不由己，不能有自己的思想和決定。

小小的少年，生平第一次，想起了「一輩子」這個有點沉重的詞。

第二日，朱禮並沒有去族學。因為他傷了腦袋，郎中說要好好休養一頓時日，朱禮想，爺爺其實也並不是那麼的不近人情。

這日上午，陸池再次來朱家登門拜訪，見了朱老爺子一面。

陸池離開之後，朱老爺子在書房裡枯坐了一天一夜。

隔日，便去見了朱禮。「待你頭上的傷痊癒了，便回學堂去念書吧。」朱老爺子看著端坐在床上一副認命模樣的孫子，面色沉沉地道。朱禮一愣，一下子抬起頭，似乎是有些不敢置信的樣子。他原以為今日爺爺是來勒令他去族學上課的。

「關於你要拜師的事情，也待你痊癒之後辦吧。」朱老爺子又道。這一下，朱禮是結結實實地愣住了。許久，他才在床上跪下，磕了個頭，真心實意地道：「謝謝爺爺。」

「謝你先生吧。」朱老爺子看著這個從不肯對他低頭的孫子難得乖順的模樣，有些感慨地道了一句，「他是個好先生，莫要讓他失望。」雖然只是個秀才，雖然聲名不顯，但那位陸先生，的確是個有大才的，且慧眼如炬。

然後，不待朱禮反應，朱老爺子轉身走出了他的房間。朱禮呆呆地看著爺爺離開。

先生？

先生到底做了什麼？

朱禮頭上的傷結痂之後，他果然回了學堂念書。朱老爺子親自準備了束脩，讓朱禮正式拜了陸池為師。

坐在久違的學堂裡，朱禮竟然平白生出一種感動的情緒來，他雙手支著下巴，認真地看著正在講課的先生，心裡實在好奇，先生到底和爺爺說了什麼，竟然就能讓爺爺改變主意，要知道……他爺爺的固執可是出了名的。

「克己，你來回答。」陸池看了他一眼，忽然道。

朱禮條件反射一樣站了起來。嗯，「克己」是他的字，拜了先生為師後，先生賜的字。克己復禮，據說是飽含了先生對他的期待，但不知為何他總是感覺到一股森森的惡意，大概是錯覺吧……畢竟先生那麼好。

是的，朱禮現在十分喜愛並且崇拜著他的先生，因為他的先生做到了答應他的事……也許是因為答應了施姐姐？算了，管他呢，光憑先生竟然說服了他爺爺，在他絕望的時候給了他這樣大一個驚喜，就值得他這樣的喜歡和崇拜！

「上課不認真，罰抄《春秋》兩遍。」正感動著，便聽先生面無表情地道。

朱禮感動的表情一下子裂了。他錯了！先生還是那個惡劣的先生！

散學後，朱禮磨磨蹭蹭地留到了最後。陸池也沒有搭理他，收拾了東西準備回去。

朱禮一看，趕緊腆著臉走上前幫著一起收拾，「先生。」

「有話直說。」

朱禮嘿嘿一笑，「那我直說了啊……」陸池涼涼地瞧了他一眼。

朱禮立馬收斂了嬉皮笑臉的表情，有些期期艾艾地問，「先生……你是怎麼說服我爺爺的啊？」他實在按捺不住心裡的好奇了。

「很想知道？」陸池懶洋洋地看了他一眼。朱禮點頭如搗蒜。

「其實我只說了一句話。」陸池也沒有瞞他。

「什麼話？」朱禮越發的好奇了。

「莫要揠苗助長。」陸池淡淡地道。

朱老爺子一時得了個天賦異稟的孫子，如獲至寶，便失了尋常心，只想著將這塊上好的璞玉狠狠打磨出來，卻沒有想過急於求成，也可能會徹底毀了這塊璞玉。

其實這樣淺顯的道理，那位經過宦海沉浮的朱老爺子又怎麼可能不懂，不過是當局者迷罷了，待他想通事情自然便成了。

陸池愣了一下，隨即眼睛亮閃閃地看著自家先生，「先生，你真是太好了。」

「即便如此，《春秋》也還是要抄的。」朱禮的臉一下子垮了。

說好的莫要揠苗助長呢！

陸池卻是懶得再搭理他，轉身回去了。今日天氣不錯，身體也是這幾日都不曾有的鬆泛，前些日子得了風熱留下的後遺症似乎全都消退了，只有一點不如意……

「先生，最近施姐姐怎麼不曾來尋你啊？」身後，朱禮蹦跳著跟了出來，脆生生地問。

陸池腳下微頓，涼颼颼地看了他一眼。朱禮立時僵住，感覺不太妙。

「五遍。」陸池公然公報私仇。說完，施施然走了。

說好的為人師表呢！朱禮眼巴巴地看著先生絕情的背影，十分悲憤。

悲憤過後，乾脆自暴自棄，厚著臉皮跟了上去，反正他剛好也不想回去面對母親無休止的嘮叨，近來母親一見他就抹眼淚，說是有人要離間他們母子的感情，著實令人頭痛又煩躁。且，君子一諾，他可還沒有忘記自己答應了施姐姐要替她試一試先生會不會武功呢。

陸池自然不可能沒發現身後跟著的小尾巴，涼涼地回頭看了他一眼，對上了少年諂媚的笑臉，他倒也沒說什麼，隨他去了。

帶著個小尾巴回到柳葉巷的院子門口，陸池便看到院子門口的角落裡又放了一個瓦罐。

「咦，這是什麼啊？」一路尾隨而來的朱禮好奇地湊上前看了一眼，總覺得這個瓦罐有些眼熟，彷彿最近自家府上的管事進了一批類似的瓦罐？

陸池沒搭理他，左右看看，沒有尋著人，在心裡歎了一口氣，拎著瓦罐進了院子。

朱禮趕緊腆著臉亦步亦趨地跟了進去，一面四下打量著先生家的院子，一面好奇地偷覷先生手裡拎著的瓦罐。

陸池拎著瓦罐進了廚房。朱禮見先生並不招呼他，便開始對著院子裡青棗樹上沉甸甸的果子流口水，又十分眼饞架子上一串串晶瑩剔透的葡萄，好餓啊。

見先生遲遲沒有出來，朱禮眼珠子微微一轉，將袍擺繫在腰間，搓搓手，猴子一樣竄上了樹，摘了棗子塞進嘴裡，成熟的棗子脆甜脆甜的，一口下去口舌生津，當下眼睛一亮，坐在樹上甩開膀子吃得不亦樂乎。

待陸池出來，便見自己剛收下的學生跟個野猴子一樣騎在樹上吃果子，當下眼角一抽，「下來。」朱禮冷不丁被嚇了一跳，腳下一滑，竟是一頭栽了下來，正是驚恐萬分，覺得自己這回鐵定要摔得頭破血流、鼻青臉腫的時候，便見自家先生腳下輕輕一點，竟如謫仙人一般飄然而來，然後……一把拎住了他的衣領子。

天地陡然間倒轉，朱禮暈乎乎地站在地上，感覺到腳踏實地的感覺時整個人都是懵的，若非口中還咬著半顆棗，他差點以為自己是在做夢。

天啊，先生真的會武功！不不不，不僅僅是會武功，分明是個深藏不露的高手啊！就和話本裡那些大俠一樣能夠飛簷走壁、如履平地啊！朱禮的眼睛一下子變得明亮，他喀嚓喀嚓咬完手中的棗子，然後吞了吞口水，目光炯炯地望著自家先生，「先生……」

陸池淡淡地瞥了他一眼，不待他開口，便拂了拂袖子，幽幽地道：「克己啊，休要辜負為師的信任。」

朱禮忙不迭地點頭，臉上泛起了興奮的紅暈，先生果然是個大隱隱於世的高人吧！先前雖然拜了先生為師，但總覺得和先生仍是隔了一層，此時擁有了獨屬於他們師徒兩人的小秘密，頓覺和先生之間的距離一下子拉近了不少呢！

少年啊，這只是你的錯覺。

朱禮正沉浸於自己先生是位隱世高人的興奮感裡，餓腸轆轆的肚子卻發出了抗議的呼喊聲，半大的少年正是最容易餓的時候，陸池看了看這傻乎乎的少年，蹙了蹙眉，「跟我來吧。」

朱禮響亮地應了一聲，屁顛屁顛地跟著先生進了廚房。廚房的桌上擺著那只眼熟的瓦罐，陸池轉身拿了碗來，從瓦罐裡盛出了一碗還熱騰騰的粥，遞到他面前，「吃吧。」

「多謝先生。」朱禮滿懷感動地抱住了碗，先生果然是個嘴硬心軟的好先生啊！

饑餓的驅使之下，他趕緊低頭嘗了一口碗中熱呼呼、香噴噴的粥，只覺得滿口鮮香，別看只是一碗粥，但內容卻極為豐富，他能吃出裡頭有干貝和海米的味道，十分美味。不過……朱禮忍不住好奇，又偷偷瞧了桌上那只十分眼熟的瓦罐一眼，這粥哪來的？

「施姑娘送來的。」陸池彷彿看出了他的困惑，淡聲道。此時表面淡然的陸池心裡卻是極為鬱悶的，這粥倒是每日都送的，只是這送粥的人……他卻已經好幾日沒見著了。

他甚至故意不曾去還罐子，但隔日還是這樣一罐粥送到他門口，如今他廚房的架子上已經擺了好些個這樣的瓦罐……說起來，阿柯到底買了幾個瓦罐？怎麼就送不完呢？

第一次在院子門口看到罐子，陸池心中是美滋滋的。

第二次看到罐子的時候，雖然有些奇怪為何換了個新罐子，他也還是美滋滋的，因為當時他正擔心她生氣不理他了呢，結果竟然還願意送粥來，雖然口感吃著和之前的肉糜粥不太一樣，彷彿加了很多食材，味道倒還鮮美。

但是，第三次再看到這個罐子……他就有點頭疼了。

最頭疼的是，他總是逮不住送粥的人。他甚至有些陰暗地想，阿柯莫不是故意報復他先前鬧彆扭非要吃肉糜粥，所以便一日一送，好讓他吃個夠？畢竟再好吃的東西……也架不住天天吃啊，像如今他聞到這粥味，便有些飽了呢。

雖然這麼想有些對不住阿柯，但真的毫無胃口啊！

朱禮聽到這粥竟然是那位施姐姐送來的，愣了一下，隨即討好地笑了笑，「施姐姐手藝真好啊。」內心卻開始糾結起來，他答應了要替施姐姐試探先生會不會武功，如今答案是顯而易見的，可是……他先前又答應了先生不會辜負先生的信任。到底要怎麼辦才好？

一邊想一邊吃，不知不覺一碗粥就見底了。

陸池瞥了他一眼，又給他盛了滿滿一大碗，「喜歡就多吃點。」這些時日他日日喝粥，喝得都快吐了……今日總算有人替他分擔了，收下這個學生也不是毫無用處嘛。

「先生你真好。」朱禮哪知他家那看似光風霽月的先生內心裡的小陰暗，當下十分感動，這份感動讓他瞬間做出了決定，「先生，其實我有件事隱瞞了你……」

「嗯？」陸池挑眉。

「施姐姐曾向我打聽先生會不會武功。」朱禮一下子將施伐柯賣了，他有些羞愧地道：「我先前答應了要替她試探一下先生……」

「哦？你既然已經答應了施姑娘，為何又將此事告訴我呢？」陸池看著他，似笑非笑地問，心裡卻是一下子警覺了起來，他想起了阿柯先前打碎的那只碟子，當時他便覺得她的動作十分刻意，因此不曾出手，如今想來……那竟是在試探他會不會功夫？又聯想到她先前在他面前提起千崖山飛瓊寨，莫不是已經對他的身份起疑了？

……至少現如今，他的身份還不能暴露。

聽先生這樣問，朱禮越發的羞愧了，為自己先前的搖擺不定，他放下了手中的筷子，一臉認真地道：「因為學生不能辜負了先生的信任。」畢竟，先生是為了救他才暴露了自己身負武藝之事呢。

「為師很欣慰。」陸池點點頭，然而話音一轉，又道：「但言而無信，不知其可，吃完了嗎？吃完了便去蹲馬步吧。」這變臉簡直來得猝不及防。

朱禮一下子呆住了，「為、為何要蹲馬步？」一般不是罰抄書的嗎？

「你不想習武嗎？」陸池微微一笑，誘惑道。

朱禮的眼睛一下子亮了，「先生，您要教我武功？」

「要習武，基本功要練扎實，先蹲馬步吧。」陸池高深莫測地道。

朱禮被忽悠得一抹嘴，心甘情願地去蹲馬步了。

然而才蹲了一小會兒，朱禮便東倒西歪地有些支撐不住了，在這溫暖的春日竟已是汗流浹背……而他的先生呢，正施施然坐在一旁，一邊看書一邊吃著洗淨的青棗和葡萄，愜意得令人髮指。

直至此時，朱禮才後知後覺地發現，他是不是又被先生忽悠了？如今窺得了先生會武的真相，那日後先生便又多了一種懲罰他的手段啊！

正在朱禮水深火熱地蹲馬步的時候，忽然聽到外頭有人扣門。

「有事弟子服其勞，學生這便去開門！」朱禮眼睛一亮，忙道。

「好好蹲著。」陸池涼涼地瞥了他一眼，打碎了他的小算盤，起身自己去開門。

正所謂一說曹操，曹操就到，此時站在門外的不是旁人，正是剛被朱禮賣了個乾淨的施伐柯。

施伐柯這幾日著實忙得很，朱顏顏要尋她說話，賀可甜又埋怨她有了新人就冷落舊人，然後又見了朱大夫人一面，可以說忙得暈頭轉向、分身乏術。在見過朱大夫人之後，施伐柯心裡便有了底，如今朱家對這門親事是誠意十足的，現在問題就在陸公子身上……畢竟先前看他對這門親事並不十分熱衷。

於是，施伐柯又來了一趟柳葉巷。

「阿柯？」陸池看到大門外俏生生站著的人，眼睛一下子亮了。有什麼比心心念念的人突然就站在了自己面前更令人高興呢？

雖然已經習慣了他的模樣，但施伐柯仍被他的笑容晃了一下，長成這樣真的是妖孽啊！默默穩了穩心神，施伐柯又仔細端詳了他一番，見他氣色好了許多，眉目不自覺便舒展了開來，「你身體如何了？」

「已經大好了。」陸池一連幾日沒見著她，此時哪敢拿翹，態度可以說非常之殷勤了。施伐柯見他一副和顏悅色的樣子，和上回見他時彆扭的模樣簡直判若兩人，不由得暗自點頭，果然先前是因為身體不適這才顯得脾氣略古怪了些，如今身體大好了，可不就又變回了原先那個通情達理的陸公子了嘛。

安下心，施伐柯拿出媒人的派頭，笑容可掬地看著他道：「我想著學堂那邊該是散學了，這便直接來你家尋你，你吃過飯了嗎？」

陸池卻是微微一僵，立刻想到了那罐被朱禮分享得差不多的粥，略有些心虛地摸了摸鼻子，有些含糊地道：「嗯，很美味，多謝妳了。」

嗯？很美味？多謝？施伐柯有些不解地看了他一眼，唔，為什麼這句話每個字她都能聽懂，合在一起竟然就聽不懂了呢？

陸池沒有注意到她奇怪的眼神，側過身讓她進門，「進來坐吧。」施伐柯按捺下了心裡的疑惑，抬腳進了院子，然後……便看到了正苦著一張臉在院子裡蹲馬步的朱禮。

施伐柯有些驚訝，隨即想起了前些日子朱家老太爺親自主持的那場動靜不小的拜師禮，心裡便有了數，笑咪咪地看著他道：「朱小公子，恭喜你得償所願啊。」

正汗流浹背一臉認命地蹲著馬步的朱禮，冷不丁看到剛被自己賣了個乾淨的正主笑盈盈地出現在自己面前，這衝擊不可謂不大，他一驚之下，下盤立刻鬆懈了下來，「哎喲」一聲，一屁股坐在了地上，摔了個結結實實。

施伐柯倒被他這動靜嚇了一跳，也「哎呀」了一聲，忙上前去扶他，「小心點啊。」然而朱禮站了這麼久的馬步，全憑意志力撐著，此時腿腳是一點力氣都沒有了，只想賴在地上坐到天荒地老，根本沒有力氣起來。

「施姐姐，別別別，我腿軟……」

「這是怎麼了？」施伐柯見他一副有氣無力的樣子，想起剛剛見他時正蹲馬步呢，不由得問，「莫不是馬步蹲久了，腿上沒力氣？」朱禮有氣無力地點點頭，一副氣都喘不上來的樣子，張著嘴活像條擱淺的魚。

「凡事都得循序漸進，不可急於求成。」施伐柯見他這般痛苦，便勸了一句。

是啊是啊，得循序漸進啊先生！朱禮點頭如搗蒜，複而一臉希翼地望向站在施伐柯身後的先生，然後……便對上了先生涼颼颼的眼神，頓時一個激靈，當下也不用施伐柯攙扶了，手腳並用，十分俐落地從地上爬了起來。

施伐柯嘴角抽了抽，感覺……這孩子本質彷彿還是個熊孩子？

朱禮爬起來之後忽然意識到了一件事，他被施姐姐撞見在蹲馬步，豈不是會懷疑先生會武功？一時不由得方寸大亂，十分忐忑地望向自家先生，生怕被遷怒，天可憐見，他真不是故意的！是先生讓他蹲的馬步啊！聽到有人敲門還不許停！

「克己先前憊懶慣了，身子看著壯實，全是虛的，因此需要好好打磨一番。」陸池完全沒有搭理一旁方寸大亂，一副此地無銀三百兩的朱禮，兀自笑盈盈地跟施伐柯解釋道，「畢竟日後下場考試，體力也很是重要。」神態可以說十分自然了，看得朱禮歎為觀止，先生不愧是先生，竟有這般泰山崩於前而不動於色的功力，他果然還是差遠了啊！

……自此，朱禮在自家先生的影響下，向著臉厚腹黑之道狂奔而去，拉都拉不住了。

陸池這麼一解釋，施伐柯倒是深以為然，複而又有些複雜地看了陸池一眼，她先前撞見他在練拳時也是這麼想的，只當他和自家三哥一樣修習了強健身體的拳法，可是如今朱顏顏信誓旦旦地認定了他……這個傢伙，分明是有武藝在身的吧。

不過，他不願意說，她也不好勉強。

「克己，是你給他取的字嗎？」施伐柯甩開腦袋裡突然冒出來的念頭，注意到陸池的稱呼，好奇地問。

陸池點點頭，「克己復禮，此字乃是要他時時警醒克己修身之道，凡事克制私欲，嚴以律己為上。」朱禮縮了縮脖子，只覺得先生取的這個字果然沉甸甸的令他很有負擔啊！

施伐柯卻覺得這個字十分的有學問，連連點頭，對站在一旁手軟腳軟的朱禮道：「你先生對你的期望很高啊，你莫要辜負了先生的期望。」

朱禮摸了摸鼻子，訕訕地笑。心裡卻是十分的心虛的……畢竟說起來他能夠順利拜先生為師，也多虧了施姐姐幫忙，結果他轉頭就把她給賣了。彷彿有些不厚道呢。

「今日就練到此處，你回家去吧。」陸池瞥了他一眼，擺擺手，道。攆人的意味可以說十分明顯了，很明顯是不想這個礙眼的傢伙在他家裡打擾他和阿柯獨處，明晃晃的彷彿一百根點燃的蠟燭，嫌棄之極。

朱禮正是十分心虛的時候，又蹲馬步蹲得腳軟，此時聽到先生發話，雖然腹誹著先生不厚道，見到施姐姐就不管他這個學生了，簡直毫無節操！但他此時便是吃了熊心豹子膽也不敢再廢話，畢竟後果難料啊！且……此時他竟然有點想念繼母了呢，雖然他也知道好歹，但有求必應的日子真是太舒心了嗚嗚嗚……

「是，先生，學生這便告辭了。」朱禮恭敬地跟先生道別，然後又認真地對施伐柯作了一揖，「施姐姐，我先回去了。」說完，絲毫不敢廢話，麻溜地從院子裡消失了。

施伐柯有些驚訝，此時的朱禮和先前那個囂張跋扈的小胖子真的是判若兩人了呢，不由得感歎，「朱小公子懂事了許多呢。」

這一回，陸池倒是點點頭，贊同道：「有些長進。」至少，很有眼力勁兒了。

「我已經把畫賠給可甜了，可甜很喜歡，謝謝你。」施伐柯笑了一下，眉眼彎彎地道，顯然去了一樁心事十分開懷。

「不必客氣。」陸池微微一笑，「我也要多謝妳。」

「嗯？謝我什麼？」施伐柯眨巴了一下眼睛，一臉疑惑的樣子。

「多謝妳這幾日的粥。」陸池說著，略有些不自在地抬手摸了摸鼻子，「不過……明日能否不送了？我這幾日……日日喝粥，著實有點受不了。」他眸色軟軟，帶著一絲討饒的意味。

施伐柯難得看到他這副模樣，竟覺得心口一陣亂跳，感覺被他這樣軟軟地看著，根本沒辦法拒絕他的任何要求，下意識便一迭連聲地道：「好好好……」然後，突然回過神來，「呃等一下，這幾日的粥？」

陸池察覺美人計彷彿管用？但隨即又察覺她的神色彷彿有些不大對……

「我只送過一次粥啊。」施伐柯眨眨眼睛，一臉困惑地看著他，「莫非這幾日竟是日日有人給你送粥？」陸池愣住了，不是施伐柯……那日日往他院子門口送粥的是誰？

他有些急切地將施伐柯拉進廚房，讓她看架子上那一排瓦罐，幾乎是有些顫抖地問，「這些……不是妳送的？」施伐柯默默搖頭。

空氣一下子安靜了下來，兩人面面相覷了半晌。

然後，施伐柯冷不丁想起了最近十分熱衷於熬粥的朱顏顏，以及她紅著臉問她那粥陸公子會不會喜歡時的表情……「唔……我大概知道是誰了。」

「誰？」

「還記得那日在我家廚房見過的那位姑娘嗎？」施伐柯看了他一眼，試探著問。

「嗯，她吃了我的肉糜粥。」陸池冷靜了下來，面無表情地道。

這般耿耿於懷的樣子讓施伐柯有點頭疼，她按了按額頭，「那姑娘便是朱家小姐。」

陸池眉頭一挑。

「想來應該是朱小姐吃了你的粥感覺十分愧疚，所以才送粥來給你當作賠禮吧。」施伐柯解釋道。陸池呵呵一聲，那還真是多謝了！一想起這幾日自己硬著頭皮喝粥，就為了不辜負阿柯的心意……他便十分心塞。

「其實我今日便是為了朱家小姐的事情而來。」施伐柯覺得這是一個好機會，便順勢說出了來意。

聽到這句話，陸池的神色一下子冷淡了下來，他板著臉道：「若還是為了先前那樁荒謬的親事，就不必再提了。」

「怎麼能用荒謬來形容呢。」施伐柯不甚贊同地看著他，複而又神秘兮兮地道：「你就不好奇，為何朱家又回心轉意來向我托媒嗎？」回答她的是陸池斬釘截鐵的三個字，「不好奇。」施伐柯被噎住，怎麼會有人這麼沒有好奇心的啦！

見她瞪圓了眼睛，陸池歎了一口氣，擺出一個無奈到近乎於妥協的表情，「不管是出於什麼原因，那門親事都不必再提了。」雖然擺出了一副妥協的表情，可是這話，卻是一絲妥協的意思都沒有呢。

施伐柯怎麼可能就這麼死心，做媒，她可是專業的。

「還記得我先前問過你十年前是否去過千崖山嗎？」施伐柯鍥而不捨地換了個話題。

陸池心口一跳，面上的表情卻不曾改變，「妳先前不是已經回答了，說是因為十分嚮往千崖山上的飛瓊寨，故有此一問嘛。」

「其實，並不僅僅是因為這個原因。」施伐柯看著他道。

「哦？」陸池略顯急促的心跳漸漸平緩了下來，有些猜到她一再提起千崖山，應該不是因為懷疑他的身份，而是有其他原因在……比如那個陰魂不散的朱小姐？

「其實我之所以那麼問，還有一個原因，只是當時我猶豫了，因為此事涉及到了朱家小姐的閨譽，這世道對女子嚴苛，作為媒人我不得不謹慎。」施伐柯一臉認真地道。

「那現在為何又來告訴我了呢？」

「此事說來話長，事實上，朱家這門看似來得有些蹊蹺的婚事，是因為十年前的一樁舊事。」

陸池歎了一口氣，「既然說來話長，那便坐下慢慢講吧。」

兩人走出廚房，施伐柯從善如流地隨他在院子裡坐下，看了一眼桌上倒扣著的書，竟是最近新出的話本……原來秀才也看閒書啊。

陸池見她表情詭異地看著桌上的話本，面色不變且神態自若地將桌上裝著棗和葡萄的碟子往她面前推了推。碟子裡洗淨的葡萄上面還掛著些許的水珠，個個晶瑩剔透，看著很是饞人，施伐柯受不住誘惑拿起一個，只這葡萄皮十分難剝，好不容易剝完一個塞進嘴裡，唔……好甜。

甜歸甜，施伐柯卻再沒伸手拿第二個，這剝皮實在太費勁了，手上還黏答答的。陸池見狀，隨手拿起一旁的濕帕子遞給她，施伐柯接過擦了擦手，輕咳一聲，總算沒忘記正事，「這事兒要從十年前說起，十年前……朱家老太爺致仕返鄉，全家搬來銅鑼鎮，途經千崖山的時候遇到了一夥匪徒劫道，當時只有八歲的朱小姐不慎落入了匪徒手中……」施伐柯說到這裡，看了陸池一眼，彷彿試圖從他的臉上看出些什麼。

然而並沒有，陸池並沒有任何觸動，他正忙著剝葡萄，晶瑩剔透的葡萄在他的指間輕輕轉動，施伐柯忍不住盯著看了半晌，不由得感歎，這真是一個好看到手指頭的人啊……

「嗯？」陸池注意到她的視線，想了想，便隨口捧了個場，「然後呢？」雖然，他對此並不感興趣。

「……千鈞一髮之時，有一個少年出手救了她。」感覺到他敷衍的捧場，施伐柯抽了抽嘴角，接著道。

「妳該不會是想告訴我，我便是那個少年？」陸池對上她欲言又止的眼神，面上露出了一個匪夷所思的表情。

「你不記得了嗎？」施伐柯緊緊地盯著他，「救下朱小姐之後，那少年還給了朱小姐一個信物，答應日後會來娶他……」

陸池失笑，搖搖頭道：「我想，朱小姐應該是認錯人了。」一邊說著，一邊將手邊的碟子推到施伐柯面前，碟子裡裝的都是已經剝好了的葡萄，一粒一粒的果肉完整、盈盈欲滴，看著就很有食欲。施伐柯愣了一下，下意識吞了一下口水，「給、給我的？」

「嗯。」陸池繼續垂眸慢悠悠地剝葡萄，動作看著不快，但很快便又剝好了一個，放進了施伐柯面前的碟子裡。

得到了肯定的答案，施伐柯頓時笑瞇了眼睛，拈了一個放進嘴巴裡，無限滿足。

一連吃了好幾個，施伐柯才想起正事，清了清喉嚨道：「其實我先前沒有同你說出這樁親事的原委，便是擔心朱小姐認錯了人不好收場，可是那日朱小姐在我家廚房裡見過你之後便十分激動，說她絕對不可能認錯人，肯定你就是當年救了她的那個少年。」

陸池搖頭，斷然否認，「不是我。」施伐柯一邊吃葡萄，一邊看他剝葡萄，默默看了一陣之後，冷不丁伸出手，以迅雷不及掩耳之勢捉住了他的手腕。

「嗯？」冷不丁被她拉住手，陸池一時僵住，彷彿被點了穴一樣整個人都不會動了。

施伐柯轉動了一下他的手，然後在他的左手內側看到了一枚形狀奇特的刺青，定睛一看，果然如朱顏顏所說的一樣，是個似龍非龍、似蛇非蛇的模樣。

「你當真一點都記不起來了嗎？」施伐柯抬起頭，意味深長地看向他。

「我根本不是妳口中那個救了朱小姐的少年，又如何會記得什麼往事？」陸池也看著她，幾乎有些無奈地歎了一口氣，意有所指地提醒她，「畢竟，我可是一個手無縛雞之力的書生呢。」施伐柯立刻想起那個無辜被打碎的粉彩碟子，一時也有些猶疑不定了起來。可是，朱顏顏認定了是他，且他手上也有朱顏顏所說的刺青。到底是哪裡弄錯了呢？

「可是，據朱小姐所說，你手上這枚刺青和當年那個救了她的少年手上一模一樣呢。」施伐柯看著他，試探道。

陸池眉頭猛地一跳，垂眸看了一眼腕上那枚有點礙眼的刺青，心下忽然了然。這個世上，有著和他一樣刺青的人……只有兩個，他那個不靠譜的爹和性格古怪的兄長。爹雖然向來不大靠譜，但娘親在上，他肯定沒膽子亂來，那麼……便是他那位性格古怪的兄長了吧。

嘖嘖，想不到他那道貌岸然、性格古怪的兄長居然惹了這麼一樁風流公案。

陸池定定地看了施伐柯一眼，隨即撇過頭，輕嗤一聲，「抱歉，我對此事毫無印象，該不是朱小姐見我生得好看，便對我一見鍾情，所以才編出這一段英雄救美的故事吧，畢竟話本裡也這麼寫過。」施伐柯抽了抽嘴角，這個人如今也可以坦然說出自己長得好看這樣的事呢……還有，他真的看了很多話本吧！

「怎麼不講話了？」陸池半天不見她開口，又回過頭來，問。

施伐柯囧著臉，嗯……不知道該怎麼接呢。

「難道我說得不對嗎？」見她囧著臉，一副一言難盡的樣子，陸池挑眉。

哪裡都不對啊！施伐柯默默在心底吶喊。

「難道我生得不好看？」陸池一臉困惑地說著，緩緩扯出一個足以顛倒眾生的笑來。施伐柯下意識吞了一下口水，好看的好看的！

「好看到妳都捨不得放開我了嗎？」陸池笑盈盈地繼續道。

嘎？施伐柯呆了一下，這才後知後覺地發現自己竟然一直握著陸池的手沒有鬆開，不知為何一下子漲紅了臉，如燙著了一般忙不迭地鬆開了他的手。

陸池低頭揉了揉手腕，因為剝葡萄的關係，手上還黏答答的，他順手拿過一旁的布巾擦了擦手，彷彿沒有察覺到施伐柯一瞬間的不自在，若無其事地道：「明日我休沐呢。」

「嗯？」這話有點突兀，施伐柯一時不解其意。

「我昨晚夜觀天象，明日天氣應當不錯，不如我們去踏青吧。」陸池將手中的布巾丟到一旁，支著下巴面露惆悵，「再不踏青，就要入夏了呢。」施伐柯被他惆悵的表情蠱惑，險些就要應了，好在關鍵時刻回過神，斷然拒絕了。踏什麼青！她是來說親的！

陸池頓時面露失望之色。

「我們還是來談一談關於朱小姐的事情吧……」施伐柯深吸一口氣，強迫自己不要去看他失望的樣子，並且試圖將話題帶入正軌。

「長得好看不是我的錯，可是，我不可能因為朱家那位小姐，莫名其妙、無中生有地編出一段過往就得認帳啊。」陸池臉上的失望頓時變作了漠然，完美的詮釋了什麼叫翻臉比翻書還快。

施伐柯抽了抽嘴角，陸池連這般賴皮的話都說出來了，她還能怎麼辦呢？看來今日八成是要無功而返了啊。事實上，施伐柯相信朱顏顏不是信口開河的人，反而陸池卻是十分可疑，總感覺他有事瞞著她似的，奈何他一口咬定自己是個手無縛雞之力的書生……她能怎麼辦呢？施伐柯默默地歎了一口氣，她是個專業的媒人，自然不能同他嘔氣。

吃人家的嘴軟，她也不好勉強逼問，且做為稱職媒婆的職業道德不允許她這麼做，施伐柯感覺自己的職業生涯似乎遭遇了前所未有的挑戰。

面對油鹽不進的陸池，施伐柯不出所料地無功而返……葡萄倒是吃了不少。

一路心事重重地回到家，卻在家門口看到了一輛十分眼熟的馬車……這不是朱家的馬車嗎？該不是朱顏顏又來了吧？老實講在這個當頭，施伐柯有點不知道該怎麼面對朱顏顏的期待，總覺得讓她失望是一件罪大惡極的事情！

……她也被奶娘洗腦了嘛。正糾結著，便見朱顏顏的奶娘從馬車上走了下來，手裡還提著一個十分眼熟的瓦罐。嗯，和陸池家中擺在廚房架子上的那一排瓦罐長得一模一樣呢。

「施姑娘妳可回來了。」奶娘笑容滿面地招呼道。

施伐柯小心翼翼地看了一眼她身後的馬車，「顏顏來了嗎？」

「沒有，托姑娘的福，小姐如今開朗許多，今日竟陪著夫人出門賞花去了。」奶娘說著，一臉感動地抹了抹眼睛。施伐柯越發不敢說話了。

「瞧我，又失態了，姑娘可別見怪。」奶娘感動完，有些不好意思地笑了笑，將手裡拎著的瓦罐遞給她，「這是我家小姐特意給姑娘熬的粥，今日小姐臨出門前還囑咐我一定要親手交到施姑娘手中呢。」

施伐柯默默接過那十分眼熟的瓦罐，想起陸池家那罐子粥，算了算時辰，「……讓奶娘久等了。」

「不算久不算久。」奶娘謙虛地擺擺手。

……不，真的很久了。不過，這樣特意等著她，想來……也不僅僅是為了送粥吧。

果然，奶娘將粥罐子遞給她之後，又笑了一笑，十分殷切地問，「不知先前托給姑娘的事，說得如何了？」施伐柯聞言頭皮一緊，果然來了……

奶娘瞇了瞇眼睛，終於注意到施伐柯臉色有些不大對，不由得有些緊張了起來，「怎麼了？可是親事不順利？」施伐柯糾結了一下，好在不是當著朱顏顏的面，倒也沒有那麼難以啟齒，她長長地歎了一口氣，道：「陸公子說顏顏認錯了人。」

「什麼？」奶娘一臉震驚，隨即眉毛一豎，面露怒色，「便是認錯又如何，我家小姐能夠看上他那個一窮二白的窮秀才，他竟然還敢如此拿翹？著實可惡！」

「……這話也不是這般講，若當真不是他，他卻將錯就錯冒認了，便是人品堪憂。」施伐柯聽著這話著實刺耳，趕緊截了她的話頭，辯解道：「若顏顏真嫁了這般人品堪憂之人，豈不是推她落了火坑嘛。」

奶娘一噎，品了品這話彷彿也有道理，便有些六神無主起來，口中念叨著，「我可憐的小姐……」一邊又要落下淚來。施伐柯一見奶娘又要落淚，便覺得頭大，一旦事情和她家小姐掛鉤，這奶娘必然是一副關心則亂的樣子，見她一把年紀老淚縱橫的樣子，施伐柯趕緊摸了帕子遞給她，「您先別急……」

奶娘順勢握住了施伐柯的手，「施姑娘，我心疼我家小姐啊……日日熬了粥巴巴地送了過去，還催我來尋妳探消息，這要是知道那陸秀才竟然不肯認她，還不知該如何的傷心欲絕呢，她的身子才有了些起色，眼見著性子也開朗許多，如今、如今……我這一想便是心如刀割啊……」

果然陸池那兒的粥是朱顏顏送的，給她送粥也是順便啊……奶娘妳暴露了喂。施伐柯抽了抽嘴角。

「施姑娘，我家小姐最是信任妳了，妳就透個底兒，這事兒……到底還有沒有希望能成。」奶娘抓著施伐柯的手，淚眼婆娑地問。

施伐柯猶豫了一下，「就陸公子目前的態度來看，似乎……可能性不大，但……」

「但？」奶娘眼睛亮了亮。

「但我總覺得陸公子那兒……似乎還隱瞞了些什麼。」施伐柯想了想朱顏顏哭泣的小臉，把心一橫，道。

奶娘心裡稍稍穩住了些，握著施伐柯的手又緊了緊，「這事兒還請施姑娘多多費心，不管結果如何，老奴和夫人都感激妳，小姐也是。」說著，奶娘匆匆走了。

施伐柯站在原地目送馬車離去，無奈地看了一眼手裡的粥罐子，長長地歎了一口氣，走進了自家大門。

第二日果然是個好天氣，陽光明媚，風清日朗。

施伐柯的心情卻是一點都不明媚，奶娘的囑託沉甸甸地壓在心上，可她對怎麼撬開陸池的嘴，卻又半點頭緒都沒有，於是她今日哪都沒去，悶在家中和狗勝玩耍。

今日施重海也在家，他已經幾日沒有出門訪友了，此時正在書房作畫，他瞧了一眼窗外那個氣鼓鼓的姑娘和那只蠢兮兮的鬥雞大眼瞪小眼的樣子，垂眸含笑作畫。畫的正是那個氣鼓鼓的姑娘和那只蠢兮兮的鬥雞，院子裡的情形躍然紙上，十分的生動有趣，畫功可見一斑。

說起來，這幾日阿柯忙得團團轉，一副業務比娘還繁忙的樣子，今日怎麼突然就閒得和狗勝較勁了？莫不是……朱家那門親事出問題了？

不知道正被自家三哥隔窗偷窺的施伐柯默默瞪著狗勝，狗勝這傢伙竟然敢站在高高的草垛上居高臨下地望著她，一副不屑至極的模樣，簡直欺人太甚。

可惱！

正和狗勝大眼對小眼的時候，忽聞外頭有人敲門，施伐柯不甘心地瞪了狗勝一眼，轉身去開門。

打開門一看，站在門外的，竟然是賀可鹹。

「賀大哥？」施伐柯的表情有些驚訝，賀可鹹可是向來無事不登三寶殿的，雖然小時候也經常一起玩耍，可是後來賀可鹹接手了家業，整個人便忙得跟陀螺似的，根本沒什麼閒暇，漸漸便有些疏遠了，長大之後更只覺得是朋友的哥哥……而且還是臭脾氣不易相處的那一類。眼下這般貿然登門，想來是出來尋可甜的？

想著，不待賀可鹹開口，施伐柯便十分自覺地道：「可甜今日沒來找我呢，不在我家。」

賀可鹹下意識便將手中拎著的雪花酥移到了身後，略有些不自在地接了話頭，「咳，她不是討了我那套水玉棋子，說是要和妳下棋嗎？」

誰料施伐柯的表情變得有些古怪了起來，「可甜說那套棋子你寶貝得很，只肯借她玩兩天，早已經討回去了啊。」賀可鹹一滯，很好，蠢妹妹又讓他背黑鍋了。

坐在家中練大字的賀可甜狠狠地打了個噴嚏，不知為何忽然覺得脖子有點發涼。

施伐柯見賀可鹹憋著氣一副牙癢癢的表情，立刻笑了起來，「我就說賀大哥不可能這麼小器嘛，可甜那傢伙分明是不樂意和我下棋，拿賀大哥當藉口呢。」

賀可鹹幾乎要感動了，比起蠢妹妹什麼的，果然還是阿柯最善解人意了啊。

「咳，可甜不在妳這裡，大概是去了別處吧。」賀可鹹輕咳一聲，內心裡盤算著該找個什麼理由留下來同她說說話。

施伐柯卻已經主動笑道：「既然來了，便進來坐坐吧，我三哥也在家呢。」賀可鹹沒有想到這青天白日的，施重海竟然會在家裡，但難得阿柯邀他進門，他便從善如流地走進了院子。

「三哥，賀大哥來了。」施伐柯喊了一聲。

正在書房作畫的施重海聞言，眉頭一挑，放下了手中的畫筆，淨了手走了出來，笑容可掬地對著賀可鹹拱了拱手，「哎呀賀大哥，稀客啊。」

賀可鹹一陣心塞。怎麼就成了稀客了？明明他也是和阿柯青梅竹馬一起玩到大的……但仔細想想，他彷彿的確甚少來施家，這麼一想又有些抑鬱了，這中間究竟發生了什麼事？明明小時候也是一起玩的，結果阿柯和褚逸之那個蠢書生倒是一直玩得挺近，偏和他疏遠了，哎呀不能想，一想就好氣哦。

呵呵，還好褚逸之那個蠢書生已經娶了個不省心的娘子，再不會來礙眼了。

「賀小妹沒來嗎？」施重海又順嘴問了一句。

賀可鹹默默盯著眼前這個一臉笑意的娃娃臉，心中一下子警惕了起來，賀小妹？竟然叫得如此親昵，簡直豈有此理！……然而他不好翻臉，畢竟他也覬覦著人家妹妹呢。

哼，就看誰本事大了。看最後是他撬了他妹妹，還是他撬了他妹妹！

思緒一轉，賀可鹹亦端起了生意場上最為和善無害的笑容，「我那不省心的妹妹出去玩了也沒個交代，我這不是正尋她呢。」到這個時候還不忘圓了先前和阿柯說話時給自己挖的坑，然後毫無心理障礙地一口黑鍋砸在了自己親妹妹身上。嗯，來而不往非禮也。

難得乖乖坐在家中練大字的賀可甜又狠狠打了個噴嚏，然後奇怪地揉揉鼻子，總感覺彷彿有人在說她的壞話？

「賀小妹向來乖巧端莊，許是被什麼事絆住了吧。」施重海笑呵呵地打圓場，他多聰明一個人，自然看得出來賀可鹹此番登門根本就是醉翁之意不在酒。

且那日阿柯說她去盛興酒樓買酒，結果那店夥計睜著眼睛說瞎話，明明有酒卻不肯賣於她，想來是得了誰的吩咐，甚至還疑心是他搞的鬼。很少有人知道，眼前這個喜餅鋪子的少東家，正是盛興酒樓的主人呢。哼，想叼走他妹妹的狼崽子。

「倒是打擾施三哥讀書了，回頭我作東，請你去盛興酒樓吃酒去。」賀可鹹客氣道。

施重海皮笑肉不笑地呵呵兩聲，賀可鹹這廝可是比他大了一歲呢，倒還真好意思喊他一聲「施三哥」，可見是為了阿柯臉皮都不要了，這般腹誹著，面上卻是忽地笑容可親了起來，「賀大哥客氣了，來者是客，快進來坐。」說罷，又對一旁傻站著的施伐柯道：「還愣著作甚，快去添些茶水來啊。」

施伐柯總覺得這氣氛彷彿有些怪怪的，但因想著三哥喜歡可甜，可甜似乎也對三哥頗有好感，以後肯定還是要過賀大哥這一關的，便由得他們去了，乖巧地應了一聲，去準備茶點了。嗯，不得不說，這是一個美好的誤會。

「阿柯。」賀可鹹叫住了她，將手中拎著的雪花酥遞給她，十分自然地道：「記得可甜說妳喜歡吃這個，來的路上正好經過來福記，就順手買了些。」

施伐柯見是雪花酥，眼睛都亮了，「謝謝賀大哥！」不待施伐柯伸手來拿，施重海便伸手截過，轉而塞進施伐柯手裡，見她一副垂涎三尺的樣子，恨鐵不成鋼地瞪了她一眼，來福記的雪花酥是順路就能買的？不排上半天隊能買上？可長點心吧！

施伐柯被三哥瞪得有些莫名其妙，但三哥向來莫名其妙，她也沒往心裡去，腳步輕快地準備茶水了。

待施伐柯將雪花酥裝了碟，又備了茶水過來，施重海和賀可鹹二人還在你來我去地寒暄著，一個口稱「賀大哥」，一個口稱「施三哥」，可以說十分的客氣有禮了，且誰也不耽誤誰，誰也不肯改口。兩人寒暄了這半天，講得口都乾了，施伐柯端來的茶水便分外及時，十分默契地雙雙住了嘴，端了茶水潤喉。

施伐柯看了看賀大哥，又看了看自家三哥，總感覺……氣氛越發詭異了呢。

因著這詭異的氣氛，施伐柯手上一滑，差點打翻了裝著雪花酥的碟子，眼見碟子傾斜著掉了下去，滿滿一碟子的雪花酥就要糟蹋了，一旁坐著的賀可鹹忽然伸手，那碟子便穩穩當當地落在了他手裡，碟子裡的雪花酥亦是安然無恙。

施伐柯眼睛都看直了。對嘛！這才是會武之人正確的反應啊！

「賀大哥你好厲害！」施伐柯驚歎。

賀可鹹嘴角可疑地翹了翹，謙虛道：「只是跟著家中武師習了些三腳貓功夫罷了，難登大雅之堂。」

「賀大哥真是深藏不漏啊。」施重海見自家小妹毫不矜持的樣子，在心裡哼了哼，十分自然地截過了話頭，爭取不讓賀可鹹有機會和小妹搭上話。

賀可鹹呵呵兩聲，「哪裡哪裡。」於是，兩人再度寒暄起來。

施伐柯默默坐在一旁，一邊啃著雪花酥一邊看他們尬聊，然後冷不丁起了個念頭，插嘴問道：「賀大哥，如何才能看出來一個人會不會武功呢？」

「嗯？」正和施重海聊天的賀可鹹看了過來。

「唔，就是說如果有一個人不承認自己會武功，有什麼方法可以試他一試嗎？」施伐柯也是因為先前賀可鹹徒手接碟子的舉動才想起來這一樁，決定向他討個主意試試。

如何才能試探出一個人會不會功夫？賀可鹹心中暗自警覺起來，阿柯這是想試探誰？當一個人太過在意另一個人的事情，如此大費周章也要試探一番……這可不是一個好現象，能讓阿柯這麼在意的人會是誰？

「多簡單一件事，帶他去逛個街、遊個湖什麼的，然後雇幾個人去找碴，會不會武功到了危急的時候總會暴露的啊。」一旁的施重海習慣性搶過話頭，堅決不讓賀可鹹有機會和小妹接上話。說者無意聽者有心，施伐柯頓時眼前一亮，「三哥，想不到你挺聰明的嘛！」

施重海得意洋洋，「什麼話，妳三哥向來聰明！」

施伐柯難得沒有同他抬槓，而是琢磨起這件事情的可行性，然後忽然想起來昨日陸池還說他今日休沐，要約她出門踏青的，多好的機會啊！這麼一想，不由得有些蠢蠢欲動起來。

賀可鹹見施伐柯當真一副蠢蠢欲動的樣子，一下子皺起了眉頭，不甚贊同地看了施重海一眼……這施三哥果然不是個靠譜的，不說管一管自家妹妹，竟然還幫著出這種餿主意。

因為心裡存了事，賀可鹹不一會兒就尋了個理由提出告辭了，並且在施重海虎視眈眈的目光中十分勇敢地對施伐柯道：「阿柯，可否送我一程，我恰好有些事情要同妳說。」

「孤男寡女，怕是不妥吧。」施重海試圖阻止。

「施三哥不必擔憂，送到門口便好。」賀可鹹笑了一下，「且我畢竟也是和阿柯一起長大的，不算是外人。」

厚顏無恥！

施重海簡直歎為觀止，賀可鹹這臉皮快堪比城牆了吧，竟然就默默將自己歸類於「不是外人」了！到底誰允許了？爹娘大哥二哥小妹，快來看，他終於發現一個臉皮能勝過他的男人了！然而小妹並沒有注意到他的臉色，甚至沒有看他這個三哥一眼，便笑咪咪地對那個厚臉皮的奸商道：「賀大哥，我送你。」然後，就在自家三哥的眼皮子底下，送賀可鹹出門了。

膽大包天！

施伐柯才不管自家三哥如何腹誹，她正好琢磨著要去找陸池，這廂賀可鹹就提出告辭，可以說非常有眼色了，因此她一路將賀可鹹送出了門，十分和顏悅色地問：「賀大哥，你有什麼話要跟我講？」

賀可鹹停下腳步，看向她，問：「阿柯，妳可以告訴我，妳想試探的人是誰嗎？」

施伐柯有些意外，他以為賀可鹹是想問她可甜的事情，卻沒想到竟然問了這個，一時有些為難，「賀大哥你知道做我們這行口風得緊，不然容易壞事。」賀可鹹一下子皺緊了眉頭。

施伐柯一見他這臉色，便是頭皮一緊。

半晌，賀可鹹緩緩吐出一口氣，「是我思慮不周。」

施伐柯一愣，她都已經做好了被嘲諷的準備，沒想到賀可鹹竟然如此通情達理，不由得有些怪異地看了他一眼，總覺得賀大哥最近變得有些奇怪呢……

「為何這樣看我？」注意到她奇怪的眼神，賀可鹹問。

「賀大哥最近變得有些奇怪呢……」施伐柯下意識便道。

「哦？如何奇怪？」

「……出奇的通情達理。」施伐柯說完便後悔了，感覺自己簡直在找罵，這話聽著不是在諷刺他以往有多麼的胡攪蠻纏嘛！

誰料賀可鹹愣了愣，竟然笑了起來。賀可鹹長得很漂亮，要不然也不會被稱為銅鑼鎮第一美人了，他笑起來尤其好看，臉頰上還有兩個淺淺的酒窩，他知道自己笑起來是什麼樣子，故而少年老成，少年時總喜歡板著臉，後來接手了家中的生意，不好見人就板著臉，他便學會了克制而有技巧的商業微笑，看起來也是老成持重，十分可靠。

然而此時他笑得有點放飛自我，兩個小酒窩全露了出來。然後，一根纖細柔軟的手指以迅雷不及掩耳之勢戳上了他的臉頰，精準地戳中了他臉頰上的小酒窩。

賀可鹹一下子愣住。

施伐柯也愣住了，隨即猛地收回犯了錯的手指別在身後，彷彿什麼都沒有發生過一樣。

「……妳剛剛在做什麼？」賀可鹹低低地開口，眼神有點幽深。

「酒窩太可愛了，一時沒忍住……」施伐柯有些語無倫次地說著，說完便想咬掉自己的舌頭，然後又突然想起了那個因為調戲賀可鹹，被他親手打斷了手丟出銅鑼鎮的倒楣蛋，她簡直是在拿生命開玩笑啊！現在道歉還來得及嗎？

「……」賀可鹹默默地看著她。

「對不起我真的不是故意的！原諒我這一回吧，我再也不敢了！」施伐柯雙手抱頭十分沒出息地討饒。

「難道不是因為早就想戳戳看了嗎？」賀可鹹動了動唇，幽幽地道。

「誒，你怎麼知道？」施伐柯呆呆地問，問完就後悔了，感覺自己鑽進了圈套。

賀可鹹露出了一個謎一樣的笑容。因為曾經有個小醉鬼，仗著自己喝醉酒調戲了他，戳了他的酒窩不算，還酒後吐真言，膽大包天地說，「我早就想戳戳看了，你酒窩，真可愛。」但他沒有告訴施伐柯，被一個小醉鬼調戲了這種事情他才不要說出來，他也要臉的！

「妳當真準備用妳三哥的那個餿主意？」沒有回答施伐柯的話，賀可鹹有些突兀地換了個話題。

「喂！我還在呢！」這時，一直躲在門後偷聽的施三哥跳了出來，不滿地道，「還有，你離我妹妹遠一點，男女授受不親！」先前雖然看著有些不妥，但到底算是自家妹妹占了便宜，他也就忍了……但這奸商詆毀他出的是餿主意，這就沒辦法忍了！

賀可鹹抽了抽嘴角……偷聽你還有理了？

施三哥卻是毫不臉紅，且乾脆光明正大地走了過來，一副要旁聽的架勢。

「我不是說施三哥的主意不好，只是阿柯一個小姑娘要去哪裡雇人？萬一雇來的人真的存了歹心呢？」賀可鹹正色道，說著，緩了緩又道：「若是非要找人來演這麼一出，不如我來幫忙吧。」

「這有何難，我這個三哥自會替阿柯辦妥的，就不必勞煩你了。」施三哥擺了擺手，大包大攬地道。

「既然有施三哥出手，那自然是沒問題的，倒是我白操心了，告辭。」

「慢走不送。」施三哥笑咪咪地道。

賀可鹹笑了笑，看了施伐柯一眼，轉身走了。施三哥得意洋洋地目送賀可鹹離開，一回頭便對上了施伐柯亮晶晶的眼睛，不由得嘴角一抽。

「三哥，你說話算話吧？」

「那是自然，我什麼時候騙過妳了。」……數都數不清呢。

「喂，妳那是什麼眼神！」施三哥被施伐柯看毛了，「從小到大我給妳出的主意還少嗎？我當妳一大早在糾結什麼呢，這種事情早來問我不就好了，竟然寧可去問賀家那小子都不來問我，我對妳很失望。」語氣抑揚頓挫，鏗鏘有力。

賀家那小子？明明先前還叫人家賀大哥的呢。施伐柯默默腹誹著，不過想了想自家三哥的確是從小便給她出了不少主意……雖然幹的都不是什麼正經事，簡直軍師一樣的存在。

當然，最後的黑鍋也是這個軍師背的，對此施伐柯十分的心安理得。

「我就知道三哥最靠得住了。」施伐柯十分狗腿地上前扶他進屋，「來來來，我們計畫一下。」三哥十分受用，老佛爺一般擺著架子回了屋。

然後，兄妹倆很快擬定了一個關於「英雄救美」的計畫。

一切談妥之後，施三哥伸出了手。

「幹啥？」施伐柯一臉問號。

「雇人需要銀子啊。」施三哥理直氣壯地又將手往前伸了伸，「妳知道的，三哥如今窮得叮噹響。」施伐柯一聽也是，十分豪氣地將整個荷包塞進了他手裡。

「事不宜遲，就是今天了！」

「包三哥身上。」

一時間，各得所需，皆大歡喜。

第七章　英雄救美

施伐柯敲開陸池院子的大門時，陸池正在院子裡曬書，看到施伐柯拎了一個大大的食盒來找他，陸池有些驚訝，「……妳這是？」

施伐柯揚起一個甜甜的笑臉，「我看今天天氣不錯，來找你一起去踏青。」

陸池揚了揚眉，「妳昨日不是說今天很忙嗎？」

施伐柯嘴角抽搐了一下，差點繃不住那張甜甜的笑臉，「那你去不去？」

陸池立刻笑彎了眼睛，很沒有原則地道：「去哪兒？」

「我知道有個去處，那裡原是一處花田，後來被棄了，沒有人打理卻反而有了百花盛開的異景，每年差不多這個時候都有人去賞花，漸漸就變成了一處踏青的好去處。」施伐柯說著說著，自己也有些興致勃勃了起來。陸池亦露出一副很感興趣的樣子。

說去就去，施伐柯麻利地幫著一起收了書，陸池進屋換了身衣裳，然後趕了驢車出來，帶上施伐柯，便興致勃勃地出發了。

這個時節正是踏青的好時候，施伐柯和陸池坐著驢車出了鎮，一路行人不少。

出了鎮之後，驢車便漸漸慢了下來，道路一側有條河，河邊栽種了許多的垂柳，柳條隨風輕擺，看著便令人心情愉快，連周遭的氣息都彷彿清新了許多。

再往前走，漸漸便有花香隨風襲來，聞之令人心曠神怡，施伐柯看了一眼坐在前頭駕車的陸池，心裡正打著小算盤，卻發現周邊的行人有些多了……再仔細一瞧，呵！盡是些大姑娘小媳婦，一個個都偷眼來瞧，更有大膽者一副躍躍欲試要上前來搭話的樣子。

……感情是醉翁之意不在酒啊。

再看陸池，今日因為要出門踏青的關係，特意換了身赭色的春衫，更襯得他面如冠玉，色若春曉，著實是一翩翩濁世佳公子。

「這位公子看著有些面生呢。」正想著，果然有人來搭話了。

搭話的女子長得十分豔麗，作婦人打扮，她剛從馬車裡把頭伸出來，施伐柯便認出她來了，焦家的嬌嬌，雖然叫嬌嬌，但在家並不得寵，她那個考中了童生的弟弟才是家裡的寶貝疙瘩。

焦家並不算富裕，為了供她弟弟讀書，前年把她嫁給了段氏成衣鋪子的老闆作繼室，那段老闆年紀比焦嬌的親爹還要大上五歲，又是個暴戾的性子，據說原先的妻子便是被他折磨至死的，家裡還有個十多歲的傻兒子，因此段家雖然算是富戶，卻也沒有好人家的姑娘肯嫁給他，而焦家因為供兒子讀書已經捉襟見肘，焦嬌又長得豔麗可人，當下便起了歪心思。

兩相一拍即合，最後段老闆花了一百兩娶了焦家的嬌嬌。

當時鎮上有良心些的媒人都不肯接這活，這事兒還鬧到了施伐柯她娘面前，最後段老闆砸銀子請了芙蓉巷的李媒婆辦成了親事。

很多人背後唏噓，暗罵焦家偏心眼，為了兒子就把自己親閨女往火坑裡推。

但合該是焦嬌的運氣，成親不到半年，那段老闆一次出門喝花酒，不知怎地，竟然一頭栽進了河裡，再沒爬起來，那段老闆除了焦嬌和那個傻兒子也沒旁的親人，傻兒子十多歲了還是只會傻笑，於是焦嬌一下子從受氣的繼室成了段氏成衣鋪子的主人。

後來還鬧出了一些事情，焦家找上了焦嬌，要把她改嫁，大約還打著段氏成衣鋪子的主意，結果被焦嬌拿著擀麵杖轟出門去。

此事之後，焦嬌當機立斷花大價錢請了兩個保鏢前前後後地跟著，但凡看到焦家人上門那是一點情面都不肯講的，就讓焦家眼巴巴地看著好大一塊肥肉，卻根本沒處下嘴。她爹娘和弟弟氣得四處抹黑她，說她不孝不悌枉為人女，焦嬌卻是無所謂得很，自稱她如今不僅是焦家女，還是段家婦，她得替段家守住了家財，不能落入小人手中，氣得焦母當場吐了血。

向來寡婦門前是非多，何況這焦嬌又生得豔麗，再加上焦家人四處抹黑，焦嬌在銅鑼鎮的名聲十分不好，但施伐柯倒對她沒什麼惡感，難道她要任由自己爹娘把自己賣了一次，再賣第二次才算孝順不成？

而此時，因為陸池並未答話，焦嬌已經指揮著馬車上前，與他們的驢車並排而行，「公子，你怎麼不說話？」

路並不算特別寬敞，這麼一來便擋了旁人的道，陸池看了一眼，淡淡一笑，「這世上面生之人何其多，不熟自然面生。」說著，揮了揮鞭子緊趕幾步，將驢車驅得快了些，與那馬車錯開了些。

被潑了冷水焦嬌也不羞惱，又讓車夫趕了上來，調笑道：「相逢便有緣，一回生，二回便熟了嘛，公子又何必拒人於千里之外呢。」

「這位夫人，請自重。」陸池雖然看著脾氣溫和，但其實並不是個好性子的，幾番下來，面色便有些沉鬱。

「公子莫怕，奴家是個寡婦呢。」焦嬌嗤嗤一笑，嬌聲嬌氣地道，「不知公子可曾娶親啊？」周圍隱有笑聲傳來，還有鄙薄的視線，焦嬌卻渾不在意。

她不在意，可是陸池的臉色卻是越發的黑沉了。

「段夫人……」一直被無視了個徹底的施伐柯出言提醒。

「咦，小媒婆，妳怎麼在這裡？」焦嬌彷彿才看到她似的，複又恍然大悟道：「這是妳看中的男人？」

施伐柯知道她向來口無遮攔，也不曾生氣，「妳莫要跟上來了，這樣堵了旁人的路。」

「行，雖然這位公子甚合我意，但我焦嬌向來講義氣，既然是小媒婆看中的人，我便不同妳爭。」焦嬌十分大氣地道。

施伐柯頭疼地撫額，催著陸池趕緊走。

陸池揮了一鞭子，一直沉鬱的面色卻是突然變得如沐春風了起來。

雖然擺脫了焦嬌的糾纏，可是這一路挨著他們走的人卻不見少，施伐柯漸漸有些頭疼起來，這麼多人，可怎麼實行她和三哥的計畫啊……「古有看殺衛玠，今日我可算開了眼界，古人誠不欺我。」帶著幾分幽怨，施伐柯感歎。

陸池忍不住笑了起來。

「你很開心？」施伐柯幽幽地道。

「妳誇我好看，我當然開心啊。」陸池回答，很是美滋滋的樣子。

施伐柯一下子被噎住了。不！並不是在誇你！

一路熱熱鬧鬧地到了施伐柯所說的花田，然後施伐柯便有些傻眼了……花田比想像中更熱鬧，想在這裡尋釁滋事彷彿有點困難呢。

無人打理的花田鬱鬱蔥蔥，草木豐茂，還有各色花朵點綴其間，形成了一副獨特的美景，來這裡踏青的人很多，多到已經快形成了一個熱鬧的集市，有賣紙鳶的、賣小吃的……甚至還有賣草帽的。

施伐柯看著看著便有點氣餒了，原是想找個僻靜之處，讓三哥找兩個人來堵著他們試一試陸池的身手，可如今在這樣的場合，再看看那些對著陸池虎視眈眈的大姑娘小媳婦……總感覺三哥找的人若是貿然來尋釁，下場不好說啊。

施伐柯呆呆地仰頭望著天上的各色紙鳶，心情一時有些複雜。

「小媒婆，妳在看什麼呢。」冷不丁地，一個好奇的聲音在耳邊響起。

施伐柯被嚇了一跳，扭頭便看到了不知何時湊到她身邊的焦嬌。

「段夫人。」施伐柯有些無奈地看著她，「妳嚇了我一跳。」

「怕什麼，平生不做虧心事，夜半不怕鬼敲門。」焦嬌笑嘻嘻地說著，沖她擠了擠眼睛，「小媒婆，妳從哪找來這麼漂亮的小郎君啊，敢情壓箱底的給自己留著呢。」

「休要胡言。」施伐柯瞪了她一眼。

「哎喲，跟我擺什麼正經啦，來來來，跟姐姐說說，傳授一下經驗啊。」焦嬌全然不怕她，仍是一副笑嘻嘻的樣子。施伐柯看著有點頭疼，焦嬌做姑娘時施伐柯也是見過的，雖然也是個潑辣的性子，可絕不是眼前這副不知羞恥的樣子，自從她成了段夫人又守了寡之後，彷彿就徹底放飛了自我呢……

「我瞧著這小郎君著實不錯，見妳呆呆地望著天上的紙鳶，就忙不迭地跑去買了，可見真心把妳放在了心坎上，聽姐姐一句勸，這樣的男人嫁得！更何況，他還長得這樣俊俏，日日看著都能多吃半碗飯呢。」焦嬌喋喋不休道，說著說著，彷彿有些不甘心地跺了跺腳，「也就是小媒婆妳看上的男人，若非如此，我早就出手了。」

「妳在胡言亂語些什麼……」施伐柯越聽越不像話，正欲糾正她那莫名其妙的想法時，便見陸池笑盈盈地拿了一隻十分漂亮的紙鳶走了過來，一時不由得愣住。

「我說什麼來著。」焦嬌得意洋洋地嗤笑了一下，眨了眨眼睛道：「沒有什麼能夠瞞得過我這雙眼睛。」施伐柯愣愣地看著陸池笑盈盈地走了過來，明知道焦嬌是在胡說八道，可不知為何一瞬間竟有些心慌。

「小媒婆。」焦嬌突然拉了拉她。

「什麼……」施伐柯慌忙收回視線看向焦嬌。

「瞧見那兒沒有？」焦嬌扯著她看了看不遠處那些虎視眈眈的大姑娘小媳婦，「一個個兒的都盯著呢，好看的男人誰不喜歡，卻都假惺惺得很，待我替妳去打發了那些礙眼的人，妳可要記得欠我一個人情，回頭替我尋個好男人啊。」說著，沖施伐柯擠了擠眼睛，笑嘻嘻地去了。

只見焦嬌挺了挺十分可觀的胸脯走了過去，三兩下便將那些大姑娘小媳婦給羞走了。施伐柯看得張口結舌，明明她同陸池沒什麼……怎地被焦嬌這麼一說，便覺得不太對了呢？

「阿柯，妳在看什麼？」陸池走了過來，「那位段夫人同妳說什麼了？」

「啊沒……沒什麼。」

陸池也沒有多問，而是笑著舉起了手裡那只漂亮的紙鳶，「妳會放紙鳶嗎？」

不知道陸池自己知不知道，他笑起來的樣子會讓人心裡有如小鹿亂撞，施伐柯不敢再看，伸手奪過他手中的線盤，「當然會啊，你站在這裡不要動，將紙鳶舉起來，等我叫你鬆手你再鬆啊。」說著，便一邊放線一邊往相反的方向跑。

陸池聽話地站在原地舉起紙鳶，看著她強作鎮定跑開的樣子，臉上的笑意加深，他當然知道自己笑起來有多好看。美人計什麼的，不怕招數老套，管用就行啊。

「好了，放手吧！」遠遠的，施伐柯沖他喊。陸池微微一笑，鬆開了手中的紙鳶。

施伐柯忙跑了起來，一邊跑一邊往回看，便見那紙鳶已經飛了起來，她拉扯著手中的線盤，紙鳶越飛越高，不由得高興起來，「陸公子你看……」

「嗯，看什麼？」一個低沉的聲音在耳邊響起，距離太近，近到她都可以感覺到他噴吐在她耳邊的氣息。

陸池什麼時候竟走到她身後這麼近的地方了！施伐柯嚇了一跳，手上的線盤一下子鬆開，眼見著紙鳶搖搖晃晃地就要墜下來，陸池忙握住她的手，幫忙穩住了天上的紙鳶。

一陣手忙腳亂，好不容易穩住了紙鳶，施伐柯才發覺自己幾乎已經靠在了陸池的懷裡，心中陡然一跳，慌忙將掌握著紙鳶的線盤塞到他手裡，順勢後退一步，稍稍離他遠了一些。

「怎麼，有何不妥嗎？」陸池一臉疑惑地側過頭，看向她。

有何不妥？那是大大的不妥啊！「陸公子，男女授受不親，你剛剛……著實離我太近了。」施伐柯提醒他，可不能因為她是個媒婆，就忘記她其實也是一個姑娘這樣的事情啊！

陸池眨巴了一下眼睛，做恍然大悟狀，「啊抱歉，是在下唐突了。」

見他一副恍然驚覺的樣子，施伐柯又覺得自己彷彿有些小題大做了，「呃，陸公子也不必太在意……」

「妳看，我們的紙鳶是最高的。」陸池突然指著紙鳶道。施伐柯一下子被吸引走了全部的注意力，仰頭一看，果然，他們的紙鳶竟然已經高高在上，淩駕於一切紙鳶之上了。

「陸公子你還真是深藏不露啊。」施伐柯感歎。

陸池心裡微微一跳，「嗯？」

「我竟不知你還是個放紙鳶的高手呢！」

「……」陸池悄悄抹了一把冷汗，然後又忍不住有些好笑，他面帶笑容望著施伐柯，她仰頭望著天上的紙鳶，眼睛亮晶晶的，晶瑩圓潤的小臉在陽光和花叢之中彷彿泛著光。

真可愛。

氣氛正好的時候，突然，「喀嚓」一聲響。一把小剪子冷不丁伸出來，剪斷了陸池手中那根連著紙鳶的線，然後，那只飛得最高的紙鳶便徹底晃晃悠悠地飛走了……

「啊！」施伐柯驚叫一聲，「我的紙鳶……你做什麼！」她瞪向那剪了她紙鳶的罪魁禍首，然後愣住了，便見足有五六人站在她面前，個個膀大腰圓，為首那人卻是個精瘦的漢子，右邊臉上有條蜈蚣般的大疤痕，一笑起來，那條蜈蚣便似活的一般扭動起來，一看便知絕非善類。簡直是把「壞人」兩個字刻在了臉上呢。

「那等簡陋的紙鳶丟了有甚可惜的，小娘子叫聲哥哥來聽，哥哥給妳買更好的啊。」疤臉男人「喀嚓喀嚓」地動了動手中的剪子，調笑道。

這是……在調戲她？施伐柯一臉驚奇的瞪大了眼睛，長這麼大還從未有人膽敢調戲她呢，這著實是個極新奇的體驗。她眨了眨眼睛，好奇地問：「你為何隨身帶著剪子？」還是小姑娘常用的繡花剪子呢，這是什麼癖好啊，現在的壞人都這麼奇怪的嘛。

疤臉男人的臉抽動了一下，似是有些惱羞成怒，一旁的陸池見狀，忙一把將施伐柯拉到了自己身後護著。

「喲，這小白臉跟兔兒爺似的，幹啥？還想英雄救美不成？」疤臉男人見狀，忽地哈哈大笑起來，他身後那些膀大腰圓的漢子也十分捧場，一個個笑得前仰後合的。

「英雄救美」四個字一下子讓施伐柯回過味來了，三哥這是從哪兒找來這些人啊……這副兇神惡煞的樣子，她差點都當真了。

四下打量了一番，許是焦嬌之前趕人的本事太強悍，又許是她放紙鳶太投入，不知不覺竟是和陸池跑到了一處僻靜之地，這個時候四周圍除了她和陸池，以及眼前三哥找來的這些人，竟是沒有旁人了。她先前還以為三哥找來的這些人會因為場地不符合要求而放棄計畫呢……結果竟然這般見縫插針地尋到了機會，還真是敬業呢。

「你們想怎麼樣？」陸池將施伐柯護在身後，看向那疤臉男人，道。

「何必如此緊張，我只是尋這漂亮的小娘子說說話，你這小白臉休要礙事。」疤臉男人不耐煩地說著，抬手便要推開他。

陸池一把握住了疤臉男人的手腕，「光天化日，你們這般囂張，難道不知道附近有捕快巡邏嗎？」

「呵，老子就說平生最恨男人長得一副娘娘腔的樣子，廢話恁多。」疤臉男人一把甩開了手。

一旁的施伐柯聽了這話有些不大爽快，你尋釁就尋釁吧，幹嘛拿言語來攻擊別人，當下探出頭來嘲諷道：「你自己拿個繡花剪子還說旁人娘娘腔。」

疤臉男人聞言，眼角一抽，「妳說什麼？」

「我說你自己長得醜，還不許別人長得好看？你這麼霸道你娘知道嗎？」施伐柯哼了哼。疤臉男人的臉一下子扭曲了。陸池嘴角翹了一下，將身後那冒出來的腦袋又推了回去。

疤臉男人氣瘋了，卻是顧忌著什麼似的沒有對著施伐柯動手，而是上前對著陸池便是一腳。陸池眼神微微一閃，隨即一副閃避不及的樣子，被當胸踹了一腳，一下子跌在了地上。

施伐柯一愣，忙上前將他扶了起來，「陸公子你怎麼樣？」

陸池搖搖頭，安撫她，「我沒事。」雖是這麼說，嘴角卻是溢出一絲血來。施伐柯見狀，怒氣衝衝地扭頭對那疤臉男人道：「你下這麼重的手做什麼！」

疤臉男人氣極反笑，「這就叫重啦？給我打！」

「老大，打……打誰？」膀大腰圓的幾個漢子你看看我，我看看你，問。

「打那個小白臉，小心不要傷著了這細皮嫩肉的小娘子。」疤臉男人獰笑了一下，道。

施伐柯一下子瞪大了眼睛，心中一慌，便要撲過去，卻被疤臉男人一把拽住了，「小娘子莫慌，好好兒看著。」

眼見著陸池被幾人圍在當中，已經狠狠挨了幾下，施伐柯一下子紅了眼圈，早把什麼要試他一試的念頭拋到了九霄雲外，「快住手！快住手！」她扭頭瞪向那疤臉男人，「快讓他們住手！」

疤臉男人陰森森地笑了一下，「急什麼，這才剛開始呢。」施伐柯急得拼命掙扎起來，眼睜睜看著陸池挨打，眼淚都快掉出來了。

遠遠的，幾株彤雲密佈般的垂絲海棠後頭，站著兩個人，一個長著一副老實巴交的面孔，另一個不是旁人，正是賀家喜餅鋪子的少東家，賀可鹹。

「賀大爺，差不多行了吧？」看似老實巴交的男人偷覷了賀可鹹一眼，試探著道。

賀可鹹冷眼旁觀，沒有開口。

「您玩真的啊？不是說只是試一試那陸秀才的身手嗎？我看他應該真的只是一個手無縛雞之力的書生。」

「急什麼，總有人不見棺材不掉淚的。」賀可鹹慢條斯理地道，「慢慢試。」

「唉！我能不急嘛，您看看施姑娘都快哭了，回頭要是真把她給惹哭了，被她那爹和三個哥哥知道，我還能在銅鑼鎮混嘛，這是要命的買賣啊。」

「你們幹的不就是要命的買賣嘛。」賀可鹹不鹹不淡地道。

「瞧賀大爺您說的，我們可是從良很久了，現在也就是走走鏢混口飯吃。」長著一副老實臉的男人義正辭嚴地道。

賀可鹹隨手從袖中掏出了一個銀錠子扔給他。

「謝賀大爺賞。」老實臉的男人一把接住，涎著臉笑道，「我查過他了，奇怪的是只知道他是嵐州人，其他什麼也查不出來，彷彿憑空冒出來的一般，秀才身份倒是不假。」

賀可鹹瞇了瞇眼睛，望著遠處那急得直跳腳的蠢丫頭，又想起了那日她上門來說親時說的那些混帳話。

「陸公子並不是什麼來歷不明的人，他是嵐州人，父母雙全，家中還有一位兄長，他有功名在身，是個秀才呢。」
「年輕，長得好看，還前途無量，而且樂於助人，性格也十分不錯。」
呵，簡直快把那書生誇成一朵花了，聽了著實刺耳得很。
那日他問，「長得好看？比我還好看？」
「嗯，比你好看。」毫不猶豫的回答。
哼。
一旁，那老實臉的男人正美滋滋地摩挲著手中新得的新錠子，便聽那位賀大爺冷不丁幽幽地問了一句……「我與那書生，孰美？」
「嘎？」老實臉男人張著嘴巴伸著脖子，活像只呆頭鵝，「您、您說啥？」這位大爺不是向來不喜旁人評論他的容貌嗎？還曾因為有人誇他是銅鑼鎮第一美人而被他親自敲落了一嘴的牙，當時那場景連他看著都覺得可怕。
賀可鹹扭頭看向他，指著不遠處正被人為難的陸池，極認真地又重複問了一遍，「我與那書生，孰美？」
老實臉男人有些艱難地咽了一口口水，看了看不遠處那書生，又看了看站在自己面前寒著一張臉的賀大爺，十分中肯地道，「自然是那書生美，賀大爺您堂堂的男子漢大丈夫，可比他有男人味多了。」他很努力地拍著馬屁，卻在看到賀可鹹黑沉沉的臉時，才意識到自己的馬屁拍在了馬腿上。
什麼毛病……一個大男人去同人比美？這位賀大爺的性子真的是越來越陰晴不定、喜怒無常了。

施伐柯此時又內疚又後悔，眼睜睜看著陸池挨打，眼淚終於憋不住掉了出來。

「住手、住手、快住手！你們再不住手，一定會後悔的！」施伐柯哭喊。

聽到施伐柯大哭的聲音，被圍在眾人中間看似受了不少傷，但其實並無大礙的陸池忍不住在心裡歎了一口氣，這丫頭……明明是她的鬼主意，這會兒又一副受了天大委屈的模樣。

事實上，從她今日反常來尋他踏青之時，他便已經有所猜測了，畢竟昨日他提出踏青之約時，她可是斷然拒絕的呢，說心中無氣自然是假的。

但，到底捨不得她這樣哭。看她這樣哭，心裡憋著的一口氣便散了，反正那朱小姐要找的人本就不是他……罷了。他正欲出手解決這場鬧劇的時候，不遠處突然傳來一陣腳步聲，還夾雜著一個女人因為著急而略顯尖利的聲音。

「施大哥，快點快點，就在那兒，我都聽到小媒婆的哭聲了……」是焦嬌的聲音。

今日恰是施大哥值勤，正在外頭巡邏呢，便見段家那位守寡的夫人急急跑過來攔住了他們，說阿柯被壞人欺負了，當下立刻匆匆帶著人趕了過來。

見是捕快，疤臉男人與那幾個漢子立刻作鳥獸散，他們逃得極快，且彷彿極有經驗，三兩下便鑽入花叢不見了人影。施伐柯得了自由，一下了撲到了陸池身邊。「你怎麼樣？怎麼樣了？」她急急地問，一邊問一邊掉眼淚，還手忙腳亂地試圖查看他身上哪裡受了傷。

陸池有點無奈地搖搖頭，「別擔心，我沒事。」看著陸池滿身是傷的淒慘樣子，施伐柯抽了抽鼻子，「哇」一下哭出聲來，「對不起，對不起，對不起……」

陸池一邊用袖子幫她擦眼淚一邊又是心疼又是無奈地哄著她，「別哭了，都是皮外傷，一點事都沒有的。」施伐柯哪裡聽得進去，哭得直打嗝，不停地喃喃著「對不起」。

施大哥趕過來的時候，便是看到自家妹妹哭得淒淒慘慘的樣子，當下心裡一個咯噔，只當是妹妹被欺負了，「阿柯妳怎麼了？」

「我沒事，可是、可是陸公子被打得好慘……」施伐柯紅著眼睛，一邊抽噎一邊道。

「怎麼回事？」施大哥看向陸池。

「只是有幾個無賴來尋釁，我受了些皮外傷，並無大礙，阿柯應該是被嚇著了。」陸池儘量簡潔地道。

施大哥看了看自家妹妹，見她衣裳整潔，除了哭花了小臉之外似乎並無大礙，便放下了懸著的心，聽妹妹口中一直念叨著對不起，有些心疼地安撫道：「又不是妳的錯，快別哭了。」誰知聽了這話，施伐柯「哇」地一聲，哭得更響亮了。她心虛啊！

不知道自己說錯了什麼的施大哥呆住。

陸池有點無奈地拿袖子替她擦眼淚，「別哭了，小心傷了眼睛，我真的沒事……」

遠遠地，賀可鹹默默圍觀了整場，本就十分心塞了，如今又見她竟然為了那個臭書生掉眼淚，還哭得上氣不接下氣，更是氣得肝疼。

疤臉男人帶著人悄悄避開捕快，繞了回來，氣哼哼地將手裡的繡花剪子擲在了地上，憤憤地道：「那壞丫頭嘴巴可真毒。」罵他娘娘腔不說，還罵他長得難看？若非這位賀大爺見著那壞丫頭和書生放紙鳶打翻了醋桶，隨手便從賣繡花剪子的地攤上拿了一把塞給他，咬牙切齒地說，「去，給我剪了。」他至於被那丫頭罵作娘娘腔嘛，真是氣煞他了。

老實臉男人悶笑不止，對正鐵青著臉盯著不遠處的賀可鹹道：「賀大爺，此處不宜久留。」賀可鹹收回視線，閉了閉眼睛，拂袖走了。

原本，他只是想知道到底是誰令施伐柯如此在意，竟然還想出這種試探的招數來，結果竟然是這個臭書生，他便打算遂了她的心願幫她一把吧……她竟然還為那臭書生掉眼淚。

簡直氣死他了！這蠢丫頭，眼瞎心盲的，從小就喜歡纏著褚逸之那個書呆子，好不容易那書呆子成親出局了，竟然又來一個臭書生。

他這是和書生有仇吧！走了一個褚逸之，又來一個陸池，簡直是沒完沒了！

「阿嚏！」褚家書房裡，正研墨的褚逸之冷不丁打了個噴嚏。

……莫不是誰在罵他？

「相公，喝口熱茶吧，這春日的天氣最是變幻莫測，一時冷一時暖的，可別染了風寒。」孫氏放下手中的繡框，倒了杯熱茶上前。

褚逸之接過茶盞，含笑看了孫氏一眼，「多謝。」

「你我夫妻，何必這般客氣。」孫氏似是有些羞怯，抿嘴一笑，輕聲道。

褚逸之看著站在自己面前的孫氏，雖然娶她只是陰差陽錯，但她確實知書達理、善良賢慧，且事事周到，是一個十分合格的妻子。事已至此，他不該貪心，不該再生妄念，傷人傷己……只是，到底意難平。

然後，鬼使神差的，他冷不丁想起了賀可鹹那廝的話以及……他當時有些怪異的臉色。

「……你若管不住你的母親和妻子，讓她們再來找阿柯麻煩的話，我可不會對女人心軟的。」

褚逸之摸了摸手中茶盞微燙的邊沿，「阿芝。」

「嗯？」孫氏閨名叫孫慧芝，她喜歡聽他叫她「阿芝」，這兩個字從他的舌尖輾轉吐出，有種莫名繾綣的味道。

「妳和娘是不是去找過阿柯？」褚逸之看著她，問。

孫氏微微一僵，阿柯！他竟然叫那個賤人阿柯！心中恨恨，她面上卻露出了一絲驚慌的神色，「相公，你不要怨娘，是我……是我，娘也是心疼我，所以才氣不過同施姑娘說了幾句重話，但娘也沒有惡意的……你要怨就怨我吧……」

褚逸之眼中閃過一絲黯然，娘她果然是去找阿柯麻煩了啊，他放下茶盞，握住她的手，「怎麼能怪妳呢，是我讓妳受委屈了。」

他在新婚第二日便被人打得起不來床，還傷了右手，當時娘哭得差點昏倒，他只能讓她一個人孤零零地回門，這其中的委屈可想而知，他又……怎麼能怪她。

孫氏順勢靠進他懷裡，輕聲道：「只要你好好的，我便不委屈。」

褚逸之輕輕擁住她，眼中卻閃過一絲茫然。他……是怎麼走到這一步的呢？寒窗苦讀了那麼久，知道自己中了秀才之時，他是欣喜若狂的，他在考前就同娘說過如果中了秀才，就向阿柯提親，當時娘也同意了。

可是後來……究竟發生了什麼？那日，他只是去感謝恩師，然後陪先生喝了一杯，為何會醉酒，又為何會趁著酒意唐突了先生家裡的姑娘，導致最後不得不負罪娶了她呢……

這廂，施伐柯還在哭。

「小媒婆妳快別哭了，還是帶這位公子去醫館看看吧。」焦嬌見兩個大男人對著滿臉是淚的施姑娘無可奈何的樣子，解圍道。

施伐柯一下子止住了淚。施大哥和陸池都鬆了口氣。

「多謝妳了，段夫人。」施大哥對焦嬌拱了拱手。焦嬌笑盈盈地擺擺手。

施伐柯心存內疚，也顧不上什麼男女授受不親的說法了，小心翼翼地扶了陸池上車，施大哥在一旁想幫忙都插不上手。

一路施伐柯都是悶悶的。待到醫館上了藥之後，施伐柯又想哭了。

陸池當真是無奈了，雖然都是皮外傷，但看著確實有點嚇人，尤其上了藥之後，那一團一團青青紫紫的……可實際上，這樣的傷於他來說，的確是不痛不癢的。若非施伐柯堅持，他甚至都不想來醫館。

「可惜了今日春光明媚，還未好好賞玩呢。」陸池故意面露遺憾之色，岔開話頭，見她仍是一副低落的樣子，只得安慰她，「我這傷真無礙，不信妳摸摸……」

見他都傷成這副模樣了，還不忘記安慰她，施伐柯內心的愧疚一下子到達了頂峰，她咬了咬唇，打斷了他的安慰，「對不起，都是我的錯。」

「嗯？」

施伐柯不敢看他，垂下頭，低聲道：「那些人是我讓三哥尋來的，今日尋你出來踏青也是別有居心，原是打算逼一逼你，試試你的身手，卻沒想到他們下手這般沒輕沒重……」竟是一股腦兒全坦白了。

陸池微微一怔，隨即眼中露出了些許笑意。他忍不住伸手摸了摸她的腦袋，真是個傻姑娘，幹了這麼一點小小的壞事都藏不住，竟如竹筒倒豆子般都說出來了，心思淺得一望便知。

他喜歡的姑娘，怎麼能如此可愛呢。

可愛的施姑娘送了陸池回去歇下之後，便氣勢洶洶地趕回了家。

「三哥！你尋的都是些什麼人啊！出言羞辱不說，竟然真的打傷了陸公子，不是說好了要注意分寸的嘛！真是太過分了！」施伐柯一路衝進施重海的屋子，雙手叉腰，怒氣衝衝，如母老虎一般。

「嗯？」正在溫書的施重海眨巴了一下眼睛，「何六他們一到花田那兒就打退堂鼓了啊，說那兒人太多，還有捕快巡邏，不太方便行事，早就撤了啊。」

施伐柯一瞬間毛骨悚然，「不是你找的人？那他們是誰？」

「他們？妳當真遇到麻煩了？」施重海瞪大眼睛，「沒事吧？」

「我沒事，還好碰到大哥了，那些人一見有捕快過來就作鳥獸散了，可是陸公子被打傷了。」施伐柯咬了咬唇道。

妹妹無事，又聽到陸池……那個道貌岸然的臨淵先生受了傷，施重海的嘴角便忍不住地往上翹。

「你看起來很高興？」施伐柯瞪他。

「咳，哪有。」施重海努力做了個擔憂的表情，「妳沒事真是太好了。」妹妹無事便好，他管那道貌岸然的臨淵先生去死呢。

施伐柯一臉狐疑地看著他，然後冷不丁對著施重海伸出了手。

施重海一愣，「幹啥？」

「你找的人沒去辦事，還害我誤會，導致陸公子受了傷，不該退回雇傭的銀子嗎？」施伐柯理所當然地道。

「這次不成，還有下次啊。」

「沒有下次了。」施伐柯搖搖頭，道。

「妳不試他了？」施重海捂著荷包垂死掙扎。

「陸公子今日為了護著我受了那麼重的傷，我若再不信他，便真的太過分了。」施伐柯盯著他，斬釘截鐵道：「把銀子還給我。」施重海摸了摸鼻子，只得將銀子物歸原主。

「三哥，你說那些來找麻煩的會是誰？」施伐柯摩挲著手中物歸原主的荷包，有點想不通。「是啊，會是誰呢。」施重海瞇了瞇眼睛。

他找的人沒去……那麼，打傷了陸池的人是誰，簡直顯而易見啊。畢竟，知道這事兒的只有三個人，不是他，不是阿柯，便只剩那一個人了，別跟他說是巧合，話本都沒那麼巧的。

不過看阿柯這氣憤的模樣，那覬覦著她的大尾巴狼下手還真是狠啊……

「不管是誰，最好別讓我抓到，否則定要他好看！」施伐柯氣呼呼地發狠道。

施重海聞言，有些微妙地看了自家妹妹一眼，一種智商上的優越感油然而生。

正琢磨著那廝這麼大一個把柄落他手上，他要怎麼使壞，便見自家妹妹提腳便往外頭走，忙叫住了她，「別忙著走啊，幫我一起收書吧。」今日天氣好，施重海也將書拿出來晾曬了。施伐柯看了一眼曬在院子裡的書，「你自己收，我要出去一趟。」

施重海看了看天色，「都這個時辰了，妳去哪？」

「朱家。」施伐柯頭也不回地道。她篤定不會再去試陸池了，那朱家的事情便該有個決斷，也免得朱顏顏白白期待著，最後越發的失望。

趕到朱家時，已近黃昏時分了。

跟朱家的門房說明了來意，不一會兒，朱顏顏的奶娘就匆匆跑了出來，「施姑娘，妳這是……陸秀才那有消息了？」奶娘一見著施伐柯，便問。

施伐柯點點頭。

奶娘遲疑了一下，「好消息還是壞消息？」

「陸公子應該不是顏顏要找的人。」施伐柯沒有拐彎抹角，直截了當地道。

聞言，奶娘的臉色一下子有些難看起來，僵在那兒半晌沒有動。

「奶娘，帶我去見一見顏顏吧。」施伐柯道。

聽了這話，奶娘打了個激靈，一下子回過神來，面色難看地道：「此事不忙給小姐知道。」

「這麼大的事情不該瞞著顏顏，期望越大失望也就越大，明知道陸公子不是她要找的人，妳是寧願將錯就錯，亦或者能拖就拖，讓她一直沉浸在明明知道是錯誤的期待裡嗎？」

奶娘怔住，隨即拿帕子抹了抹眼睛，「施姑娘妳是知道我家小姐先前是個什麼模樣的，如今好不容易心裡開闊了，這些時日我看著她一日比一日變化更大，精神也好了，也肯好好用膳了，眼見著才豐腴了一些，若是她這會兒知道那陸秀才不是她要尋的人……我可憐的小姐……」說著說著，便哽咽了。

施伐柯沉默了一下，「讓我先見她一見吧，具體怎麼跟她講，我再斟酌一下。」奶娘猶豫了許久，到底還算是信任施伐柯，最終還是同意了。

跟著奶娘走過重重的院落，進了朱顏顏的院子，遠遠的便見朱顏顏在門口等著，一副翹首以待的樣子。

「阿柯，妳來了！」朱顏顏看到施伐柯，眼睛便是一亮，開心地迎了出來，待走近了看清施伐柯的模樣時，略略遲疑了一下，「阿柯，妳……哭過了？」

施伐柯的模樣其實並無不妥，如若不然奶娘也不會就這樣帶她過來了，可是朱顏顏向來心細如髮，一下子便注意到了她略顯沉凝的臉色和微微有些紅腫的眼睛。

施伐柯一愣，下意識摸了摸眼睛。

「陸公子那……不太順利嗎？」朱顏顏看著她，試探著問。施伐柯這個時間這副模樣匆匆趕來，聰慧如朱顏顏，顯然已經有所察覺了。

奶娘一下子急了，「小姐……施姑娘她……」

「奶娘。」朱顏顏看了奶娘一眼，然後認真地看向施伐柯，「我想聽阿柯說。」

奶娘拿帕子捂住嘴，憂心忡忡地看向施伐柯，顯然已經後悔帶她進來了。

「顏顏。」施伐柯小心翼翼地看了她一眼，對上她執著堅定的眼神，忽然便察覺到朱顏顏其實並不如她表現出來的這般脆弱不經事，心裡定了定，看著她輕聲道：「顏顏，陸公子不是妳要找的人。」

「不可能。」朱顏顏想都不想，便斬釘截鐵地道，「他是。」施伐柯見她如此篤定，心情有些複雜，但終究該說的還是要說的。

「他真的不是，我試過了……他不會功夫。」施伐柯說著，簡略地將今日發生的事情講了一遍。朱顏顏聽完，沉默良久，「我想見他一面。」

「這……」施伐柯有些遲疑。

「小姐，這不妥啊……」一旁正拿帕子抹眼淚的奶娘聽到這裡忍不住了，忙道，「這不合規矩……」

「我娘那裡我來說服，陸公子那裡，阿柯妳幫我去說和一下，好嗎？」朱顏顏沒有理會奶娘，而是執著地看向施伐柯，輕聲道。

「小姐……這是何苦……」一旁的奶娘哽咽出聲。

「不管如何，我需得再見他一次，方能死心。」朱顏顏面色冷靜地說著，並不見傷心失望之色。可是大概因為她實在太過冷靜了，這才讓人越發的擔憂。

施伐柯猶豫了一下，「好，若是朱大夫人同意的話，陸公子那裡我去同他說。」

「阿柯，認識妳真是太好了。」朱顏顏握著她的手，笑靨如花。

第二日，陸池沒去學堂，而是使人告了假。

雖然傷勢不算重，奈何竟是泰半都在臉上，他先前只覺得臉頰隱隱生疼，但也沒有太過在意，直至早晨起床洗臉看到水中自己的倒影之時才發覺不妥，難怪昨日阿柯對著他哭得那般淒慘了……果然是被打得好慘，早知道應該護著頭臉的，那群龜孫，果然是在嫉妒他的美貌吧！

頂著這張有礙觀瞻的臉出門著實是斯文掃地，於是陸池心安理得地告了假。結果剛使人告了假回屋坐下，正對著鏡子齜牙咧嘴地欣賞著自己豬頭一般的尊榮時，忽然聽到外頭有人敲門，陸池並不意外，他甚至猜到了來者是誰。

看了一眼銅鏡中容貌淒慘的自己，陸池起身去開門。

果然，站在門外的不是旁人，正是拎著早餐來看他的施伐柯。

「怎麼這麼早過來了。」陸池對她笑了一下，結果這一笑牽動了臉上的傷口，抽痛得眼角微微瞇了一下。

施伐柯呆呆地看著陸池，過了一夜，他的臉越發腫脹起來，看起來更加的觸目驚心了。

「我帶了豆角燜飯來。」施伐柯訥訥地將手中的食盒遞給他，「原本是打算帶粥的，但你不是吃怕了嘛，我便將飯燜得軟了一些，也好消化的……」她一緊張，話便有些多，有點沒話找話說的意思。

陸池接過食盒，「進來吧。」施伐柯便跟著他進了院子，這幾步間，腦袋裡已經轉過了幾百個念頭，但對著他這樣一張臉，著實說不出想讓他再見朱顏顏一面這樣的話來……

「你今日肯定不方便去學堂，不如我去幫你告假吧。」施伐柯悶頭走了幾步，忽然說了一句，扭頭便要走。這是要打退堂鼓了。

陸池拉住了她，「我已經使人去告過假了。」

「這樣啊……」施伐柯有些訕訕。

「既然這麼怕見到我，為何又來看我呢？」陸池有些想笑，介於臉上有傷，笑得十分克制。

「我沒有。」施伐柯下意識反駁，但在看到陸池的臉時，氣焰一下子又滅了，低頭盯著自己的腳尖訥訥地道，「我怎麼可能會怕見你嘛……」

「我的臉已經醜到讓妳不敢看了嗎？」陸池幽幽地問。

「沒、沒有！」施伐柯忙不迭地又抬起頭，為了證明他沒有醜到讓她不敢看，很努力地盯著他看，「不醜，我就是……我就是……」說著說著，腦袋又垂了下來，有些垂頭喪氣地道：「……就是覺得很對不起你。」

陸池失笑，伸手敲了敲她的腦袋，「放心，沒破相，過幾日就會變回原來那個玉樹臨風的我了。」他這樣煞有介事地說自己「玉樹臨風」，施伐柯知道他是在有意逗自己，捧場的笑了笑。

「笑得真難看。」陸池評價。然後也不管她如何彆扭，轉身在院子裡坐下，打開食盒，去吃豆角燜飯了。燜飯裡不僅有豆角，還有鹹肉，米飯軟糯，有豆角的清香，又有鹹肉特有的鹹香，一口下去特別妥貼。

施伐柯進屋倒了水出來，「本來想做個湯的，但不太好帶，你喝口水吧。」陸池從善如流地接過杯子喝了一口水，見她彷彿丫環似的在一旁站著，也不坐下，這架勢……可不僅僅像是愧疚啊。

嗯，無事獻殷勤。「說吧，還有什麼事？」陸池一邊慢悠悠地喝水，一邊道。

施伐柯一見有門，趕緊打鐵趁熱，偷覷了他一眼，小心翼翼地說出了來意，「朱家小姐想見你一面。」

陸池聞言，「噗」地一聲，口中的水一下子噴了出來。呵，感情在這兒等著他呢。

「不是已經確認我不是她要找的救命恩人嘛。」陸池放下水杯，有些不快地道。

「是……可顏顏就是想見你一面，見一面之後她就死心了。」施伐柯討好地笑。笑容可以說十分諂媚了。不知道朱顏顏是怎麼和朱家大夫人說的，朱大夫人竟然點頭同意了她與陸池見面之事，她今日來探望陸池只是其一，其二便是為了說服他見一見朱顏顏了。

「顏顏？妳同她倒是要好。」陸池看了她一眼，頗有些酸溜溜地道。

施伐柯笑得越發的諂媚了。這笑容著實刺眼，陸池看得傷眼，撇開了視線。

「行，我同意了。」輕哼一聲，他抄起筷子，低頭吃飯。

竟然這樣簡單就同意了？施伐柯立刻喜笑顏開，「陸公子你真是好人！」

不，他一點都不想當好人，謝謝。不過是……不忍見她為難罷了。雖然她總是來為難他！

「陸公子啊……」正想著，那廂施伐柯又期期艾艾地道。

「還有何事？」

「如果……我是說如果啊，如果顏顏認定了你，非你不嫁，你當如何？」施伐柯小心翼翼地問。

陸池眉頭一挑，「不是最後一面嗎？怎地還有這般風險，那不如不見吧。」

「別別別，我是隨便說說，隨便說說的……」施伐柯忙補救，到底又問了一句，「顏顏出自書香門第，長得又極為美貌，性格也是溫柔妥帖得很，你為何……這般抵觸呢？」這很奇怪啊！

陸池涼涼一笑，意有所指地覷了她一眼，「因為我喜歡有福氣的女子。」

施伐柯被他這一眼瞧得頭皮發麻，乾笑兩聲，到底不敢再多說什麼了。只在心中感歎，這品味……還真是始終如一啊。

經過協商，陸池與朱顏顏的見面安排在兩日之後，地點就在施伐柯的家中。

這日一大早，施大哥和娘各自去了衙門，施二哥和爹去了鋪子，就連最近一直窩在家中溫書畫畫的施三哥都出門了，家裡就剩施伐柯和狗勝。

朱顏顏來得很早，比約定的時間足足提前了半個時辰。

「阿柯，我是不是來得……太早了些？」朱顏顏略有些羞赧地道，她今日搽了胭脂，往日略顯蒼白的臉頰顯得紅粉緋緋的，氣色很好，身上穿著杏色繡花對襟上衣搭石榴紅的下裙，裙頭上繡著大團大團盛開的牡丹，整個人彷彿一朵人間富貴花，顯然是精心打扮過了。倒是和她往日的裝扮不太一樣，這是哪都在往「有福氣」的樣子上靠啊。

「阿柯？」見施伐柯沒有回答，只看著自己一副神遊的樣子，朱顏顏輕輕拉了拉她的衣袖。

「啊什麼來著？……哦哦，是挺早。」施伐柯回過神來，下意識便接道。

一旁的奶娘立刻咳了起來。施伐柯忙更正，「不早不早，進來坐吧。」朱顏顏便抿嘴笑了起來，親親熱熱地挽著施伐柯的手進了院子。因為時候尚早，施伐柯便端了茶水點心與她消磨時間，朱顏顏的情緒絲毫不見低落，還興致勃勃地同施伐柯一起煮茶準備點心……這架勢，怎麼看也不像是放棄了陸池然後來見他最後一面的。

「奶娘，顏顏今日的心情似乎……很好？」施伐柯看了一眼對狗勝產生了莫大的興趣，正與狗勝玩得不亦樂乎的朱顏顏，拉著奶娘小聲道。……嗯好吧，不是與狗勝玩，而是在玩狗勝。往日十分高冷的狗勝已經被她玩得有點暈頭轉向了。

「是啊，小姐自從大夫人答應了她與陸秀才見面，整個人就變得奇奇怪怪的……」奶娘亦是一臉糾結，眼中是滿滿的擔憂之色。有時會一個人發著呆然後忽然抿嘴偷笑，有時候不知是想起了什麼，又一副含羞帶怯的模樣，真的特別的反常啊！且今日這種場合，她不僅不見一點擔憂難過，整個人簡直神采飛揚得離了奇。

可這種事情又不好直接問她，總不能問她明明是來見陸秀才最後一面的，為何竟然毫不傷心，還如此開懷？……這不是戳人家肺管子嘛。

外頭敲門聲響起的時候，朱顏顏正在同施伐柯下棋。

朱顏顏正咯咯直樂，「我第一次看到有人可以把棋下成這個樣子。」施伐柯抽了抽嘴角，雖然她知道自己是個臭棋簍子，但除了嘴巴最壞的三哥外，還從來沒有人這樣當面吐槽過她……也從來沒有人可以如此毫不敷衍地與她下棋且還能自得其樂的。

聽到敲門聲，朱顏顏手中的棋子「啪」地一下掉在了棋盤上，妝容精緻的小臉上終於出現了一絲緊張的表情。

「阿柯……」她看向施伐柯，眼睛亮亮的，似乎有些期待，又有些不知所措。

施伐柯拍了拍她的手背，安撫道：「我去看看。」說著，起身去開門。

站在門外的正是陸池，他臉上的傷看起來已經好了許多，只眼角和嘴邊仍有一些淤痕，比起盛裝打扮的朱顏顏，他的衣著顯得有些隨意。

見到大門打開，陸池站在那裡沖她一笑。施伐柯下意識便回了他一個笑容，「陸公子，請進。」因為見到他按時赴約，施伐柯總算放下了心頭大石，沖他笑得也格外真誠。

陸池頷首，撩起袍擺，抬腳踏進了院子。

「朱小姐已經來了。」施伐柯輕聲道。

話音未落，轉身便看到了已經起身走了過來的朱顏顏，以及大約是因為朱顏顏的「不矜持」而一臉恨鐵不成鋼的奶娘。

「陸公子，早。」朱顏顏彎了彎眼睛，沖他甜甜一笑。

陸池拱拱手，表情是一片波瀾不驚，「朱小姐早。」

奶娘見他如此冷淡，臉一下子拉得老長，朱顏顏卻彷彿不覺得，仍是笑得甜甜的。

「都進屋坐吧。」施伐柯忙打了個圓場，將他們引進了廳堂。朱大夫人雖然答應朱顏顏同陸池見一面，但也提出了諸多要求，其中最重要的一條就是陸池和朱顏顏不得單獨見面，必須得有奶娘和施伐柯在場陪同，因此進了廳堂之後，施伐柯和奶娘都落坐了。

陸池與朱顏顏相對而坐，施伐柯和奶娘則各坐一側。

朱顏顏縱然有百般心思千種手段，但到底自小被養在深閨不曾見過外男，且……眼前這人還是她意圖託付一生的男子，因此她看起來有些緊張，眼睫微閃，一雙柔荑已經不自覺緊緊地絞在了一塊兒。

陸池只是靜靜坐著，大概因為提出要見面的人是朱顏顏，因此他完全沒有要主動開口的意思，氣得坐在朱顏顏身側的奶娘直拿眼刀子扔他。若眼刀能殺人，此時陸池大概已經被砍得體無完膚了。

朱顏顏彷彿不曾察覺這略顯詭異的氣氛，在心底給自己打足了氣，這才笑盈盈地打破了沉默。「陸公子可曾用過早膳？」她這樣笑盈盈地看著陸池，問。

「已經用過了。」陸池中規中矩地回答。

朱顏顏眨巴了一下眼睛，看著陸秀才明顯有些冷淡的面色，心裡的緊張感突然就奇跡般被壓了下去，她忽爾一笑，脆聲道：「我今日用了兩碗粥呢。」一旁，奶娘彷彿被嗆到了，使勁咳了咳。

「……朱小姐好胃口。」陸池抽了抽嘴角。

「最近我都有好好用飯，奶娘都說我豐腴了許多……」朱顏顏完全不看正拼命對她使眼色的奶娘，再接再厲地又道。

陸池覺得這話題的走向有些詭異，決定把話題引回正軌速戰速決，「朱小姐，妳今日為何要見我？」

朱顏顏咬了咬唇，一雙柔荑絞纏得越發緊了，緊得指關節都微微泛白。

「其實……其實我朱家也薄有家財，從我出生之後我爹娘就開始準備嫁妝，如今已經很是豐厚了。」朱顏顏咬了咬唇，答非所問。

陸池正有些不耐煩的時候，突然注意到了朱顏顏不停顫抖如蝶翼般的眼睫……她並不如表現出來的那般鎮定，彷彿有些緊張，更多的是窘迫，可她這辭不達意的，到底想表達什麼啊？

「雖……雖不比賀家豪富，但、但也……」朱顏顏心理再強大，也有些捱不過去了，她說著說著，鼻子有些泛酸。不能哭不能哭，這個時候可千萬不能哭。

陸池怔了怔，忽然有些啼笑皆非，忍不住斜睨了坐在一旁的施伐柯一眼，見她正一臉擔心地看著朱顏顏，不由得歎了一口氣，心裡有點泛酸，自己看中的姑娘是個不開竅的，而那個木頭似的傢伙何德何能竟然有個姑娘為他如此掏心掏肺，拋卻矜持，只恨不能把一顆心都捧出來給他看。那個木頭大概也沒有想到這姑娘竟然牢牢記著他十年前的話呢。

「朱姑娘，妳當真認錯人了。」他歎了一口氣，到底有些不忍。

朱顏顏一下子頓住，慢慢垂下頭去。

見朱顏顏垂頭不語，施伐柯和奶娘立刻將一顆心提了起來，施伐柯甚至不住地給陸池使眼色，試圖讓他委婉一些或者開口安慰她一下，陸池簡直快被她氣樂了。

「奶娘，阿柯，我能單獨和陸公子待一會兒嘛。」忽然，朱顏顏輕聲道。她的聲音雖然很輕，但卻很堅定，透著一種不容拒絕的味道。

「不行！」奶娘一下子站了起來，如臨大敵，「小姐妳可是答應過夫人……」

「就一小會兒。」朱顏顏抬頭看向奶娘，滿面懇求之色，眼中水盈盈的，彷彿奶娘不同意她就要掉眼淚了。奶娘對上她家小姐向來沒什麼立場，更何況被自家小姐這樣淚盈盈地看著，果然毫不意外的就鬆口了。

「就一小會兒啊……我們就在外頭院子裡，有什麼事妳喊一聲就行。」奶娘有些糾結地說著，拉著施伐柯一起走了出去，順手帶上了房門。

陸池抽了抽嘴角，能有什麼事？

奶娘和施伐柯離開之後，房間裡一下子安靜了下來。

「朱小姐是有什麼話要同在下說嘛？」這一回，陸池的態度軟和了許多，主動開口打破了這份沉默。朱顏顏定定地看著，彷彿在醞釀什麼，又彷彿在壓抑什麼。

陸池不明白她想做什麼，乾脆又閉了嘴。

「陸公子，我知道你有不得已的苦衷，現在這房中只有你我二人，我們不妨打開天窗說亮話。」朱顏顏看著他，忽然開口，她的眼睛亮亮的，彷彿能灼傷人，她緊緊地盯著陸池，輕聲道：「你是千崖山飛瓊寨出來的吧。」

陸池一下子挑起眉，毫不掩飾驚訝之色，她……竟然知道？

「為了掩蓋這一點，你明明身懷武藝卻假裝自己手無縛雞之力。」朱顏顏一臉篤定地看著他，「我認得你手上的紋身，你騙得過旁人，卻是騙不了我的。」

「那妳還敢見我？」陸池看著眼前這個看似十分孱弱的少女，終於露出了一絲興味的表情。這位朱小姐，膽子……大得有點出奇呢。不是說這些養在深閨的小姑娘一個個都循規蹈矩得很嗎？

「你答應過要娶我的，我為何不敢見你？」朱顏顏直直地撞上他的視線，一雙明眸亮閃閃的，毫不閃躲。

「明知道是千崖山飛瓊寨出來的，妳也想嫁？」陸池好奇地又問了一句。

朱顏顏以為他想食言，當下有些急了，伸手從衣領中掏出了那枚從不離身的玉墜，「你答應過要娶我的，連信物都給了，可不能耍賴。」陸池一眼認出了那玉墜是他娘的東西，和施伐柯手腕上戴的玉鐲是成套的，都是要留給兒媳婦的東西。

「妳覺得，妳爹娘能同意妳去做個壓寨夫人？」陸池笑得有些意味深長。

「壓寨夫人」四個字讓朱顏顏一下子紅了臉頰，她忍羞追問道：「我自有辦法，那你是同意娶我了？」

「怎麼還不出來。」院子裡，奶娘急得團團轉，又忍不住將腦袋伸過去貼在門上，聽門裡頭的動靜。這孤男寡女共處一室，傳揚出去她家小姐的清譽可怎麼辦……

施伐柯心裡也好奇得很，按捺不住跟著湊了過去。剛把耳朵貼到門上，便聽到裡頭傳來陸池的聲音。「朱小姐放心，在下會擇日上門提親。」聲音溫溫柔柔的，十分好聽。

施伐柯怔了怔。

正這時，裡頭門突然開了。施伐柯和奶娘兩個正貼在門上偷聽的人一時剎不住腳，一頭栽了進去。

「小姐……」奶娘站穩了身子，笑得有些訕訕的，「可談妥了？」

朱顏顏的神情有些恍惚，「大概……妥了吧。」

「那這事就此作罷？」奶娘剛才沒聽著什麼，試探著問。

「怎麼會作罷，他、他會來娶我的！」朱顏顏聲音略高了一些。

奶娘一愣，狐疑地看向陸池；施伐柯也不自覺看向了陸池。

陸池微微一笑，「是，我這就給家中遞信，等我兄長過來，就會選個好日子上門提親。」

聽到「兄長」二字，朱顏顏的面孔忍不住紅了紅，但奶娘和施伐柯卻沒有多想，只以為她這是害羞了。不過為何是等兄長前來？不應該是父母嗎？

奶娘張口結舌，「不是說不能成嘛……這又不是兒戲……」

「奶娘。」朱顏顏看了奶娘一眼。奶娘立馬訕訕地住了口，自家小姐喜歡能怎麼辦？連大夫人都拗不過小姐的。

朱顏顏從頭至尾都未敢再看陸池一眼，由奶娘攙扶著，深一腳，淺一腳的走了，甚至都忘記要同施伐柯道別了。

……看起來彷彿有哪裡不太對勁呢。可到底是哪裡不對勁，施伐柯一時又沒什麼頭緒。

「阿柯。」身後，陸池突然開口。
「嗯？」施伐柯下意識看向他。
「一事不煩二主，這樁婚事便勞煩妳了。」陸池微微笑了一下，拱手道。施伐柯一愣，若是辦成了這樁親事，她肯定會聲名大噪，畢竟是朱家大小姐的親事呢，一般媒人都求不來的好差使，可……她為什麼並沒有興奮和開心的感覺？他們究竟在房中談了什麼，陸池的態度為何竟改變得如此之快？施伐柯百思不得其解。
見施伐柯面露迷茫之色，陸池眼中透出一絲略顯狡黠的笑意來。
就這般，陸池與朱顏顏的婚事似乎已經是鐵板釘釘的事情了。

晚上眾人歸家，見施伐柯一副魂不守舍的樣子，只猜測這門婚事大概是黃了，因此十分貼心地誰也沒有提起。施三哥倒是好奇想問來著，卻被老爹的死亡凝視給制止了。
晚膳的時候，見寶貝女兒只顧著低頭吃飯，連菜都懶得夾，施長淮一下子鎖起眉頭，沖陶氏眨了眨眼睛，
陶氏白了他一眼，人道是慈母多敗兒，他們家是反著來的，雖然想著這閨女總是不知天高地厚，還口出狂言說什麼要青出於藍而勝於藍，這會兒受點小挫折磨磨性子也是好的，但看著自己閨女這副蔫蔫的模樣，整個人彷彿被霜打過的茄子似的，到底也有些於心不忍，於是

輕咳一聲道：「說媒說媒，也不是全靠媒婆一張嘴，也得看雙方的情況，這種事情到底不好勉強……嗯，妳這幾日若是閒著手上無事，不如隨我去衙裡看看。」可以說十分的語重心長了。

施伐柯回過神來，眨了眨眼睛，剛剛一直在走神，只聽到了後半句，娘竟然說要帶她去衙門裡看看？唔……若是往日她自然是求之不得的，可眼下……「不了，我接下來一段時日都會很忙。」施伐柯搖搖頭，拒絕了。

「妳忙什麼？」見她一副死鴨子嘴硬的樣子，施重海忍不住嘲笑她，這話剛說出口，便再次收到了老爹的死亡凝視，施重海縮了縮脖子，做鵪鶉狀，不敢再多嘴了。

「忙朱家的婚事啊。」施伐柯答。

「什麼？」回應她的，是一家人驚訝的聲音。

「呃……怎、怎麼了？」施伐柯眨巴了一下眼睛。

「朱家的婚事？和誰？」陶氏有些不敢置信地追問。

「朱家小姐和陸公子的婚事啊。」施伐柯一臉理所當然的表情，「你們不是知道的嗎？」今日為了安排朱顏顏和陸池見面，以及照顧朱顏顏的情緒，家中都清場了，連這幾日一直窩在家中的施三哥都被迫挪窩了呢。

「這婚事……竟然成了？」陶氏十分驚訝。

「嗯，成了。」施伐柯點點頭。

「那妳為何一副魂不守舍的樣子？」突然，施三哥意味深長地問了一句。

施伐柯愣了愣，道：「這麼大的事情，我當然要好好思量啊。」

「不愧是我閨女，果然是青出藍而勝於藍啊。」施長淮一拍桌子，一掃先前的陰霾，笑聲爽朗。

「爹，您這話可不合適啊。」施三哥嘿嘿一笑，有些不懷好意地道，「難道我娘就是那被青勝了的藍哦。」

施長淮笑聲一下子戛然而止，小心翼翼地看了陶氏一眼，陶氏涼涼地沖他笑了一下，直笑得他頭皮發麻。陶氏卻不再理他，而是看向施伐柯，正經告誡道：「既然接下了這樁差事，就務必要辦得盡善盡美，不要墮了娘和妳外婆的名聲。」

「嗯！」施伐柯忙點頭應下。

施長淮小意湊上前，「今日高興，能不能許我喝一盅？」

一直坐著沒開口的施二哥不著痕跡地打量著正笑咪咪看著爹跟娘討酒喝的施伐柯，不對勁……阿柯的情緒不對勁。那陸秀才先前明明一副十分中意阿柯的樣子，怎麼竟然就這麼突然地同意了和朱家的親事……是了，朱家那般門第，少有人不心動的，更何況他是個秀才，當然想著要給自己鋪一條青雲路了，這麼一想不由得有些惱了，一時也忘記了自己曾覬覦的那一簍子畫，只暗罵那陸秀才有眼不識金鑲玉，也是個立場不堅定的壞東西。

複又想起了褚逸之，果然仗義每多屠狗輩，負心多是讀書人，書生沒一個好東西。

「阿嚏。」褚家，正用著晚膳的褚逸之又打了個噴嚏。

「逸之，你怎麼了？」褚母忙問。

「相公，快喝口湯。」孫氏忙端了一碗湯。

褚逸之接過湯碗，笑了一下，「不用大驚小怪，不過打了個噴嚏而已。」

「春日易感風寒，即便只是打噴嚏也不容小覷。」孫氏柔柔地道。

褚逸之沖她笑了笑，「多謝娘子關心。」

一旁，褚母黑了臉，只覺得兒子有娶了媳婦忘了娘的傾向。

「逸之，秋闈近在眼前，你可不能分了心。」褚母說著，又一臉嚴肅地看向孫氏，「孫氏，妳也要懂事些，不要整日纏著逸之，明日起不許再去書房打擾逸之用功了。」這話說得粗俗又露骨，孫氏一下子羞紅了臉，她垂眸乖巧地應了一聲，「是。」指尖卻是攥緊了。

老虔婆。

第二日，施伐柯以媒人的身份再次登門朱家。陸池雖然允婚，但為確保萬無一失，此事還是要同朱大夫人再確認一番。這一回，朱大夫人沒有多做為難，痛快地鬆了口。

「陸公子說等他家人到了，便來提親，過六禮。」施伐柯合掌，雖然不知為何心中空茫茫的，但也有了一種事情終於塵埃落定的歡喜感。因為這樁婚事，她前前後後也是費了不少勁，如今也算是功德圓滿了吧。

見過朱大夫人之後，施伐柯又去見了朱顏顏，已是日上三竿，朱顏顏還窩在床上沒有起身，見到施伐柯來了有些害羞地探出頭來。

「阿柯，妳來啦。」她眼神躲閃著，彷彿不大敢看施伐柯似的。

施伐柯倒是被她逗笑了，「現在知道害羞啦？」朱顏顏似乎也想起了昨日自己膽大妄為的樣子，臉上騰起兩朵紅雲，隨即又彷彿想起了什麼，「阿柯，妳今日……是來和我娘確認婚事的？」

「嗯，妥了，妳把心放回肚子裡吧。」施伐柯忍不住取笑她，「就等陸公子的兄長來過六禮了。」朱顏顏眼神閃爍了一下，害羞地縮回了被子裡。

施伐柯見她害羞得厲害，也不敢逗得太過，稍稍坐了一陣，便告辭了。

接下來兩日端的是風平浪靜，陸池的家人還未至銅鑼鎮，為免節外生枝，施伐柯尤其囑咐了看起來最不靠譜的施三哥，休要將這樁婚事成了的消息說出去。

因為陸池家人未至，這兩日倒閒了下來，施伐柯便又想起了娘之前提出要帶她去衙門長長見識，便纏著陶氏去了，畢竟官媒婆可是她畢生奮鬥的目標。

官媒不僅僅是要管嫁娶之事，其所管的事務其實十分繁雜，就拿銅鑼鎮的官媒來說，要將鎮上所有新生孩童登記入冊以便發放戶籍，還要解決一些因為婚姻而產生的糾紛，先前焦嬌守寡，焦家人鬧上門要將焦嬌再嫁，也是陶氏出面平息了此事。

因為施伐柯整日跟著陶氏去衙上，賀可甜幾次來尋她都撲了個空，竟完全不知道她心心念念的臨淵先生就要和朱顏顏定親了。

這日傍晚時分，施伐柯剛歸家便看到了一輛十分低調的小馬車停在門前。

「這是……朱家的馬車？」雖然奶娘已經十分低調了，但陶氏眼睛多厲害，仍是一眼認了出來。

「嗯，應該是……吧。」正說著，奶娘已經從馬車裡探出了頭，看到陶氏，她的面色似乎有點尷尬，但大戶人家奶娘的教養讓她硬著頭皮下了馬車來同陶氏打招呼。陶氏笑著同她打過招呼，便十分有眼色地先回去了。

施伐柯看著陶氏走進了大門，這才看向奶娘，「奶娘，找我有什麼事嗎？」

「施姑娘。」奶娘硬是擠出了一個笑臉，「我是來問問陸秀才的兄長可曾有消息？」奶娘其實是萬分不想走這一趟的，但……

「應當已經在路上了，一兩日的功夫便該到了。」施伐柯見奶娘笑得如此僵硬，心中有些好笑，她都能猜出這奶娘在想什麼了，無非是覺得女方上趕著來問這些著實不矜持。

奶娘點點頭，猶豫了一下，又道：「施姑娘，若妳有空……來尋我家小姐說說話吧。」

「顏顏怎麼了？」施伐柯不解，她料想顏顏這幾日忙著備嫁，應當沒什麼空閒才是，怎麼看奶娘的神色有些不大對？

「我也說不好……總覺得小姐彷彿是有心事。」奶娘有些糾結，按理說這樁婚事如今都已經鐵板釘釘的了，就按小姐這非君不嫁的勁頭，應當十分開心才對，於是她只能猜測是不是陸秀才的家人一直沒有消息，小姐有些患得患失了？

施伐柯想了想，也跟奶娘想到一塊去了，想著該是患得患失的情緒作祟，想了想便道：「顏顏整日悶在家中難免胡思亂想，我在金滿樓預訂了一只髮釵打算給她做添妝，不如明日一同去看看。」

給她添妝，便是拿她當朋友了，奶娘當下看施伐柯的眼色都不同了，她感動得又抹了抹眼睛，拉著施伐柯的手道：「小姐沒什麼朋友，能夠認識施姑娘妳真是太好了，妳別看我家小姐她金尊玉貴的什麼都不缺，可是家裡除了大夫人疼她，誰能真的把她放在心上了呢，就說大老爺吧，幾乎忘記了我家小姐這麼個人兒……」施伐柯笑得有些無奈，奶娘妳又說溜嘴了喂。

好不容易送走了奶娘，施伐柯簡直心力交瘁，若不是陶氏見她遲遲不歸，出來邀請奶娘進屋坐坐，奶娘這才察覺不妥，乾笑著告辭了……還不知能說到哪呢，這位奶娘可真能說啊。

「是朱家的事情出了什麼岔子嗎？」陶氏看著朱家的小馬車遠去，問。

「沒有，只是奶娘愛操心罷了，明日我去尋顏顏說說話，就不去衙門了。」陶氏便明白這是朱家小姐心裡不踏實了，便點頭應了，「這也是正事，妳便陪她開解開解吧。」

第二日，施伐柯去朱家找朱顏顏，她前腳剛出門，後腳賀可甜又來了。

這個時候家中又只剩了施重海這個閒人。

「……阿柯又去衙門了？」賀可甜覺得有些氣不順了，「你沒有告訴她我今日要來尋她玩嗎？」

「妳昨日沒有跟我講妳今日要來啊。」施重海一臉無辜。

也是……個屁哦！「那你沒有告訴她我昨天和前天都來找過她了嗎？」賀可甜瞪他。

施重海恍然大悟，一拍額頭，「我說彷彿忘記什麼事了呢，原來忘記和她說這個了。」賀可甜氣結，當她瞎呢，這分明是故意的吧！

「不過……今日阿柯可沒有去衙門。」施重海又大喘氣一般，慢悠悠地道。

「那她去哪了？」賀可甜問，不知為何她總覺得施重海笑得有些不懷好意。

「去找朱大小姐了啊。」

竟然是去找朱顏顏了！她去找朱顏顏也不來找她！賀可甜更氣了，朱顏顏不但搶她看中的臨淵先生，連她的好朋友也要搶嘛，真是太可惡了！雖然賀可甜平時總是一副很嫌棄施伐柯的樣子，但、但她怎麼能撇開她去找新的朋友嘛！

不對……「她找朱顏顏幹嘛？」賀可甜忽然一臉戒備地問。

「可能去談親事了吧。」

「親事？和誰？」

「和陸公子啊。」施重海說完，猛地捂住了嘴，一副「哎呀說漏嘴了」的模樣。

陸公子？陸池？臨淵先生？賀可甜猛地僵住，氣得眼淚都快掉出來了，咬住嘴唇，一言不發，掉頭就走。

「誒……千萬別告訴阿柯是我告訴妳的啊！」身後，施重海還在嚷嚷。

賀可甜走得越發的快了。

施重海看著賀可甜的背影，誒嘿嘿地笑了起來，笑完覺得不大對……咦，他怎麼越來越喜歡逗賀家小妹妹了？不過，氣呼呼的賀家小妹妹還真的蠻可愛的啊。

施伐柯並不知道自家嘴巴不牢的三哥果然還是將她賣了，也不知道賀可甜已經氣勢洶洶地殺過來尋她了，她去朱家途中，半道見來福記門口竟然難得排隊不長，又見時間還早，便興沖沖地去排隊了。

果然，不一會兒就到她了。

「兩份雪花酥。」施伐柯從荷包裡掏錢付帳，抬手的時候，露出腕上一隻晶瑩的玉鐲來。

「姑娘，妳這玉鐲可真好看。」身後有人搭話。施伐柯回頭一看，有些尷尬了……是褚逸之他娘。褚母見是施伐柯，表情也是僵了僵，隨即拉下臉來。

施伐柯想著他們如今沒啥關係，也不耐煩看她的冷臉，便沖她點點頭接過雪花酥走了。

褚母頓時一口氣下不來，一把扯住了她，「妳站住！」

施伐柯被扯得胳膊生疼，忍不住「嘶」了一聲，「有什麼事嗎？」

褚母哪有什麼事，她只是氣不過從前總是一口一個褚姨叫得甜甜的小姑娘，如今見了她跟沒見著似的，頓了頓，才道：「見到長輩也不知道打聲招呼嗎？」

施伐柯簡直要被氣樂了，「我要怎麼稱呼您？」

「難道我當不得妳一聲褚姨？」褚母皺著眉頭道，「小時候倒還懂些道理，真是越大越沒規矩了。」

「您不是說過不敢當我這樣的稱呼嘛。」施伐柯說著，便想收回被她扯住的胳膊，奈何褚母扯得緊緊的，根本甩不開。

褚母想起自己曾經說過的話，一下子漲紅了臉，惱羞成怒了起來，「妳這沒教養的東西！怎麼和長輩說話呢！」

施伐柯倒是愣了愣，一時沒顧得上生氣，這位褚姨在她的印象裡一直都是十分和藹可親的，即便上回當街尋她麻煩，但記憶裡和藹可親的形象實在是根深蒂固，一時也是無法改變的，且上回是因為褚逸之無故被打，還傷了右手，她誤會了來尋仇還算是情有可原……可如今這般刻薄的嘴臉，著實令人驚訝。

「這位……大娘？您這般有教養，如果不買的話，能不能讓一讓不要擋著路，我這排著隊呢。」正在施伐柯怔住沒有接話時，身後冷不丁有一個聲音冒了出來，溫溫柔柔的語調，說的話卻似乎有些不大中聽。

褚母和施伐柯雙雙回頭看向那人，插話的是個美貌的婦人，看不出年紀，此時正笑盈盈地望著他們。她滿頭珠翠，遍身羅綺，一看便是養尊處優的樣子，只不知這樣一位夫人怎麼自己跑出來排隊了……

褚母怔了怔，雖一眼看不出年紀，但細看這婦人眼角因為笑容而疊起的紋路，也能看出來其實她不年輕了，褚母一生操勞，早年供相公讀書，奈何相公讀到最後也不過是個童生，後來有了兒子，又開始供兒子讀書，好在兒子聰慧懂事，如今好不容易兒子中了秀才出息了，又娶了先生家的女兒，她才稍稍鬆了口氣，過了幾天有人服侍的舒服日子……但因為常年操勞，她看起來卻比同齡人蒼老許多。

她又想起了陶氏，明明年紀還比她大了兩歲，可是同她看起來卻彷彿不是一輩人似的，這也是她後來搬走再不想同她來往的原因之一……此時看到眼前這滿頭珠翠，遍身羅綺的婦人，久違的自慚形穢之感又湧了上來，而且這婦人竟然喊她大娘！

「不買我排隊作甚？現在我排在前頭，妳就只能等著。」

褚母瞪了她一眼，惡聲惡氣地道。

「妳這麼大年紀了，當街欺負一個小姑娘，又這般不講道理，還好意思講旁人沒有教養，妳這把年紀教養是被狗吃了嗎？」那美貌女人輕嗤一聲，道。

褚母一下子紫脹了臉，顫抖著指著那美貌婦人鼻子，「妳妳妳……」竟是氣得話都說不出來了。

「我說那位大娘，這位姐姐哪裡說錯了，妳不買就別杵在那裡耽誤別人功夫了啊。」後面有人不耐煩抗議了起來。

本來被人稱作「大娘」也沒什麼，但是眼前這女人竟然被稱作「姐姐」，褚母頓時氣得要吐血，但後面抗議的人越來越多，到底不敢犯眾怒，氣得指著施伐柯和那婦人，連說幾個「好好好」，指尖都在打著顫，一副咬牙切齒的樣子，已然恨極。

彷彿是怕施伐柯走掉了，褚母雖然一手顫抖著指著她們，另一手卻仍是死死地握著施伐柯的胳膊，且越發的用力了，疼得施伐柯皺了皺眉。

「妳這大娘真有意思，是妳拉著人家小姑娘不放，是妳擋著人家的路被指責了，妳又拿人家小姑娘撒什麼氣？就這德行還敢自稱長輩，快些撒手，沒看到小姑娘臉都疼白了嗎？」美貌婦人見狀，伸手握住了褚母的手。

褚母自然不甘心放手，但那美貌婦人十分邪門，也不知道怎地，她手上一麻，竟是不自覺鬆了手。

施伐柯收回手，感激地看了那美貌婦人一眼，「多謝。」美貌婦人見她得了自由，便趕緊拉著她走出了排隊的隊伍，施伐柯這才發現就剛剛那一會兒功夫，後面已經排起了長隊，難怪褚母會引來眾怒了。

褚母亦被擠出了隊伍，當下惱了，也顧不上施伐柯了，氣急道：「你們插什麼隊，我還沒買呢！」

「妳都磨蹭了這麼久了，要是人人都像妳這般，我們這隊得排到猴年馬月啊。」有人懟她。

「你們插隊就是不對，快讓我先買，這是我兒子要吃的！」褚母氣道。但是沒有人理會她，褚母試圖擠進去，卻被人推了個趔趄，正欲撒潑時，突然聽到有人輕聲咦了一句。

「那不講理的婦人好生面熟，似乎是褚秀才他娘？」

褚母一下子僵住，不敢再鬧，她可以不要臉面，但逸之不能，他可是秀才，日後自有遠大前程的，因此雖然憋著氣，但還是以袖遮面不敢再往前擠，有心掉頭就走，但想起學業辛苦日漸消瘦的兒子……想起她今日問他可有什麼想吃的，他出了一會神之後說想吃雪花酥，還是老老實實地去後面排隊了。

等排到了後面，才突然想起了這場鬧劇的罪魁禍首，扭頭去找的時候，早不見了施伐柯的影子，當下不由得心中恨恨，好在她作主給逸之娶了孫氏，若當真如逸之所願娶了這破落戶，那才真是完了，孫氏雖然也不盡如人意，但總比這破落戶好！

不遠處的一個拐角，施伐柯看了一眼綴在隊伍最後面的褚母，見她反應過來正拿眼睛四下裡尋她，輕輕地吐出了一口氣。

「多謝您替我解圍。」施伐柯十分感激地看向站在她對面的美貌婦人。褚母這般胡攪蠻纏，如果今日沒有眼前這位夫人出手相助，她脫身也是不容易。

「不過是看不慣她倚老賣老欺負一個小姑娘罷了。」美貌婦人擺擺手，忽然又一臉關切地道：「我看她手勁極大，可別傷了妳的胳膊，讓我瞧瞧。」說著，便拉起她的衣袖。

施伐柯一愣，覺得這位夫人的這動作似乎有些不妥，且彷彿……熱心的過了頭？但想著她剛剛都出手替她解圍了，應該當真是個熱心腸的好人……吧？卻沒注意到那位夫人的視線在她腕上那隻晶瑩剔透的玉鐲上頓了頓，才含了笑意看向她的胳膊，然後面色便是一冷，她雪白的胳膊上幾個鮮紅的指印著實刺眼，估計都要淤青了。

「那老婦下手可真狠。」她怒道。施伐柯卻是被她逗笑了，這位夫人可真是知道怎麼捅人家的肺管子，若是讓褚母知道有人這麼稱呼她，八成又要氣壞了。

「妳笑什麼？」美貌婦人眨巴了一下眼睛，面露不解。

「她其實很在意自己的容貌，若是知道夫人您這麼稱呼她，大概會十分生氣。」施伐柯十分委婉地道，剛剛那幾聲大娘著實是將她氣壞了。

美貌婦人也樂了，她當然是故意的啊。女人，有幾個不在意自己的年齡和容貌。

施伐柯見她手中空空，想起剛剛她只顧拉著自己離開那是非之地，也沒顧得上買雪花酥，便將自己的雪花酥塞了一份給她。

「這是……？」美貌婦人看了一眼被塞入手中的雪花酥，有點懵。

「您為了給我解圍自己都沒有顧得上買，我剛好買了兩份，勻一份給您。」施伐柯笑咪咪地道。

不，我才不是為了買勞什子雪花酥才來排隊的……甚至連這雪花酥到底是個什麼東西都沒注意，她不過是剛好路過看到了這小姑娘腕上的玉鐲，覺得十分眼熟罷了。

準確來說，她是來看她的小兒媳婦的。嗯，她的小兒媳婦笑起來可真招人喜歡。

這麼想著，美貌婦人笑了起來，也沒有推辭，心安理得地收下了來自兒媳婦的孝敬，只問她，「姑娘妳叫什麼名字啊？」

「施伐柯，方也施，伐柯如何，匪斧不克的伐柯。」施伐柯說著，見這位夫人目光炯炯地看著自己，忽然福至心靈，看懂了那眼神的含義，從善如流地問道：「夫人您呢？」

「許飛瓊。」美貌婦人眉眼彎彎地道。

施伐柯眨眨眼睛，忽然眼睛一亮，「啊！」

「嗯？」美貌婦人故作不解。

「千崖山飛瓊寨的飛瓊嗎？」施伐柯一臉驚奇地問。

美貌婦人掩下心頭的激動和贊許，「正是。」這就猜到她的身份了，果然是個聰慧的姑娘，不愧是她的兒媳婦。

「好巧哦。」施伐柯憨憨地笑。

「……嗯？」

「夫人的名字竟然和飛瓊寨的一樣呢哈哈哈。」

美貌婦人收回前言，她的兒媳婦有點憨……不過憨得蠻喜人，蠻可愛。她中意。

施伐柯聊著聊著，抬頭一看天色，「哎呀都這個時間了，夫人今日真是謝謝您了，我約了朋友得先走了，我家住在東街居家坊，妳有空來坐坐，找姓施的人家就可以了。」

「好，我一定來。」許飛瓊意味深長地道。

施伐柯卻完全沒有領會她的言外之意，沖這位好心的夫人揮揮手，蹦躂著走遠了。

美貌婦人站在原地，笑盈盈地也沖她揮了揮手。

這時，一輛馬車與施伐柯擦肩而過，停在了美貌婦人的身邊，駕車的是個留著絡腮鬍子的中年男人，身形高大，看著十分兇悍。

「阿瓊！」那絡腮鬍子氣沖沖地從馬車上跳了下來，瞪著眼睛道：「妳亂跑什麼！」

許飛瓊收起笑容，涼涼地看了他一眼，「你瞪我？」

「我不是瞪妳啊，這不……我們初到銅鑼鎮，這人生地不熟的，妳一下子跑得沒影兒了，我這不是擔心妳嘛。」絡腮鬍子被那清淩淩的眼神一看，一下子軟了下來，有些討好地笑著道。

許飛瓊冷哼一聲，沒理他。

「阿瓊，妳手裡拿的什麼？」絡腮鬍子看到她手裡拿東西，問。

「我兒媳婦孝敬我的，沒你的份。」許飛瓊一邊說一邊拿了一塊雪花酥遞到唇邊，咬了一口，鼓著腮幫子嚼了嚼，笑眯了眼睛，「真好吃。」

「兒媳婦？」絡腮鬍子一下子瞪圓了眼睛，狐疑道：「妳又不曾見過她，該不是認錯了吧。」

「戴著我的鐲子呢。」許飛瓊氣定神閒。

「啊？」絡腮鬍子一臉丈二和尚摸不著頭腦的表情，「妳留給竹西媳婦的不是一塊墜子嗎？」

「可我留給池兒他媳婦的是個鐲子啊。」許飛瓊笑咪咪地道。

「那小混蛋也找到媳婦了？」絡腮鬍子眼睛又瞪大了一圈。

「大驚小怪。」許飛瓊十分淡定地吃著雪花酥。別說，還真的挺好吃。

「不是……不是說來給竹西娶媳婦的嘛，怎麼一眨眼那小混蛋也娶上媳婦了呢？」絡腮鬍子彷彿有點糾結。

……而且都在銅鑼鎮。

「這銅鑼鎮可真是個人傑地靈的好地方啊。」許飛瓊吃著美味可口的雪花酥，笑咪咪地感歎。

哪是人傑地靈……分明是邪門啊！那倆兄弟一個賽一個的不聽話，讓他們娶媳婦就跟要了他們的命似的，上次他不過是提了一句要給陸池說個媳婦管管他，那小混蛋就偷偷溜下了山，怎地來一趟銅鑼鎮，就都看上媳婦了？

「對了，竹西呢？」許飛瓊吃完一塊雪花酥，拍了拍手，問。

「他先去金滿樓看看有沒有什麼合用的東西。」絡腮鬍子熟練地掏出帕子給她擦了擦手，又道：「妳要不要去挑點東西？那裡的手藝師傅是沈青從京裡挖回來的，手藝還不錯。」

「你見過沈青了？這些年他過得如何？」許飛瓊好奇地問。

「滋潤得很，還生了閨女，叫……哦叫沈桐雲，這名字還是當年妳給取的。」

許飛瓊的眼神也有些懷念，「是啊，一晃都這麼多年了，離別之時七娘還懷著身子，他們夫妻非要我給他們孩子娶個名字……我說若是男孩就叫沈桐，若是女孩就叫沈桐雲。」

「妳倒是省事。」絡腮鬍子笑了起來，又道：「妳當真不去金滿樓看看嗎，沈青很有生意頭腦，經營得不錯……況且竹西成親妳也要置辦點東西嘛。」

「老不羞，竹西成親，給我置辦什麼東西，沈青夫妻回頭我們去他們家中拜訪就行了。」許飛瓊說著，到底沒忍住，不雅地翻了個白眼，「聘禮要置辦得厚厚的，朱家小姐對竹西情深意重，鐵了心要嫁入我們這樣的人家，這事兒本就委屈了她，萬不能薄待了。」

「我們這樣的人家怎麼了，怎麼就委屈她了？」絡腮鬍子眼睛一豎。

許飛瓊呵呵一笑，給了他一個鋒利的眼刀子，「人家書香門第的大小姐來給你們陸家當壓寨夫人，不委屈？」

「我就知道妳這麼些年心裡一直氣不平呢！是妳覺得委屈吧！」絡腮鬍子氣沖沖地道。

「是啊。」許飛瓊眼也不眨地認了，「我當年可是被你擄上山的，我委屈，有什麼錯嗎？」她瞪著他問。

說起來……也是孽緣。

許飛瓊可是正宗的官家千金，她父親時任右僉都禦史，常作一副剛正不阿的模樣，雖然官職不算高，但也清貴，許飛瓊自幼聰慧，是京城出了名的才女，又生得美貌，及笄之後求娶之人幾乎踩破了許家的門檻，她是萬萬沒有想到一向自詡清高的父親會把她許給一個金玉其外，敗絮其中的草包。

她當時信奉父母之命，直到送嫁那日都不知道自己要嫁的是個什麼樣的人，只知道自己要嫁的是三邊總督家的大公子，是遠嫁，從此要遠離父母兄弟，以那個人的父母為父母，以那個人的家為家……帶著這樣的惆悵，她帶著嫁妝，踏上了遠嫁的路。然後，呵呵，她成了千崖山飛瓊寨的壓寨夫人。

她是在送嫁的途中被擄走的，那時候的飛瓊寨還不叫飛瓊寨……她當然抵死不從，然後這個可惡的男人帶她看到了這個世上最極致的醜陋和險惡。

他千里迢迢帶她潛入了三邊總督府，看到了那個差點要託付終身的男人，當時恰好她被擄走的消息傳了進來，他笑得涼薄，又似乎帶著幾分可惜，「聽聞是個不可多得的美人呢，便宜那土匪了，回頭讓我爹端了那土匪窩，竟然敢跟我搶女人。」

「是，公子英明神武，是許家小姐沒有那個福氣。」一旁伺候的侍女調笑。

那人哈哈在笑，伸手一把摟住，親香了一口，笑道：「還是我們憐兒有福氣啊。」不堪入目。

「沒福氣的豈止是那個女人，還有我那沒緣分的好岳丈啊，好端端一個女兒養這麼大，還沒有物盡其用呢，竟然就這麼莫名其妙折了」，說著，又笑嘻嘻地刮了一下那憐兒挺俏的鼻子，「沒娶上他那個據傳天仙似的女兒，小爺答應他的事可就不算數嘍。」

這一幕上演的時候，那個可惡的土匪頭子正帶著她蹲在不遠處的一棵大樹上，她咬牙切齒地伸手擰住了他胳膊內側的軟肉，惡狠狠地擰、擰、擰！打著轉兒的擰！直擰得他無聲地齜牙咧嘴，卻是望著她笑。她惡狠狠地擰著他，卻是掉下了眼淚。

從此，她安心成了他的壓寨夫人。

「沒錯沒錯，妳沒錯，都是我的錯。」絡腮鬍子一下子慫了，然後有些委屈巴巴地道：「妳當真不去金滿樓裡挑些東西戴戴嘛，竹西成親，妳這當娘的也要好好打扮打扮嘛。」

聽聽，兒子成親，她一個當娘的打扮什麼！許飛瓊又翻了個白眼兒，「比起讓我打扮，你難道不該好好刮一刮你這滿臉的大鬍子嗎？」

絡腮鬍子一下子驚恐地捂住了滿臉的大鬍子，「絕對不行！」

許飛瓊涼涼一笑，滿臉絡腮鬍子的大漢頓時抖得如同風中顫抖的一朵嬌花。

施伐柯還不知道自己已經遇到了陸池他娘……她趕到朱府的時候，朱顏顏已經在翹首以待了。她坐上了朱顏顏的馬車，一道去了金滿樓。

朱顏顏難得出門一趟，又有施伐柯作陪，終於開了笑顏，一旁的奶娘終於放下心來，對施伐柯更滿意了……果然是個好姑娘，小姐同她在一起總是開心的，這幾日小姐總是鬱鬱的，一時喜一時憂，她看了著實焦心，現在總算是好了。

馬車駛到金滿樓門口，朱顏顏拒絕了奶娘進包廂挑選的建議，戴了帷帽，奶娘貼心地給施伐柯也準備了，施伐柯往日拋頭露面慣了，但想著兩人一同出門，只顏顏一人戴著未免讓她不自在，便謝過奶娘，也戴上了帷帽。金滿樓女客很多，戴帷帽的也不少，因此並不顯突兀。

施伐柯預定的髮釵還沒有制好，但已經初具形狀，是一隻十分別致的玉鸞釵。

「好漂亮啊！」朱顏顏對著才初具形狀的的玉鸞釵愛不釋手。

這釵還要過兩日才能取，兩人便又開始看其他的首飾，朱顏顏難得沒有被拘在包廂裡，而是在外頭大大方方地挑選，因為新鮮興致很高。

正逛著，施伐柯忽然看到了一個十分眼熟的人。

賀可甜？她看起來氣勢洶洶的，也不看首飾，東張西望的似乎在尋人。

賀可甜一路追到朱家，然後聽朱家的門房說他們家小姐已經出門了，又氣勢洶洶地殺向金滿樓……結果卻根本沒有找著，她們到底在哪？難道要一間一間包廂去尋嗎？

「可甜？」賀可甜正有些煩躁地四處尋找著，突然聽到了施伐柯的聲音，一回頭便看到了施伐柯正站在她身後不遠處，掀開帷帽看著她。

……帷帽！難怪她找不著她！「妳沒事戴這鬼東西幹嘛啦！」賀可甜氣勢洶洶地走到她面前，怒道。

雖然不知道賀可甜在氣什麼，但她戴帷帽確實也有些怪怪的，施伐柯訕訕地笑了一下，「我剛剛看妳彷彿在找人？」

「對，找妳。」賀可甜咬牙切齒地道。

「找我？找我作甚？」施伐柯有點驚訝，「妳怎麼知道我在這裡？」

「呵。」賀可甜冷笑，「我前日去妳家找妳了，妳不在家；昨日又去找妳了，妳還不在家，我再不找妳，妳怕不是要把我給忘了。」……這模樣，彷彿一個怨婦。

施伐柯抖了抖身上的雞皮疙瘩，可甜真的越來越奇怪了啊，還喜怒無常的……

這時，不遠處正挑選首飾的朱顏顏注意到了這邊的動靜，走了過來，看了賀可甜一眼，好奇道：「阿柯，她是誰啊？」一聲阿柯，叫得可謂是十分親昵了。

賀可甜看著站在施伐柯身旁那個也戴著帷帽的纖瘦女子，只覺得十分刺眼，她就是朱顏顏吧，從不戴帷帽的施伐柯戴帷帽也是因為她吧，當下上前一把擠走了她，挽住了施伐柯的胳膊，抬起下巴，一臉驕矜地道：「我是阿柯的好友賀可甜。」賀可甜說「好友」兩個字時刻意加了重音。

朱顏顏哪裡見過這等陣仗，當下有些懵，被撞得一個趔趄，收不住腳，連連後退了好幾步，不慎碰到了一旁正試戴首飾的婦人，婦人手上一個水頭十足的玉鐲掉在地上，發出一聲清脆的聲響，碎成了幾截。

四周靜了一靜。

「掌櫃的，這與我無干吧。」那婦人蹙了蹙眉，有些不悅地道。

掌櫃趕緊上前陪笑，「自是與您無關的，抱歉驚擾了您，還請您移步裡面雅座，喝口茶水壓壓驚。」那婦人點點頭，繞開地上碎裂的鐲子，去了二樓雅室。

「掌櫃這……」一旁的夥計看著地上那摔成幾截的玉鐲，臉上十分心疼。

「那是徐夫人。」掌櫃淡淡提點了一句。此地縣令姓徐。休說這鐲子摔碎，徐夫人確實算是遭了無妄之災，即便真是她失手摔了，他大概也是要為她找出一二條理由來的。

但……這玉鐲價格不便宜，總要有人賠的。掌櫃看向了站在眾人視線裡顯得有些手足無措的朱顏顏，朱家大小姐他是知道的，據聞在朱家其實是個不受寵的，但奈何有個把她當成掌上明珠的好娘，掌櫃有點猶豫，該不該因為一個玉鐲開罪朱大夫人。

「朱小姐，您看……」掌櫃看向朱顏顏，面露為難。

朱顏顏看向賀可甜，「賀小姐。」賀可甜一瞪眼睛，「叫我作甚？」

「……剛剛是妳撞了我。」朱顏顏咬了咬唇，聲音雖然不大，但足夠所有人聽見。朱顏顏感覺到這位賀小姐對她敵意甚大，或許是不忿她和阿柯成了好友，亦或許，是因為她先前和陸秀才有些瓜葛，這會兒應該是從哪聽說了她要訂親的消息，誤以為同她訂親之人是陸秀才……但不管是哪一樣，朱顏顏都不能吃下這個啞巴虧。

這玉鐲一看便是價值不菲，她雖然手上存了些銀錢……但那是她留著日後花用的，不能浪費在這種莫名其妙的事情上，也不好再開口跟娘討要，這些年娘護著她不容易，她不能臨出嫁了還要給她添麻煩，若是爹知道了……又該不高興了。

「朱小姐還真是善於倒打一耙。」賀可甜冷笑，「妳是豆腐做的嘛，我只輕輕一碰，妳就站不住了，身子這麼嬌弱就該好好在家裡待著啊，來這人來人往的地方做什麼？」

朱顏顏一下子漲紅了臉，只覺得十分難堪，她因為從不在人前露面，身子不大好的事情很多人都知道……可現在被人這樣大庭廣眾之下講了出來，若是、若是傳到她要等的那個人耳朵裡，那人會不會嫌棄她，不肯娶她了？這麼一想，眼中一下子盈了淚，好在今日戴著帷帽，誰也看不清她此時窘迫的模樣。

「妳這小姑娘，真是好厲害的一張嘴巴，明明是妳推了我家小姐，竟然還敢這樣欺負人！」奶娘氣得上前一把護住朱顏顏，怒氣騰騰地道，彷彿一隻護崽的老母雞。

「我推的？誰看到了？」賀可甜冷笑。

四周一片寂靜。

朱顏顏緊緊咬唇，面色已經由紅轉白，幾乎搖搖欲墜，若不是奶娘扶著她，她估計都站不住了。

「我看到了。」一片寂靜中，施伐柯開口。

「施伐柯！」賀可甜不敢置信地瞪向她，怒氣衝衝地道：「我才是妳從小一起長大的朋友！」朱顏顏淚盈盈地抬眸看向施伐柯。

施伐柯彷彿是察覺到了她的視線，乾脆摘下自己的帷帽，安撫地看了朱顏顏一眼，才看向賀可甜，道：「我們是朋友沒錯，但妳不能這樣欺負人。」

「呵，妳這是幫理不幫親了？」賀可甜冷笑。

「如果妳這麼想的話，也可以。」施伐柯平靜地看著她，道。

賀可甜恨恨地看著她，氣得幾乎滴血，她驀然回頭，沖著呆立在一旁的掌櫃道：「多少錢？」

「啊……紋銀三百兩。」掌櫃回過神來，趕緊道。

賀可甜財大氣粗地甩了幾張銀票出來，怒氣衝衝地道：「不就是錢嘛，我最不缺的便是錢了！」……什麼淑女形象，這會兒她都快被氣傻了，哪裡還顧得上。她要回去寫大字，寫十張！不，一百張！誰也別攔她！

在賀可甜的暴怒中，一聲輕笑有些突兀地響起，一個穿著茜色羅裙的少女走了出來，彎腰撿起地上的銀票，輕輕塞回了賀可甜的手中，嗔道：「好啦，我知道妳有錢，可有錢也不能這麼花啊，妳的錢也不是大風刮來的，妳哥一年到頭四處奔波也不容易，妳就隨意糟蹋吧。」來者正是沈桐雲。

一旁掌櫃叫了一聲，「東家小姐。」

沈桐雲「嗯」了一聲，拉住賀可甜的手安慰地拍了拍，然後慢悠悠地看向靠在奶娘懷裡的朱顏顏，「朱小姐，妳朱家也不差錢，不過區區三百兩銀子，又何必鬧得如此難看呢。」

朱顏顏借著奶娘的攙扶自己站穩，區區三百兩……這幾乎要去了她手中這些年好不容易攢起來的銀錢的一大半，且明明不全是她的錯……「既如此，便當我和賀小姐都有責任，一人一半可好？」朱顏顏穩了穩氣息，看向沈桐雲，後退一步，提議道。

沈桐雲猶豫了一下，她也不想將朱顏顏得罪太狠，畢竟朱大夫人愛女如命，且不是個好相與的，可一想賀可甜受了委屈，又覺得心中不平，且她打心底也對這位嬌氣的朱小姐沒什麼好感，雖然這才是第二回見面，但上回第一次見面可不怎麼愉快。

都說這位朱大小姐自幼養在深閨，輕易不見外人，為人膽小又害羞，上回來金滿樓買金絲串玉墜時，朱大夫人還特意提出要找個脾氣好的小姑娘陪同，看在朱家的面子上，她親自上陣招呼，結果可是被這位大小姐好一頓奚落。

當時事情雖是因為陸秀才逼娶賀可甜的傳言引起的，可是她當時斥責的話可是連她一同罵了進去，當時她怎麼說來著？她板著一張臉說：「婚姻大事也能拿來作噱頭嗎？賀家小姐的閨譽還要不要了？以前常聞商人重利，又道無奸不商，還曾覺得這種評價對於商家有失偏頗，如今看來不過是自取其辱罷了。」

呵，商人重利，自取其辱。可不是將她也罵了進去，只差罵她滿身銅臭了，她向來知道這些書香門第的大小姐是看不上她們這種商戶的，如今可不撞她手上了？

都說是錢是俗物，可誰能離了這俗物？

「怕是不妥。」沈桐雲微微一笑，帶著幾分惡意道：「若是朱小姐身上沒有帶足銀子，記帳也是可以的。」

「不用。」朱顏顏垂眸，指尖微微顫了顫，「奶娘，給錢。」若是記了賬，便可能會傳入爹的耳中，她不想娘再因為她的事情同爹起爭執。

施伐柯見狀，上前拉住了奶娘，她自是看出了朱顏顏的為難，且這沈桐雲也著實欺人太甚，正欲開口，卻被一個略顯低沉的男聲搶了先。

「沈小姐行事似乎有失公允。」一個身形高大的男人慢慢走了出來，開口道：「妳意欲護著朋友，這份心意難得，但也不能罔顧事實，妳若執意護著這位賀小姐，不如便將此事當作意外抹去吧。」

聽了這話，沈桐雲惱了，瞪向那突然冒出來管閒事的高大男子，「你是何人，三百兩銀子，你輕飄飄的就說要抹去，未免也太口出狂言了。」

朱顏顏不知為何心中陡然一跳，默默看了過去。

那是一個身形極為高大的男子，著一身元青色短打，臉龐如刀斧劈就一般棱角分明，透著一種別樣的俊朗。那男子似乎不耐煩與沈桐雲糾纏，伸手從袖口掏出一樣物品拋向了站在一旁左右為難的掌櫃，掌櫃下意識接過，看了一眼手中的物品時，一下子呆住了，他驚疑不定地抬頭看了那男子一眼，又低頭去看那物品。這是……

「將這鐲子記作意外損耗。」那男子道。

「是。」掌櫃趕緊應了一下。

「劉叔！」沈桐雲尖叫，「你怎麼敢聯合外人當著我的面這樣做！」三百兩一隻的玉鐲，竟然因為這個莫名其妙的男人一句莫名其妙的話，便記做意外損耗？簡直滑天下之大稽！

掌櫃忙湊上前，輕聲在她耳邊道：「小姐莫鬧，這可能是東家。」

沈桐雲簡直驚呆了，這莫名其妙冒出來的男人若是金滿樓的東家，那她是誰？

「胡說，快去報官將這騙子抓起來！」沈桐雲大怒。

「他手上有東家的信物。」掌櫃的忙將手裡的東西給沈桐雲看。

沈桐雲看了一眼便呆住了，那是一個極簡易的小玉牌，那分明是她爹的信物！她惡狠狠地瞪向那個高大的男人，「你為什麼有我爹的信物！你究竟是誰？」

陸竹西皺了皺眉，先前在客棧與沈叔見面時，沈叔說他只有一女，十分乖巧懂事……這位當真是沈叔的女兒？乖巧懂事？

腹誹歸腹誹，陸竹西知道眼前這沈桐雲肯定是沈青的獨女無誤，便是看在沈青與爹娘的情誼，以及這麼些年忠心耿耿地替陸家看管鋪子的份上，也不欲與他的獨女為難，但這麼一鬧，也無心再看其他東西了，只隨手遞了一張單子給掌櫃，「幫我備齊這些東西。」

掌櫃低頭看了一眼長長的單子，愣了愣，有些為難，「這……」這數額也太大了……

「這些我是作聘禮之用，所以請務必小心，莫要出什麼差錯。」陸竹西彷彿沒有看到他為難的臉色，只這般囑咐道。

「你窮瘋了吧！」沈桐雲瞄了一眼那張單子，一下子跳了起來，「我不知道你手上為什麼會有我爹的信物，但這些東西是不可能給你的！即便是我也不可能在鋪子裡調走這樣大宗的貨物！」

「此事妳做不得主。」陸竹西淡淡瞥了她一眼，已是極度不耐了。

「哈？好大的口氣，我做不得主，難道你能做主？」沈桐雲氣極反笑。

「掌櫃，此事我便託付於你了，你若心存疑慮，可以問過沈青再著手準備。」陸竹西沒有搭理她，只看向掌櫃道。他口中直呼沈青之名，顯然已是極度不悅。

掌櫃心中一凜，忙應了一聲，「是。」

「劉叔你瘋了！」沈桐雲氣得尖叫。

「小姐莫鬧了，驚擾了客人便不好了。」掌櫃忙拉住這位氣得臉紅脖子粗的東家小姐，苦口婆心地勸說道：「便如那位公子所言，我定會先將此事稟報於東家，再由東家決斷，若真是騙子，也定不會讓他輕易得逞。」說著，掌櫃神色複雜地看了一眼這位東家小姐，往日看她行事也算頗有章法，怎麼這會兒就如此急躁了呢。

且……這事兒蹊蹺。他是這金滿樓的老掌櫃了，以前同東家喝酒時，偶爾聽東家提起過，這金滿樓的大東家啊……另有其人，現在這東家不過是替人代管罷了。現如今看東家小姐這副將金滿樓視作所有物的樣子，若此事是真的，只怕還有得鬧……就不知東家代管了這鋪子這麼多年，付出了那麼多心血，還甘不甘心將鋪子歸還了，說到底他是東家請回來的，自然也只聽東家的，現在就看東家怎麼說了。

陸竹西不曾理會掌櫃的小心思，也不曾理會氣呼呼地瞪著他的沈桐雲，而是沖著朱顏顏略一點頭，便打算離開。

隔著帷帽，朱顏顏對上他的視線，不知為何心中陡然一跳，下意識便往前一步，似乎想攔住他，這廂沈桐雲冷眼瞧著，見狀忽然冷笑一聲，衝過來推了朱顏顏一把，朱顏顏驚呼一聲，一下子往前撲去。

陸竹西忙伸手將她攬住，又反手將她頭上差點掉下來的帷帽又戴了回去，避免了她的臉曝露在眾人的目光之下，只是，眾目睽睽之下這動作已經逾矩，他知道山下規矩大，趕緊扶她站穩，然後鬆開了手。

「沒事吧？」見她呆呆的，他忍不住多問了一句。畢竟，這是他未來的媳婦。

朱顏顏卻是站在那裡，隔著帷帽怔怔地望著他。

沒事吧？這樣耳熟的話。時光似乎一下子重疊，她彷彿再次看到了那個逆著光出現的少年，那個將她拉出絕望之地的少年……那時，他亦是這樣對她伸出手。他說，沒事吧？

「哈，書香門第的小姐規矩不過如此，大庭廣眾之下竟然與一個男人拉拉扯扯……」沈桐雲的話音未落，便被一個重重的耳光扇得轉過臉去，她一下子捂住臉，瞪向那個竟然膽敢甩她耳光的老婆子，「妳！」

「沈小姐還請慎言，妳今日一言一行，老奴都會盡數稟報夫人。」奶娘鐵青著臉，一字一頓地道，「我家小姐善良，不與妳計較，可朱家不會放任家中嫡出的大小姐遭此羞辱，妳且等著。」奶娘死死瞪著沈桐雲，那眼神如狼一般森冷，彷彿能吃人。

沈桐雲不自覺被她狠厲森冷的眼神定在原地，竟是半晌沒敢動彈。

「施姑娘，我們回吧。」奶娘說著，便收回視線，扶著還在發怔的朱顏顏走出門去。施伐柯看了一眼陰沉著臉站在沈桐雲身邊一言不發的賀可甜，隨朱顏顏一同走出了金滿樓，上了馬車。馬車的輪子剛開始動起來，一直呆呆的朱顏顏卻彷彿突然驚醒一般，猛地摘下帷帽，然後伸手掀開車窗的簾子往外看去，結果這一看，便看到了那身形高大的男子，他正站在金滿樓門口，也正遙望著馬車的方向。

對上朱顏顏有些急迫的視線，他似乎明白了什麼，勾了勾唇，忽然抬起手對她揮了揮。隨著他抬手的動作，衣袖微微下滑，露出一截小麥色的手腕。朱顏顏眨了眨眼睛，她看到他的手腕內側，有一枚形狀奇特的刺青，似龍非龍，似蛇非蛇。

朱顏顏又眨了眨眼睛，感覺眼眶有些濕。明明先前她總是記不住陸秀才的模樣，可是眼前這男子，只一眼，她便將他的模樣牢牢地記在了自己腦中，大概一輩子都不會忘。

原來這才是她要找的人，陸秀才沒有說謊。

朱顏顏想起了那日在施家，阿柯和奶娘離開後，她單獨與陸秀才相對而坐時，他說的那些話。

他說，朱小姐妳當真認錯人了。

他說，當年救下妳，又答應娶你的人，是我兄長。

當時，她問他，你兄長……叫什麼名字？他說，陸竹西。

陸竹西，朱顏顏看著那個對著她揮手的男子，將這個這些天已經在心底回味了無數遍的名字，又在舌尖輕輕地繞了一圈。

陸竹西。

這次真的沒錯了，她想。第一次見面，他救她於生死；第二次見面，他又救她於難堪的窘境。朱顏顏想，陸竹西，大概是她命中註定的英雄。

金滿樓門口，陸竹西微微挑眉，他自幼習武，目力極佳，因此看到她的唇動了動，看口型是……陸竹西？

她在叫他的名字。他心口陡然一熱，視線忍不住在那張櫻桃小口上流連了一番，她的唇小小的，彷彿塗了口脂，紅灩灩的。陸竹西忍不住翹起了唇角，真漂亮啊。

他記得這姑娘小時候就十分漂亮，如今長開了更是令人驚豔。只是瘦了些，娶回來定要好好養著才行。

馬車漸漸駛遠，朱顏顏遲遲捨不得放下車簾，直至那個人影再也看不見。

「顏顏，妳在看什麼？」馬車裡，施伐柯湊上前去看，卻什麼也沒看到。

「……隨便看看。」朱顏顏有些心虛地道，到底依依不捨地放下了車簾。

見自家小姐一副魂不守舍的樣子，奶娘心疼極了，伸手攬過小姐，如小時候一般輕輕拍著她的背，氣哼哼地道：「賀家和沈家著實欺人太甚！我回去一定要稟報大夫人，讓她們付出代價，真當我朱家無人了！」施伐柯動了動唇，欲言又止。

「奶娘，我沒事，今天的事情不要告訴娘了，免得她擔心。」朱顏顏對施伐柯眨了眨眼睛，然後拉著奶娘的衣袖，輕聲道。

聽到朱顏顏這樣講，施伐柯感激地沖她笑了一下，心裡鬆了一口氣，雖然賀可甜今日著實有點過分，可同她認識這麼多年，施伐柯知道她並不是真的有什麼壞心眼，若是當真因此開罪了朱家……只怕麻煩不小。畢竟，自古民不與官鬥，朱家可是官宦之家。

「可……」奶娘顯然不服氣，但一對上自家小姐懇求的眼神，到底歎了一口氣，「我的小姐啊，人善被人欺，妳這樣嫁了人可怎麼辦啊。」提到「嫁人」二字，朱顏顏又有些出神了。

「小姐，妳當真沒事？」奶娘見狀，又問。

「我沒事。」朱顏顏將臉埋在奶娘懷裡，嘴角彎彎的，眼睛亮亮的。她豈止沒事，她簡直太好了。然後，冷不丁地，朱顏顏忽然想起了在金滿樓時，陸竹西給了那掌櫃一張單子。他說，「這些是我作聘禮之用，所以請務必小心，莫要出什麼差錯。」

朱顏顏窩在奶娘懷裡，感覺臉頰燙得嚇人。

他真的來了，他來娶她了。不過……他知道她先前將陸池錯認成他的事嗎？他會不會生氣？一時間，朱顏顏又喜又憂。正是百爪撓心的時候，朱顏顏忽然覺得自己腰間硌得慌，正欲伸手去摸，忽然想到了什麼，又猛地收回了手，然後有些突兀地坐直了身子。

「小姐，怎麼了？咦……妳的臉怎麼突然這樣紅？」奶娘看著朱顏顏突然坐得端端正正的，又見她往日有些蒼白的臉上緋紅一片，心裡一慌，忙伸手去摸她的額頭，「該不是發熱了吧？」

「沒事，我、我有點熱，透透氣。」朱顏顏有些彆扭地說著，直著身子轉頭看向窗外。

奶娘眉頭又皺到一起去了，完了，小姐看起來更奇怪了。

話分兩頭，待他們離開金滿樓之後，沈桐雲越想越不對，氣沖沖回了家。她一陣風似的衝進房間，便看到了正在納鞋底的郁七娘。

「娘！」沈桐雲委屈地喊了一聲。

郁氏抬頭看了她一眼，「怎麼了，這樣風風火火的？」

「妳怎麼又在這裡納鞋底啊！」沈桐雲氣沖沖地上前，一把從她娘手中把納了一半的鞋底抽了出來，扔到一旁的桌上，「讓吳嬸做啊！」吳嬸是家裡買的僕婦，平時負責針線上的事情，可娘總是這樣，寧可讓她閒著，也要自己納鞋底！

郁氏看了她一眼，又拿起了鞋底，「妳爹腳大，穿不慣別人做的鞋，只有我納的千層底才合他的心意。」

矯情。沈桐雲翻了個白眼，在她看來，誰做的衣裳鞋子不是穿？偏爹矯情，娘還慣著他。

「不是，我差點被妳帶歪了，娘啊，我今天在鋪子裡遇到一個很奇怪的男人，自說自話地扔了張很長的單子給劉叔，開口要從鋪子裡調貨……而且都是極貴重的東西！」郁氏手中的針一歪，刺到了指尖，她眉頭微微一蹙。

「重點是，他手上還拿著爹的信物！」沈桐雲越說越覺得不對，瞇了瞇眼睛，「……該不會是爹和別的女人在外頭生的種吧。」

「胡說什麼！」郁氏猛地拔高聲音。郁氏從來都是溫溫柔柔的，沈桐雲被她冷不丁一嗓子嚇住了，「娘……」

「妳一個姑娘家，說話怎麼如此粗俗，妳爹是什麼樣的人妳不知道嗎？這樣編排他！」郁氏冷凝著一張臉道，「天天在外頭跑，越發沒個女孩子的樣子了！回房去把《女訓》抄寫十遍，不抄完不准出門！」沈桐雲一下子苦了臉，訥訥地道：「可……那個男人會是誰嘛……」

「好了，我知道了，這件事回頭我會跟妳爹說的。」郁氏擺了擺手一副不想聽她多言的樣子。沈桐雲垂頭喪氣地被她娘攆出了房間，一肚子疑雲沒有得到半點解答。

房裡，郁氏面色難看地坐著，許久之後，才沉沉地歎了一口氣，「十多年了，他們到底還是來了啊。」為什麼，還要出現呢。

第八章　似是故人來

朱家的馬車一路駛到施伐柯家門口。

「施姑娘，到了。」外頭，車夫喊道。

施伐柯看向朱顏顏，「顏顏，今日真的對不……」對不起……話還沒說完，便被朱顏顏打斷了，她坐得筆直，眼睛亮閃閃地看著施伐柯，「今日我很開心，謝謝妳，阿柯。」

嘎？看著施伐柯張著嘴巴，一臉丈二和尚摸不著頭腦的表情，彷彿在說「妳逗我？」朱顏顏「噗嗤」一下笑出聲來。

「那隻釵我很喜歡。」朱顏顏筆直坐著，一本正經地道：「賀小姐也是妳的朋友，妳卻還是站出來替我說話了，我很開心。」以及，放心，我不會找賀小姐麻煩的。因為奶娘就在一旁坐著，這一句朱顏顏沒有說出來，但施伐柯看懂了。

施伐柯有些不自在地撓撓腦門，斟酌著道：「也許我這樣講妳會生氣，而且彷彿有點站著說話不腰疼，但可甜吧……其實她心地不壞，就是行為有時候有點莫名其妙。」施伐柯說著說著，越發糾結了，感覺怎麼講都好像很奇怪的樣子。

朱顏顏眼睛笑得彎彎的，「嗯，我知道，她是阿柯的朋友，阿柯這樣好，她又怎麼會是壞人呢。」

咦？原來還可以這樣論證的啊？施伐柯一呆，隨即眨了眨眼睛，感覺爪子有點癢癢，到底沒忍住，在奶娘震驚的視線中，伸出爪子摸了摸朱顏顏滑溜溜的小臉蛋，喃喃道：「顏顏啊，妳真是個可愛的好姑娘，當妳相公一定很有福氣。」

朱顏顏的臉騰地紅了，但還是滿含期待地小小聲問，「是……是嗎？」

「嗯！」施伐柯一本正經地點頭。

得到了肯定，朱顏顏的眼睛越發的亮了，兩個傻姑娘妳看看我，我看看妳，越發顯得傻了。一旁的奶娘看得眼睛疼，矜持啊小姐！矜持！總感覺她家小姐最近越發不知道矜持是何物了呢，果然是女大不中留嘛……

揮別了施伐柯，朱顏顏在奶娘糾結的視線中微微挺直了腰，正襟危坐。奶娘看著看著，眼神漸漸又變得欣慰且驕傲起來，她教出來的小姐規矩禮儀真是無可挑剔呢，施姑娘說得對，誰能娶到她家小姐，那絕對是得了天大的福氣！

只是今日……想起今日小姐受到的委屈，奶娘的面色又沉了下來，那賀家與沈家不過區區商賈之家，竟然也敢欺負到她家小姐頭上來……這件事她斷然不會瞞著夫人的。

禮儀無可挑剔的朱顏顏並不曾注意奶娘的心思，此時她已是歸心似箭，為了不讓奶娘看出端倪，她半點不敢露出馬腳，可那塞在她腰間的物品讓她十分在意，她迫不及待地想要知道那是什麼。

在朱顏顏的焦急與期待中，馬車終於停了下來。

「哎呀，小姐妳慢點。」奶娘扶著朱顏顏下了馬車，見她腳步匆匆，不由得習慣性嘮叨了一句。朱顏顏生怕奶娘起疑，咬咬唇湊到奶娘耳邊小聲道：「奶娘，我急著……更衣。」奶娘露出恍然大悟的神色，隨即左右看看，輕咳一聲，不動聲色地扶著自家小姐加快了腳步。好不容易回了房，貼心的奶娘怕自家小姐害羞，主動迴避了。

朱顏顏鬆了口氣，獨自躲進了屏風後面，迫不及待地伸手往腰間一摸，摸出了一個小小的錦囊……呀，這便是傳說的私相授受吧！自小恪守閨訓、循規蹈矩長大的朱顏顏心裡砰砰直跳，彷彿懷揣了一隻小兔子。

捧著臉害羞了一陣，朱顏顏鄭重地打開了錦囊，便見裡頭放著一紙信箋，上書：「今夜亥時，在下欲登門拜訪。」看起來彷彿十分正經的一行字，字跡疏朗，如同那個人一般高大偉岸，如果忽略那個不大正經的時辰的話……說得如此光明正大，其實就是意欲夜探香閨吧！朱顏顏把這短短的一行字看了一遍又看一遍，又想起之前在金滿樓見到他時的模樣，臉上紅霞一片。

正是止不住的思緒翻飛之時，外頭忽然有腳步聲傳來，朱顏顏慌忙將信箋塞回了錦囊，又將錦囊貼身藏好，仔細看了看並無不妥，這才從屏風後頭走了出來，似模似樣地淨了手。

進來的是她的貼身侍女臨夏。

臨夏是個最為細心妥帖的，朱顏顏裝模作樣地隨手拿了本書在窗前坐下的時候，一旁的小几上已經擺上了茶水和幾樣她平日愛吃的糕點。

「小姐，小心累了眼睛，要奴婢給妳念念嗎？」臨夏柔聲問，小姐跟個琉璃人兒似的，房裡伺候的人已經習慣了輕言細語。

朱顏顏搖搖頭，心不在焉地捏了塊紅棗糕放在嘴邊慢慢咬，她雖眼睛盯著書，心思卻全在那個裝著信箋的錦囊裡，想到那張信箋上寫的內容，只覺得一顆心撲通亂跳個不停。她面前的書久久都不曾翻過一頁，她亦不曾發覺奶娘竟然一直都沒有回來。

待那顆撲通亂跳的心好不容易平穩下來，朱顏顏忽然又有些焦躁起來，他知道怎麼進府嗎？萬一被捉住了怎麼辦？話說，自從祖父致仕返鄉的途中遭遇了山匪之後，府裡便養了好些個武藝高強的護院呢……想著想著，朱顏顏不由得咬著手指開始坐立難安。

「小姐，怎麼了？」臨夏見小姐忽然將書推到一旁，一副心浮氣躁的樣子，忙上前詢問。

朱顏顏搖頭，「沒事，不用管我。」說罷，就不理會臨夏了。畢竟私會這種事情，便是阿柯她都不大好講的，更何況是臨夏呢？臨夏可是母親安排的人，臨夏若是知道了，母親也就知道了啊！

臨夏怎麼可能真的不管她，且看小姐這副坐立難安的樣子可不像沒事，正在臨夏不知該如何是好的時候，奶娘終於回來了。

「奶娘妳可回來了……」臨夏一副終於見到了主心骨的表情。

奶娘安撫地看了臨夏一眼，將手裡端著的湯盅放在桌上，然後走到了正一臉焦躁地啃著手指，甚至都沒有發現她回來的朱顏顏身邊，伸手輕輕拍了拍她的肩，「小姐，喝湯了。」怕驚擾了她，奶娘的聲音也是小心翼翼的。

然而做賊心虛的朱顏顏還是被嚇了一跳，她驚了一下，「奶娘？」這時才察覺奶娘出去了好久，又問她，「奶娘妳去哪兒了？」

「去小廚房給小姐熬湯了，快趁熱喝吧。」因為急於養好身子，健健康康地嫁人，朱顏顏最近一直在喝補湯，聽了這話，便不疑有他，乖乖坐下喝湯。

這補湯看著便烏漆墨黑的，裡面有好幾味中藥，味道著實算不上好，但朱顏顏卻喝得異常認真和虔誠，她急著把身子補好……唔，說起來不知道陸公子喜歡什麼樣的姑娘？他弟弟喜歡有福氣的姑娘，他也一樣嗎？不管如何，她總得把身子養好，總不能讓他娶個病歪歪的娘子……據說太瘦不好生養呢。哎呀好害羞。想著想著，朱顏顏又捧住了臉。

一旁的奶娘看著自家小姐，憂心忡忡地皺緊了眉頭，小姐果然更奇怪了啊，這湯那麼難喝，往日都是皺著眉頭，捏著鼻子自己灌下去的，怎麼今日……喝得這麼開心？

想到夫人的囑咐，奶娘的心略沉了沉。

在朱顏顏一時喜一時憂間，天漸漸黑了下來。

心不在焉地用過晚膳，朱顏顏冷不丁地打了個噴嚏。

「這是誰在念著小姐呢。」奶娘似乎隨口道。說者無意，聽者有心，朱顏顏眨了眨眼睛，微妙的紅了臉。唔，莫不是陸公子……在想她？

奶娘看得心驚膽顫，她走過來關上了窗，「夜風有點涼，小姐妳不要坐在窗邊了，小心著了涼。」

「嗯。」朱顏顏眼睫閃了閃，忽然問，「奶娘，現在什麼時候時辰了？」「酉時了。」

才酉時啊……「今日有些疲憊，我想早些歇息。」朱顏顏眼睫閃了閃，決定未雨綢繆，早些將人支開。朱顏顏的話並不突兀，因為身體孱弱，她向來歇息得很早，而且她覺輕，房間裡但凡有一點聲音都容易讓她驚醒，因此她睡覺時房間裡是不留人伺候的……現在朱顏顏覺得自己簡直是太有先見之明了。現成的理由，都不用她再絞盡腦汁地想藉口了呢！

洗漱過後，朱顏顏正準備歇下，卻見奶娘捧了件月白色的寢衣過來，「小姐，換了寢衣再睡吧。」朱顏顏看了一眼奶娘手中單薄的寢衣，一下子紅了臉，「不、不用了吧……」

「小姐妳怎麼了？妳不是向來不換上寢衣便睡不著的嗎？」奶娘有些奇怪地看了她一眼，立刻注意到了她紅得有些不正常的臉色，嚇了一跳，忙不迭地上前伸手摸了摸她的額頭，然後有些疑惑地嘀咕，「不燙啊……怎麼臉紅成了這樣。」

「……大概是剛剛吹了風吧。」朱顏顏有些心虛地捂著臉胡謅。

奶娘半信半疑，「那趕緊換了寢衣歇下吧。」朱顏顏生怕奶娘起疑，忙乖乖換上了寢衣，然後乖乖在床上躺下了。待奶娘帶上房門走了出去，朱顏顏才睜開眼睛，鬆了口氣，她不再直挺挺地躺著，而是翻了個身，又咬著指尖癡癡地望著窗戶發起了呆。

過了一陣，她悄悄爬了起來，躡手躡腳地走到窗邊，悄悄將窗戶推開了一條縫，然後又躡手躡腳地回到了床上躺下。做完了這件事，朱顏顏如釋重負地躺在床上捂著臉偷偷笑了一會兒，又覺得自己這般真是太不矜持了。

不過……管他呢。

發了一陣呆，又胡思亂想了一陣，很快到了她往日正常歇下的時間，耐不住困意襲來，她打了個哈欠，又強撐著掙扎了一會兒……終於擋不住撲天蓋地的困意，迷迷糊糊地睡著了。睡著之前，她想，嗯就瞇一小會兒。

然後，半睡半醒之間，彷彿聽到屋子裡有淺淺的腳步聲響起，朱顏顏向來覺淺，立刻便醒了，她揉了揉眼睛，意識還未回籠，但卻下意識問了一句，「奶娘，現在什麼時辰了？」因為困意帶著濃濃的鼻音，聲音嬌嬌軟軟的，聽著彷彿在撒嬌一般。

「亥時了。」來人回答。卻是一個男人的聲音，在這黑夜裡略顯低沉。朱顏顏一時沒有反應過來，只注意了他說「亥時」，當下哎呀一聲跳了起來，「糟了糟了，我怎麼睡過頭了……」

「沒有睡過頭，時間剛剛好。」來人輕笑了一聲，道。朱顏顏一愣，終於意識到這是一個男人的聲音，她側頭看去，便看到今日在金滿樓曾出手幫過她的那個男子正站在她床前……陸竹西！

陸竹西見她終於意識了自己的存在，沖她微微笑了一下。

朱顏顏後知後覺地紅了臉，「陸……陸公子？」

「在下陸竹西。」他道。這麼說的時候，他還抱了抱拳，很是道貌岸然的樣子。

朱顏顏的臉越發的紅了，她低下頭，訥訥地應了一聲，「嗯……我知道。」這一低頭，便注意到了自己過於單薄的寢衣有些不妥，臉越發紅了，趕緊將被子往上拉了拉。

陸竹西輕咳一聲，略略撇開了視線，「冒犯姑娘了，在下聽聞山下規矩大，原是不該來這一遭的，但舍弟傳書於我，提起當年一樁往事，說有一個姑娘守著當年的約定，等我來娶她。」聽到這裡，朱顏顏已是面似紅霞。

正滿面羞赧，便聽到他又道：「如今在下雖依約前來，但思量著，婚姻大事非同兒戲，總該當面與姑娘確認一番才是。」朱顏顏聞言愣了一下，隨即咬咬唇，將戴在頸上從不離身的玉墜拿給他看，一時也顧不上害羞了，鼓起勇氣小小聲道：「一言既出，駟馬難追。」

聲音雖小，卻端的是斬釘截鐵，陸竹西沒有料到她會這樣講，一時有些愣怔，隨即輕笑一聲，「在下自然一言九鼎，可是，姑娘當真要我來娶妳嗎？」

他的笑聲很好聽。朱顏顏心裡甜滋滋的，毫不猶豫地道：「自然當真。」

見她這副毫不猶豫的樣子，陸竹西想起了剛剛來時那扇半掩著的窗，眼中又添了些許笑意，只覺得這姑娘真是可愛得緊，但……有些事還是必須要同她說清楚的。

「舍弟說，妳已知曉在下的來歷。」他道。

「嗯。」朱顏顏點點頭，猶豫了一下，又小小聲道：「其實……很多年前就知道了。」

陸竹西深深地看了她一眼，「那妳可知道，在下的父親是千崖山飛瓊寨寨主，若在下將來接下寨主之位，便可能此生都不能離開千崖山，這樣，妳也願意嫁給我嗎？」朱顏顏愣了愣，忽地咬住了唇。

陸竹西眸中微涼，正欲轉身離開，便感覺自己的衣袖被拉住了。然後，他聽到了一個軟軟糯糯的聲音。

「我、我這些年也存了些體己銀子，我娘還給我準備了豐厚的嫁妝，裡頭……裡頭還有兩間鋪子能生些銀子。」朱顏顏垂首拉著他的衣袖，因為緊張聲音有些急促，說到這裡，她終於鼓起勇氣抬眸看了他一眼，「若是省著些，往後也該夠用了……能不能不做那打家劫舍之事？」最後一句，她問得小心翼翼。

陸竹西垂眸看著眼前這個恨不能把一顆心都捧出來給他看的傻姑娘，感覺自己的心弦狠狠地顫動了一下，他從來不知道這傻姑娘竟然牢牢記著他十年前的話，守著那個約定。

他一時有些失神。

可是他面無表情的樣子卻讓朱顏顏誤會了。朱顏顏以為他生氣了，怕他轉身就走，心中猛地一慌，一下子緊緊地抱住了他的胳膊，「我只是……我只是……」心中亂成一團，她急得眼淚都掉了下來，隨即狠狠把眼一閉，咬牙顫聲道：「……我、我都聽你的！」便是打家劫舍，也隨他去罷！朱顏顏幾乎是惡狠狠地想。

她因為著急赤著腳從床上跳了下來，也顧不上拿被子遮掩，此時身上只著單薄的寢衣，這樣緊緊抱著他的胳膊……陸竹西感覺到她雖然生得瘦弱，但那一處綿軟卻是並不遜色，他喉結上下滑動了一下，垂眸看著她的眼神添了一抹暗色。

「傻姑娘，誰告訴妳飛瓊寨落魄到要靠打家劫舍過活了？」他垂眸看了一眼她那雙瑩白如玉的小腳丫，低低地歎了一口氣，將她送回床上，拉過被子將她裹住，然後替她拂去了臉上滾落下來的淚珠。

他的指腹上帶著薄薄的繭，乾燥而溫暖。朱顏顏呆呆地坐在床上，呆呆地看他。方才……他將她抱了起來！那手指替她拭去了淚珠，卻沒有立刻離開，而是彷彿貪戀上了指端那細膩如凝脂般的觸感，竟是流連不去。

感覺到那只在自己臉上流連不去的手指，朱顏顏愣愣地望著眼前的男人，表情越發的呆了。

唔……她這是被輕薄了吧？朱顏顏有些不確定地想，說好的山下規矩大呢？先前分明還那般道貌岸然，端莊有禮的呢……

見她只會呆呆地望著自己，卻絲毫沒有閃躲，實在是乖巧得令人心疼又心癢，陸竹西眸色越發的深沉了下來，他的視線不由自主地落在了那張紅潤潤如同塗了口脂般的唇瓣上，然後彷彿被蠱惑了一般，俯身輕輕吻了上去。嗯，果然是又甜又軟。

「……！」朱顏顏驀地瞪大雙眼。她這果然是被輕薄了吧？是吧？

他的吻溫柔又克制，一觸即離，爾後他湊到她的耳邊，貼著她的耳垂，啞聲道：「冒犯姑娘了，在下明日便托人來提親。」聽聽這人說的這話，如此端莊有禮。看看這人做的這事，簡直道貌岸然。他的氣息滾燙，燙得朱顏顏不知所措，面如火燒。

陸竹西夜探香閨，得了准話，便如來時一般悄無聲息地離開了，待朱顏顏回過神來時，那人已經不在原地。離開之時還十分體貼地替她關上了窗……朱顏顏看著窗戶眨了眨眼睛，下意識抬手摸了摸唇瓣，然後整個人都埋進了被子裡，滿腦子都是那句「在下明日便托人來提親」。

正當朱顏顏裹在被子裡害羞又雀躍，恨不得在床上滾幾圈的時候，突然聽到了房門被推開的聲音。開門聲很重，不可能是奶娘，也不會是她房裡伺候的侍女。

朱顏顏疑惑地從被子裡探出頭來，便看到了裹挾著一身涼意站在門口的朱大夫人。

「娘？」朱顏顏愣了一下，訥訥地喊了一聲，「這個時候您怎麼來了？」心下卻已經打起了鼓，娘究竟什麼時候來的？她看到了陸公子了嗎？

「妳要嫁的人，究竟是誰。」朱大夫人看著她，面色沉沉地道。

聽了這句話，朱顏顏的一顆心也慢慢地沉了下去……娘，果然聽到了吧。

「好一出明修棧道，暗渡陳倉，我真真是生了一個極聰慧的好女兒。」朱大夫人見她只直愣愣的看著自己，竟是半點不肯開口，怒極反笑。

朱顏顏心中一緊，趕緊起身下床，跪了下來，仰起臉解釋道：「娘，我不是故意要欺瞞您的，事實上我一直到昨日才知道，十年前救了我性命的人不是陸秀才……而是他。」

自己一手寵大的姑娘大半夜的跪在冰涼的地上，更何況她身子本就不大康健，如今還喝著補藥，作為母親她如何不心疼，可是一想起之前聽到的那些混帳話，朱大夫人又逼著自己狠下了心腸，也沒有叫她起來，只看著她問：「他和陸秀才是什麼關係？」

朱顏顏咬了咬唇，猶豫了一下，到底說了出來，「是陸秀才的兄長。」

「呵。」朱大夫人冷笑出聲，「所以因著這救命之恩，妳便打定了主意要嫁給一個不清不白的山匪？」今晚闖進朱家的這賊子身家不清白，那麼那個陸秀才八成也是個有問題的，可恨她先前竟是被迷了眼，到如今再細想顏顏的話，能夠在一眾窮凶極惡的匪徒手中救下年幼的顏顏，又怎麼可能會是一個手無縛雞之力的書生……更有甚者，或許他們根本就和劫持了顏顏的匪徒是一夥的，所謂的救命之恩不過是賊喊捉賊罷了。朱大夫人瞬間陰暗了。

朱顏顏面色一白，顯然娘已經從剛剛那番話裡，推測出了陸竹西的身份，她最害怕的事情終於還是發生了……可是娘怎麼知道陸竹西今夜會來？且時機還這樣巧？她茫然四顧，然後下意識看向站在朱大夫人身旁的奶娘。奶娘僵了僵，避開了她的視線。

「不用看她，是我讓她盯著妳的。」朱大夫人這麼說的時候，攏在衣袖中的雙手在微微發抖，是氣的，也是怕的，一想起自己差點親自把女兒送進虎口，朱大夫人便害怕不已，因此語氣便格外的不善，她咬牙切齒地道：「若非如此，我竟不知道自己的掌上明珠正心心念念著要送上門給一個山匪當壓寨夫人！」

「他不是山匪！」朱顏顏下意識反駁，聲音略略高了些。

「不是山匪是什麼？」朱大夫人冷笑連連，「千崖山飛瓊寨的大名，銅鑼鎮誰人不知？妳倒是打得一手好算盤，玩的這一手明修棧道，暗渡陳倉……是知曉我固然不大中意那個一窮二白的陸秀才，卻會因為疼惜妳而妥協，但如果是一個來歷不明的賊子，我卻斷然不可能同意這門婚事吧。」

朱顏顏身子微微一顫。是，她是打了這個主意，甚至和陸秀才有了心照不宣的默契。以陸竹西的身份，娘是肯定不會同意這門婚事的，但陸池在銅鑼鎮卻有著秀才的身份，且還是學堂裡的先生，更重要的是他還得了老太爺的青眼，如今娘已經鬆口同意了這門婚事，她原是打著李代桃僵的主意，待一切塵埃落定，娘即便發現了真相也會替她瞞下……可如今，行不通了。朱顏顏鼻子一酸，她默默磕了個頭，「求娘成全。」

見她絲毫不曾辯解，竟然就這般乾脆地認下了，朱大夫人氣得差點嘔血，她用手狠狠點了她幾下，咬牙切齒地從牙縫裡擠出三個字，「妳休想！」剛說完，便注意到她垂頭的時候，脖子裡戴著的玉墜滑了出來，正是她從不肯離身的那塊玉墜。

感覺到朱大夫人有如實質的視線壓了過來，朱顏顏立刻注意到自己的玉墜滑了出來，她心中一慌，下意識便要將玉墜塞回衣領子裡，然而還未等她有動作，朱大夫人已經眼疾手快地走上前，一把將那玉墜扯了下來。力道之大，朱顏顏白皙修長的脖頸上立刻留下了一道血痕。

「娘不要！」朱顏顏顧不上疼痛，慌忙膝行兩步，想去搶回玉墜，一抬頭卻被朱大夫人森冷的眼神定在原地，那雙眼睛裡滿是傷心和失望……朱顏顏咬唇，慢慢垂下頭。

她垂下頭，朱大夫人眼神便是微微一縮，她細白的後頸上，一道細細的血痕正滲出血珠來……是她剛剛拉扯玉墜時割傷的。可是往日裡嬌氣萬分，連喝口藥都擰著眉的朱顏顏彷彿感覺不到痛似的，只默默跪在那兒。朱大夫人動了動唇，終究沒說什麼，拂袖而去。

走到門外，她腳下微微一頓，冷冷地吩咐了一句，「給我把小姐看好了，再不許她出門！」

門「砰」地一聲關上。朱顏顏跪在地上，咬住唇，眼淚一下子滾了出來。

「小姐……」奶娘喃喃地喚了一聲，上前去想扶她起來，朱顏顏卻是跪在地上一動不動，連頭都不曾抬。

奶娘一下子哭了出來，「老奴知道惹了小姐生氣，可、可小姐妳怎麼能……夫人也是為妳好啊！」說著說著，奶娘也說不下去了，當下泣不成聲，看起來竟是比朱顏顏還要傷心難過似的。她怎麼能不傷心難過，小姐竟然看中了一個山匪，還非嫁不可！她也是個愚鈍的，整日貼身伺候著小姐，竟也不曾發現小姐竟存了這般心思，若非夫人警醒……

今日從金滿樓回來之後她私下去尋夫人，原也是想要讓夫人給小姐出口惡氣，教訓一下賀家和沈家那兩個不知天高地厚的小姑娘，可誰料夫人聽她說了前因後果之後，一言不發，沉默了許久，只讓她來盯著小姐。她察覺夫人態度不對，心中忐忑，可她千防萬防，卻萬萬沒想到小姐竟然敢背著夫人和男子在閨房裡私自見面……這不，給夫人撞了個正著。

正抹著眼淚，忽然注意到了朱顏顏後頸上那道細小的傷痕，不由得大驚失色，「小姐妳受傷了！快起來……」奶娘去拉她。可是朱顏顏還是木木地跪著，一動不肯動。奶娘只得抹著眼淚，小心翼翼地替她上藥。

門外，朱大夫人在夜風中站了許久。她執掌中饋多年，見過的風浪不知凡幾，待冷靜下來之後，便冷下心腸離開了朱顏顏的院子，悄悄將今夜發生的一切都抹了去……好在那賊子行事也算乾淨，竟不曾留下一絲痕跡。

夜晚，靜悄悄的。

第二日，是個好天氣，清晨的陽光暖融融地灑在施家的院子裡。

早膳過後，施伐柯負責清洗了碗筷，又拌了狗勝的專屬飯食，然後便懶洋洋地坐在院子裡一邊曬太陽一邊看狗勝從食盆裡啄食，狗勝是爹的心肝寶貝，吃得可講究了。

施伐柯瞇眼看著狗勝，思緒漸漸飄遠，想著昨日可甜似乎是氣狠了，也不知這次會氣多久不來找她玩，但昨日是可甜挑事在先，又有金滿樓的沈小姐尋釁在後，若是當時沒有那位陌生的公子仗義出手相助，朱顏顏得受多大的委屈……想起朱顏顏，施伐柯便又想起了陸池，他家人怎麼還沒到，再耗下去朱顏顏又該胡思亂想了啊。

正在施伐柯有一搭沒一搭地想著，忽然聽到外頭有人敲門。施伐柯心有所感，趕緊起身去開門，果然，站在門外的不是旁人，正是陸池，她眼睛一亮，露出一個大大的笑容，「陸公子，莫不是你家人到了？」……這笑容著實燦爛。

陸池被她過分燦爛的笑容閃了一下，默默地點頭，「是，我爹娘和兄長都來了。」

「太好了，我正思量著這幾日也該到了呢。」施伐柯說著，忽然一愣，「咦，你的臉怎麼了？」他原先嘴角和眼角的淤青原本已經淡下去了，這會兒卻又加重不少，模樣看起來有點淒慘。

「不小心碰到了門上，不礙事。」陸池艱難地微笑了一下，結果拉扯到了嘴角的傷口，痛得眼角抽搐了一下，然後又牽動了眼角的傷口……他就知道不該多管閒事的，管他大哥和朱顏顏去死呢！亂發什麼同情心！他當初可是離家出走跑出來的！他竟然蠢到自投羅網給家裡寄信讓他們過來！結果他爹陸庭看到他的第一件事，就是將他狠狠揍了一頓，也真是親爹，下手一如既往地狠，現在他全身的骨頭都彷彿被拆過一遍似的……

「當真不礙事嗎？」施伐柯仰頭看著他，關切地問。

看著她關切的眼神，陸池有些感動了，他眼神柔軟了下來，「嗯。」

「那快走吧，去你那兒談。」施伐柯說著，也不曾請他進去坐坐，便直接走了出來，順手關了大門。很是迫不及待的樣子。

「……談什麼？」陸池一時沒有反應過來，一臉懵地看著她。

「談你的婚事啊。」施伐柯走了兩步，見他沒有跟上來，還回頭沖他招招手，「快走啊，愣著幹什麼？高興傻了嗎？」

高興傻了？陸池一陣心塞，然而心塞歸心塞，他還是默默抬腳跟了上去，因為人高腿長，幾步便跟上了她的腳步，與她並肩而行。走著走著，陸池忍不住斜睨了她一眼，他自是知道朱顏顏擺了個烏龍認錯了人，又打算將錯就錯來一出明修棧道，暗渡陳倉，可是施伐柯還不知道這其中的原委啊，她到現在都還只當是他要娶妻呢。

他要娶妻，她如此開心？陸池心裡難免有了點小情緒，但施伐柯顯然是不可能看出來他這點子小情緒的，兀自走得歡快，當真是沒心沒肺極了。

「妳很高興？」陸池忍了忍，到底沒忍住。

「嗯？」施伐柯奇怪地看了他一眼，「你不高興嗎？」
陸池一噎，涼涼地道：「高興。」
施伐柯便樂呵呵地點點頭，很是感慨地道：「你的婚事多難啊，如今總算是守得雲開見月明啦，我也是鬆了口氣呢！」她可是賭上自己作為一個媒婆的尊嚴發過誓的啊，結果差點砸自己手裡！想想真是一頭冷汗呢。如今總算不必砸了自己的招牌啦！
「呵呵。」陸池意味不明地笑了一聲，「那還真是麻煩妳了呢。」好嘛，這一笑，又牽到臉上的傷口了，陸池笑到一半臉都扭曲了。
施伐柯被他笑得頭皮發麻，疑惑地看了他一眼，「陸池……」
「嗯？」陸池漫不經心地應。
「你看起來怎麼怪怪的……」這方面倒是警覺，陸池在心底輕哼一聲，扭頭沖她揚起一個笑臉，「我高興啊。」啊，臉好痛！
施伐柯看著笑得齜牙咧嘴的陸池，默默抖了抖……更奇怪了啊這個人！
兩人邊走邊說，不知不覺便到了柳葉巷。

陸池推門進去，施伐柯也十分自覺地跟著走了進去。
一進院子，施伐柯便注意到院子裡堆了好幾個大箱子，一個身形頎長的男人正背對著大門，似乎在清點箱子裡的東西，而另一邊的葡萄架子旁，一個身高八尺有餘，滿臉絡腮鬍的中年漢子正在打拳，端得是虎虎生風。

「阿柯，這是我爹。」陸池一進門，便指著那個正在打拳的中年漢子，介紹道。

啊？那是陸池的爹？……陸池明明是個書生啊，他爹的畫風完全不一樣呢。

在陸池介紹的時候，陸庭已經收拳看了過來。施伐柯對上他的視線，糾結了一下……呃應該怎麼打招呼呢？

「妳叫陸伯伯便好。」站在她身旁的陸池十分善解人意地道。

「陸伯伯好。」施伐柯從善如流。陸庭點點頭，走到石桌邊，將石桌上一個木匣子拿起來遞給了她，「見面禮。」

施伐柯有點驚訝，還有見面禮收啊？可要說謝媒這會兒也有點早啊……

「陸伯伯真是太客氣了。」施伐柯接過木匣子，感覺沉甸甸的，總覺得哪裡不太對……打開一看，呵！裡頭居然放著一柄金如意！這重量……實心的吧！

施伐柯目瞪口呆，就算是謝媒禮，這也太大手筆了吧！這位陸伯伯很有錢啊。不過即便他很有錢，她也不能莫名其妙就收人家這麼貴重的東西啊，而且她和陸池也算熟識，斷不能坑他，她可不是那等黑心的媒婆。於是忙推辭，「使不得使不得。」

「收下。」陸伯伯言簡意賅。

陸池不著痕跡地拉拉她，小聲道：「收下吧，我爹不喜歡人家拒絕他。」……這麼專制的啊。施伐柯默默謝過這位不喜歡被人拒絕的陸伯伯，默默將木匣子合上，默默抱在了懷裡。

在他們說話的功夫，那個一直背對著他們清點箱子的男人轉過身來了。

「這是我哥。」陸池介紹道。施伐柯一看，咦？這不是昨日在金滿樓，路見不平，仗義相助的那位公子嗎？竟然這麼巧是陸池的兄長啊。不過……她要怎麼稱呼？

「妳叫陸大哥便好。」陸池再次善解人意地提醒道。

「陸大哥好。」施伐柯從善如流，很是乖巧的樣子。

陸竹西點點頭，意味深長地看了那如同誘拐犯一般的弟弟，掏出一張銀票，「見面禮。」怎麼還有見面禮啊……施伐柯一時不知道該擺出什麼樣的表情來面對這簡單粗暴又誠意十足的見面禮……陸家人都這麼客氣的嗎？她都已經昧著良心收了一柄金如意了。

「收下。」陸大哥也是這般的言簡意賅。

陸池又拉了拉她，小聲道：「收下吧，我大哥也不喜歡人家拒絕他。」……施伐柯抽了抽嘴角，連大哥都這麼專制的啊。

在陸大哥壓迫性的視線中，施伐柯默默接過了銀票，掃了一眼，呵！五百兩！嚇得差點丟出去，但想了想……還是默默收了起來，大不了回頭一起還給陸池好了。

嗯，看來這位陸大哥也很有錢……

「那小姑娘來了嗎？」這時，一位美貌的婦人扶了扶頭上的髮髻，從房間裡走了出來，她走出來一瞬間，整個小院都彷彿亮了起來。施伐柯定睛一看，咦？這不是那日在來福記門口替她解過圍的那位好心的夫人嘛！

「這是我娘。」陸池在一旁介紹。

「夫人，是您啊！」施伐柯驚喜地道，「還真是有緣呢，原來您是陸公子的母親啊。」

「是啊，我們真有緣。」許飛瓊眼睛彎彎的，笑得十分內涵，然後又笑咪咪地道：「叫夫人太見外了，叫我陸伯母吧。」

施伐柯一想也是，都已經叫陸池他爹陸伯父了，那這位夫人就應該叫陸伯母了嘛，這樣倒更顯親近了，她是真的很喜歡這位美貌又可親的夫人。於是，甜甜地叫了一聲，「陸伯母。」

許飛瓊笑瞇了眼睛，道了一聲「乖」，然後笑咪咪地對著施伐柯招了招手。施伐柯不明所以，但還是乖乖走近了些，便見那夫人抬手從頭上拔下一隻簪子，順手便戴在了她腦袋上。

施伐柯愣了愣，覺得不妥，下意識便伸手要取下來。許飛瓊按住了她要去拔簪子的手，然後捧著她的臉仔細端詳了一番，滿意地點點頭，「真漂亮。」

「這……」施伐柯被捧住臉，有點困難地想要推拒。

一旁，陸池已經湊了上來，低聲道：「戴著吧，別看我娘看著和善，但她最不喜歡別人拒絕她了。」

「……」施伐柯一時無語。所以連你娘也這麼專制的哦？

「……」許飛瓊涼涼地看著為了娶上媳婦，連自己老娘都敢亂編排的臭小子，見他一張臉腫得跟個豬頭似的，看著滑稽又可憐，到底忍住了沒拆他的台。

陸池感覺到脖子後頭似乎涼涼的，輕咳一聲，縮了縮脖子。

「無功不受祿，我……」施伐柯垂死掙扎。總覺得有哪裡不太對啊！

陸池見狀，悄悄對陸竹西齜了齜牙，暗示自己可是為了他才給家裡報的信，結果自投羅網惹來了老陸將自己收拾了一頓，現在該他出來為兄弟兩肋插刀了。

「這是妳應得的，這樁婚事還要勞煩妳。」陸竹西鄙視地看了心懷不軌的弟弟一眼，說著，也不容她再開口拒絕，只板著臉道，「此事宜早不宜遲，勞煩姑娘今日便去朱家提親吧。」

嗯，看起來果然十分專制了。施伐柯聽了這話，只得將怪異的感覺壓下，應下了。

這樁親事是得了朱大夫人准話的，可以說與朱家早有默契，如今便是走個過場，陸家準備的納采之禮也是誠意十足，施伐柯帶著一對活雁並諸多的禮物，信心十足地踏進了朱家的大門……然後，猝不及防地被當頭一棍打得眼冒金星。

「您說什麼？」

「小女不遠嫁，這門婚事就此作罷。」朱大夫人坐在上首，面色冰冷，臉上是厚厚的脂粉也掩不住的憔悴。

「可是陸公子的父母兄長都已經到銅鑼鎮了，今日我便是受陸家所托前來提親的。」施伐柯十分憋屈地道，「您這樣出爾反爾……實在是說不過去啊，再者說，這門婚事當初我可是得了您的准信，這才讓陸公子安排家人過來的，朱家是正經的書香門第，總該知道人無信不立吧。」

父母兄長？朱大夫人暗自冷笑，如今這些山匪都這般囂張了嘛，竟然敢如此光明正大地下山，若非生怕牽累了自家傻閨女，她一早報官將這一窩賊子拿下了。還想娶她的女兒？當真是吃了熊心豹子膽！

「那等鼠輩，也配同我講誠信？」朱大夫人冷冷地嗤笑一聲，「此事不必再提。」施伐柯簡直不敢相信自己的耳朵，這位書香門第的夫人這是光明正大地耍無賴了？

「朱大夫人，您這般三番兩次的變卦，先前八字還沒有一撇也就罷了，如今是得了您的准信，陸公子的家人帶著聘禮一路風塵僕僕地趕來銅鑼鎮，一句就此作罷就當作一切都沒有發生過，是否有些過分了！」

她過分？她現在只慶幸還沒有來得及交換庚帖。她怎麼知道自己女兒口中那個對她有過救命之恩的男人竟然是個山匪？她向來知道女兒並不是如表面上看起來那般不中用，也並不是個真蠢的……但是她怎麼也沒有料到，她向來以為很有分寸、很聰慧的女兒，竟然會糊塗到因為幼年時一場不知真假的救命之恩，就打定主意要嫁給一個山匪當壓寨夫人！與其如此，還不如就是個蠢的，至少聽話省心！

「施姑娘，念在妳和顏顏交好，給妳一句忠告。」朱大夫人不欲多言，只瞇了瞇眼睛，告誡道：「離姓陸的那一家子遠一點。」昨夜那賊子親口承認他是從千崖山飛瓊寨出來的，那位陸秀才還能身家清白不成？朱大夫人甚至懷疑他那秀才的名頭都有問題，如今律法嚴明，身處賤業者連後代都不能參加科舉，何況那是匪。朱大夫人說完，便不再開口，直接端茶送客。

施伐柯當然不會甘心就這樣離開，可到底是被轟了出來。

沒錯，是被轟出來的。連著她帶來的那些禮物，一併被丟了出來，兩隻活雁還在地上撲騰，撲騰起一陣塵土飛揚，施伐柯灰頭土臉地站在朱家門口，瞪著朱府的匾額，簡直氣得快吐血，都說六月的天小孩子的臉，這朱大夫人的臉簡直比六月的天還要難琢磨啊！現在可好，她到底要怎麼和陸池以及他的爹娘兄長交待啊！

最初的氣憤過後，施伐柯冷靜了下來，越想越覺得這件事情透著蹊蹺，朱大夫人雖然清高，卻是個愛女如命的，也並非那等蠻橫不講理之人……怎麼突然就翻臉變卦了？莫非這中間發生了什麼她不知道的事情？施伐柯想了想，決定先回柳葉巷去。

目送施伐柯心不甘情不願地被趕走，朱大夫人緩緩攤開手心，掌中是一枚玲瓏剔透的玉墜，正是朱顏顏一直當寶貝一樣貼身戴著，連睡覺都不肯摘下的那枚玉墜，她之前便懷疑過那個一窮二白的秀才手上怎麼有這等好東西……如今看來這東西八成來路不正。

這等骯髒的東西，竟然被顏顏寶貝似的貼身戴了十年，朱大夫人氣恨地一甩手，便要將那玉墜砸出去，然而這當頭她卻是陡然想起了女兒被搶走玉墜時近乎絕望的眼神，到底沒有將它摔碎，而是狠狠地捏著，力道之大，幾乎要嵌入掌心。那居心叵測的賊子！

「小姐怎麼樣了。」許久，她淡淡地問了一句。

「小姐還跪著呢。」一旁侍立的心腹侍女彩雲膽顫心驚地回稟。這是跪了一夜啊……小姐向來身子弱，這是拿命在逼夫人啊。

朱大夫人緊緊捏著手中的玉墜，咬牙切齒地道：「這是在逼我呢，去告訴她，死了這條心，這門親事我已經拒了，我就算是一輩子養著她，也斷不可能讓她嫁進賊窩！」

彩雲心中暗暗叫苦，卻是不敢不從，垂首應了一聲，退了下去。

不多時，彩雲就驚慌失措地一路小跑了進來，臉色蠟白，「夫人，小姐嘔血了！」

朱大夫人倏地站了起來，僵著身子站了許久，又狠著心腸坐了回去，只道：「小姐這是病了，請馮大夫入府看看吧。」

朱顏顏的閨房裡。朱顏顏躺在床上，面如金紙，氣若游絲，聽了母親特意讓彩雲來傳的話，她眼中最後一絲光亮也消失不見。彩雲是母親的心腹，她的話就是母親的話。

「小姐啊……」奶娘在一旁不停地抹眼淚，「妳這是在剜夫人的心啊！」

朱顏顏閉了閉眼睛，只覺得萬分疲憊。「我自知不孝至極，也無甚廉恥，有負母親和奶娘的教導，可是……」她喃喃了一句，卻是再也說不下去，昏昏沉沉地失了神智。

可是……她心不由己啊。

這廂，施伐柯心事重重地趕回了柳葉巷，便見柳葉巷外頭熱鬧得很，停著好幾輛馬車，馬車上堆疊著大大小小的箱子，均打著金滿樓的印記。

這陣仗……是金滿樓送聘禮來了？看到這麼大的陣仗，施伐柯有些頭疼，她若跟他們講朱大夫人拒婚了，該不會被陸伯父和陸伯母他們打出來吧？

院門大開著，施伐柯硬著頭皮走到門口，便看到一個穿著沙青色圓領袍子的中年男人正同陸池他爹寒暄，似乎十分熟稔的樣子……這人施伐柯卻是認識的，正是沈桐雲她爹，金滿樓的東家沈青。

沈青極有經商天賦，這話是她二哥說的，施二哥私底下對這位沈老爺也頗為推崇，不過堂堂金滿樓大東家，竟然親自押送貨物，這實在有些不同尋常，且看沈青對陸伯父的態度，熟稔中還透著幾分尊敬。

施伐柯有些奇怪，又想起昨日在金滿樓，陸竹西拿了張長長的單子給掌櫃，請他按著單子準備聘禮的時候，還遭了他們東家小姐沈桐雲好一頓奚落……結果今日金滿樓竟就巴巴地送了東西來，還是大東家親自押送？

正在施伐柯站在門口觀望的時候，許飛瓊發現她回來了，笑著走過來把她拉了進來，「傻站在門口幹什麼，進來啊。」

施伐柯看了看院子裡滿滿當當，大大小小的箱子，如若這都是聘禮，這可算得上是銅鑼鎮頭一份了，可陸家準備得越充分越有誠意，她就越心虛越內疚，想著，到底還是沒忍住求證了一番，「陸伯母，這是……？」

「這是給朱家的聘禮，人家把個小姑娘放在掌心裡如珠似寶地疼寵著長這麼大，結果眼看著就要被我們家這臭小子娶走了，怎麼著都不能委屈了人家姑娘啊。」許飛瓊拉著施伐柯的小手，說得很是意味深長。

施伐柯卻是絲毫沒有察覺到這位陸伯母是在給自己另一個兒子鋪路呢，她這會兒得了肯定的回答，心裡越發的糾結了……她要怎麼把朱家拒婚的事情說出口啊！

「怎麼了？」許飛瓊眼尖地發覺她的臉色不大對。施伐柯糾結了一下，想著這件事無論如何都沒辦法講得委婉些，只得硬著頭皮對她道：「陸伯母，朱家大夫人回絕了這門親事。」

許飛瓊眉頭一挑，下意識看向了正在院子裡清點東西的陸竹西。

陸竹西一早就注意這到裡的動靜了，聞言大步走了過來，擰著眉道：「妳說什麼？」陸竹西生得高大，長得也很有威懾力，這會兒擰著眉頭大步走過來的樣子彷彿要打人似的，施伐柯下意識後退了一步。

許飛瓊輕輕拍了拍施伐柯的手，「莫怕，竹西看著兇悍，心腸最是柔軟不過的，他這是著急了。」這話……就有些莫名了。施伐柯糾結了一下，可是最該著急的那個人怎麼不在啊？

於是，施伐柯拉著許飛瓊小小聲問了一句，「陸伯母，陸公子呢？……我是說二公子。」

許飛瓊一愣，隨即眼睛一轉，笑咪咪地道：「妳都叫竹西一聲陸大哥了，怎麼跟阿池還這麼生疏，跟著叫一聲陸二哥吧。」

陸……二哥？好吧。「陸二哥呢？」施伐柯從善如流。

「妳陸二哥他去學堂了，說是今日有課呢。」許飛瓊笑著道。

……這話聽著怎麼那麼彆扭呢。不過這不是重點，重點是陸池竟然去學堂了？施伐柯看了一眼站在她面前，眼中透著緊張和焦急的陸竹西，心裡越發覺得怪異了，這該著急的人不著急，不該著急的人怎麼又一副關心得過了頭的模樣？

「發生什麼事了，朱家為什麼突然拒婚？」陸竹西見她不答，還盡扯些沒用的，忍不住打斷了她們，問。

「其實我也沒有想明白到底是怎麼回事，今日我去朱家提親的時候，朱大夫人突然態度大變，說是不忍心愛的女兒遠嫁，斷然拒絕了婚事，而且態度堅決，似乎毫無商量的餘地。」施伐柯此時說起來，也是一副丈二和尚摸不著頭腦的樣子，「最奇怪的是，她還讓我離你們一家遠一點……」還有一件事施伐柯沒好意思講出口，她當時提醒朱大夫人不能言而無信的時候，朱大夫人竟然冷笑著說那等鼠輩也配同她講誠信，當時只覺得朱大夫人很是無理取鬧，可是此時再想，那語氣那表情竟是透著一股說不出的厭惡……

施伐柯突然想到了什麼，她看向許飛瓊，「陸伯母，你們……是不是和朱家有什麼過節？」如果說早先朱大夫人不知道陸池的爹娘是誰，這會兒知道了才反的口……這個可能性也挺大的。

聽了這話，陸竹西一下子沉默了下來。千崖山飛瓊寨和銅鑼鎮朱家在此之前半點交集沒有，過節是自然是不可能有的，至於朱大夫人為何突然反口拒婚，陸竹西心裡也有了數……八成是昨夜壞了事。

許飛瓊看了一眼面色沉凝的兒子，笑了一下，對施伐柯道：「我與朱大夫人是舊識，這中間大概是有什麼誤會，待我登門去同她解釋清楚便沒事了，妳今日來來去去也累著了，先回去歇著吧。」

果然是舊識嗎？施伐柯立刻腦補了上一輩的恩怨情仇，覺得這便說得通了，只是看朱大夫人今日的態度，似乎不像是陸伯母說的這樣樂觀啊……只是此時，她也沒有更好的辦法了。如果是上一輩的心結，她著實也無能為力。

「那我明日再過來，陸伯母、陸大哥，我便先回去了。」施伐柯看了一眼背對著她似乎正和金滿樓東家聊得十分投契的陸伯父，想著也不便去打擾，便只同許飛瓊和陸竹西說了一聲，走了。

陸竹西不知在思索些什麼，整個人都一副神遊天外的樣子，聞言是一點反應都沒有的。許飛瓊倒是絲毫沒有受到拒婚消息的影響，笑咪咪地對施伐柯揮揮手，目送她離去。

施伐柯一邊和陸伯母揮手告別，一邊萬分感慨，陸伯母真是一位溫柔的美人啊。

施伐柯離開之後，許飛瓊回頭看向自己的兒子，但見他眉頭緊鎖，不知在思量什麼。

陸竹西在想朱顏顏。他又想起了她昨天夜裡那些話。

那傻姑娘即便知道了他是天崖山飛瓊寨的人，還是一門心思想要嫁給他。

那傻姑娘掏心掏肺地同他說存了體己銀子，還有豐厚的嫁妝，要好生同他過日子，還期期艾艾地問他能否不要做那打家劫舍之事……又怕他生氣，分明害怕得很，卻流著眼淚又反口說都聽他的。

怎麼會有這麼傻的姑娘呢。這會兒她知道了朱大夫人要退婚，還不知怎麼樣了……只這樣一想，陸竹西便感覺一顆心彷彿被人攥住了似的，疼得慌。想到這裡，他抬腿便往外走。

「竹西，你去哪？」許飛瓊叫住了他，陸竹西腳下一頓，「我……」

「是要去朱府嗎？」許飛瓊又道。陸竹西垂下眸子，「嗯。」

許飛瓊歎了一口氣，道：「你就這麼去，確定不會被打出來？」陸竹西自然知道，可即便知道……他也想去。這樁婚事他是從陸池口中得知的，從頭至尾一直都是她在努力著、籌謀著，明明是那樣嬌弱的身子……如今也該到他做點什麼了。

「我琢磨著，就算朱家夫人要變卦，也該有個由頭啊。」許飛瓊摸著下巴尋思，「我看朱家小姑娘的意思，是想瞞著她娘來一出李代桃僵的，朱大夫人怎麼發現的？」陸竹西微微一僵。

許飛瓊突然回過味來了，意味深長地看向一臉消沉的陸竹西，「昨兒個夜裡，按捺不住夜探香閨了？」許飛瓊笑得和藹可親，問出來的話卻有些離經叛道。

陸竹西的表情有點訕訕的，他輕咳一聲，眼神略略飄忽了一下，略有些尷尬解釋道：「我就是想去問個准話，且，總要讓她知道自己準備嫁的是個什麼樣的人，以及她日後會面對什麼樣的生活，這樣……對她來說，才算公平。」說到這裡，陸竹西的表情有些苦澀。

「竹西真是個思慮周到的，比你爹強。」許飛瓊卻是點點頭，面露贊許之色。

陸竹西倒是一愣。

那廂，一直假裝不曾注意這邊動靜，專心和沈青敘舊的陸庭終於憋不住了，扭過頭，不服氣地梗著脖子道：「怎麼就比我強了！」

「呵，竹西都知道要讓人家姑娘知道自己要嫁的是個什麼人，也要讓人家知道日後會面對什麼樣的生活，某些人當初有想過這個嗎？」許飛瓊微微一笑，涼涼地道。

提起這樁陳年往事，陸庭一下子氣短，他忍不住悄咪咪用殺人的眼神瞪了一眼坑爹的親兒子，這臭小子走了狗屎運，有姑娘眼巴巴地等著要嫁給他，他沒有啊！他不搶怎麼辦？他不搶怎麼能娶到這麼漂亮又可心的娘子！當然……不過腹誹罷了，說是不敢說的。他慫他認。

「瞪我兒子幹什麼？莫不是我說錯了？」許飛瓊挑眉，粉面含霜。

「誰讓他多此一舉的，還功夫不到家露了行藏，這會兒被人家拒婚了吧。」陸庭小小聲嘀咕，竟很是幸災樂禍的模樣。陸竹西一噎，這是親爹！

「怎麼就多此一舉了，這事兒不解決早晚是個隱患，如今跳出來正好解決了此事，我們竹西是要堂堂正正地迎娶朱家姑娘的。」許飛瓊重重地哼了一聲，隨即又轉頭溫柔地對陸竹西道：「竹西你不用擔心，也不用急著去朱府，這會兒你去朱府是火上澆油，解決不了問題，這事兒交給娘，回頭待娘去見一見朱家大夫人。」

陸竹西心中一暖，比起他親爹，果然還是娘最好了，「勞煩娘了。」

許飛瓊擺擺手，「跟娘客氣什麼。」很是霸氣了。陸竹西看著她，眼神也暖暖的。

事實上，陸池才是娘親生的兒子，他不過是繼子，他從記事起就是個沒娘的野孩子，爹又是個極不靠譜的，因此童年過得很是淒涼。直到娘被搶上了山。

那時他聽人講他就要有後娘了，他們說有了後娘就會有後爹，以後他就會變成一個吃不飽穿不暖的小可憐，還會一天三頓打地被虐待……他又氣又怕，於是在她和爹成親的那天，故意穿得又髒又破出現在了她的婚禮上，一把抱住了她的腿。他是故意來惹她討厭的，可是結果……爹挨了新媳婦一頓好打。

當時情況是這樣的……

「你是誰？」漂亮的新娘子掀開紅蓋頭，低頭看向牢牢抱著她大腿的孩子。

「我、我爹是陸庭。」渾身髒兮兮的孩子吸了吸鼻子，十分不乾淨的樣子，還故意把一雙烏漆墨黑的小手往她的新嫁衣上蹭。果然，新娘子的臉一下子黑了。

「陸竹西你給我回來！」陸庭臉也黑了，怒吼。孩子沖他吐了吐舌頭，卻是把大腿抱得更緊了。「你跟誰吼呢！」新娘子瞪向新郎官，怒氣衝衝地質問，「陸庭，這孩子是誰？」

「阿瓊……」陸庭一下子氣弱了。他好不容易磨得她鬆口答應嫁給他，哪裡敢讓她知道他還有這麼大一個兒子啊！

然後，新娘子便脫下紅繡鞋，用鞋底抽得新郎官抱頭鼠竄，還一邊打一邊罵，「你這烏龜王八蛋！看你把孩子都養成什麼樣子了！這都什麼季節了，還穿一身單衣！髒兮兮的多久沒給換過了！你這狼心狗肺的東西！我就知道你是個黑了心肝的壞東西！」當時，來觀禮的都是山上的糙漢子，見他們人高馬大、威風八面的寨主被漂亮的新娘子抽得像個孫子，當即拍手叫好，掌聲雷動……這場傳奇的婚禮被津津樂道了許久，直到現在還在寨子裡口口相傳……

不過當時……他嚇壞了。只覺得下一個被揍得就是他了，後娘果然是個可怕的東西，連爹都不是對手呢！幻想著自己以後要在這個女大王手裡討生活，他瑟瑟發抖。

然後，揍完了他爹的新娘子轉過身看向他，察覺到他在瑟瑟發抖，狠狠地剜了被打得灰頭土臉的新郎官一眼，「你看把孩子凍得！都在發抖！」不……他是被嚇得！

然後，她對他伸出手。他縮著脖子，自暴自棄地緊緊閉上眼睛，只當終於輪到自己挨打了。然而等著他的並不是一頓毒打，而是一個溫柔的懷抱。「走，外頭涼，跟娘進屋去。」她抱著他說，連聲音都很溫柔。他呆呆地看她。從此，他就也有了一個娘。

陸竹西是感動了，可這話一出，陸庭憋不住了，他把沈青晾在了一旁，大步走到許飛瓊身邊，緊緊地盯著她，問：「阿瓊，妳當真認得那勞什子朱家大夫人？」剛剛她跟施家小姑娘說跟朱家大夫人是舊識的時候，他耳朵就豎得尖尖的，他們老陸家和朱家八杆子打不著的關係，怎麼可能會有什麼舊怨，只是許飛瓊說她和朱家大夫人是舊識的時候，他的心就吊起來了……若是舊識，那便只能是她嫁給他之前在京裡認識的人了。

「是啊，閨中之時的手帕交，她是翰林學士周岩修的長女，當年因為年紀和我相仿，志趣也算相投，一來二去便成了手帕交，後來我出京遠嫁，彼此便斷了聯繫。」許飛瓊頗為感慨地說著，一抬頭便看到了陸庭苦大仇深的臉，不由得挑起眉，「你幹什麼一副莫名其妙的表情。」

「我不許妳去見她！」陸庭瞪著她道。表情很凶。

「不許？」許飛瓊笑彎了眼睛，「我偏要去，你待如何？打折了我的腿？」

許飛瓊貌美，笑起來尤其好看，歲月對她彷彿格外的容情，雖然眼角已有細細的紋路堆疊，卻不曾減她一分姿色，甚至彷彿被歲月雕琢成了一塊光華內斂的美玉。

陸庭卻被她笑得頭皮發麻膝蓋發軟，「阿瓊……」聲音已帶了討饒賣乖之意，還透著幾分可憐。這樣的情態出現在一個長著絡腮大鬍子的壯漢臉上，真是說不出的……傷眼。

被晾在一旁的金滿樓大東家沈青眼角抽了抽，誰能料到呢？當初威風八面的山大王，氣勢洶洶地搶了一個女人回來當壓寨夫人……然後，被這看起來柔弱可欺的壓寨夫人調教成了老婆奴，便是連他們寨子，為了討她歡心，都改名成了飛瓊寨。

沈青的視線微微一轉，在許飛瓊的臉上一觸即離，彷彿怕驚動了什麼似的。

「這事兒就這麼定了，我去寫拜帖。」許飛瓊才不管他，轉身進了屋。

寫什麼拜帖嘛！拜帖這種文謅謅的東西真是太討厭了啊！眼見著媳婦兒已經進了屋子，陸庭忙巴巴地跟了進去，不一會兒屋子裡便響起了他討好賣乖的聲音，「阿瓊啊……打個商量唄，妳如果非要去的話帶上我啊……」

院子裡一片寂靜，陸庭竟然就把沈青撂在院子裡不管了。

「沈掌櫃，讓你見笑了。」陸竹西雖然也樂意看他爹吃癟，可這不是還有外人嘛，便上前對沈青拱了拱手，道。

沈青卻絲毫不覺得尷尬，笑得很是爽朗，他拍了拍陸竹西的肩，「這有什麼，都不是外人。」真是毫不見外呢。陸竹西神色不變，默默腹誹。

「一轉眼，竹西你都要娶媳婦了，時間過得可真快啊。」沈青很是感慨的樣子，「不過在外面這麼些年，我最懷念的，還是當初在寨子裡自由自在的生活。」

「沈掌櫃說笑，寨子裡哪有外面自在。」陸竹西呵呵道。他一口一個沈掌櫃，精明如沈青，又哪裡揣摩不出他的用意，當下歎了口氣，「這麼多年不見，竹西你和沈叔叔都生疏了啊，想當年你尿了炕怕你爹知道了揍你，還是我給你洗的床單呢，還有啊你當年……」一副要拉著他大談當年的樣子。

誰尿炕了！他都要娶媳婦了，現在說這些陳穀子爛芝麻的事情做什麼！陸竹西忙打斷了他大話當年，笑著道：「看沈叔說的，怎麼會生疏呢，您永遠都是我沈叔。」笑得可以說很是僵硬了。

沈青大笑起來，笑完，又拍了拍他的肩，歎了一口氣，「桐雲被我慣壞了，不知天高地厚，你不要同她計較，回頭我會好好管教她的。」這話，便是在解釋，以及替沈桐雲先前的不知天高地厚道歉了。不過是代為管理財物，卻在正主面前以正主自居，如若不是他自己閨女，他都要罵一句恬不知恥了。

他這一歎氣，竟是露了老態。陸竹西到底不忍，「您不必如此，姑娘家嬌寵些也是應該。」

沈青又拍了拍他的肩，一切盡在不言中，複又安慰道：「放心，你娘向來說到做到，比你爹可靠譜多了，她說交給她，八成就能成。」

陸竹西神色緩和了些，「借您吉言。」

待許飛瓊寫完拜貼出來，沈青已經走了，不由得有些懊惱，瞪了陸庭一眼，「真是太失禮了，竟然把沈青一個人撂在院子裡，你先前不是一副久別重逢，喜不自勝的模樣拉著人家聊嘛，連我都插不進話，我還想問問七娘和小桐雲怎麼樣了呢。」

陸庭望天。當他不知道啊，當年那王八羔子就覬覦阿瓊呢，所以他當機立斷給他塞了個媳婦，將他打包扔出了寨子，如今怎麼可能再讓他往阿瓊跟前湊！

看他一副死豬不怕開水燙的模樣，許飛瓊也是拿他沒轍，只將手中寫好的拜帖遞給陸竹西，「你把這拜帖送去朱府吧。」此時陸竹西心裡存著事，坐立難安的，還不如讓他做點事情。陸竹西自然知道她的好意，道了一句「謝謝娘」，便接過拜帖跑了。

一路跑到朱府，遞上拜帖，陸竹西並沒有立刻離去，他原是試圖冒險再翻一回牆去看看那傻姑娘如何了，卻敏銳地發覺朱府戒備森嚴了許多，便只得打消了這個主意。

許飛瓊的拜帖遞到朱大夫人手中時，已經有人來稟報過了陸竹西在朱府門前徘徊的事。

「不管那賊子打的什麼主意，都不許放他進來，只要他敢進來，便扣下他直接送去衙門。」朱大夫人陰沉著臉道。

「這拜帖……」「給我燒了。」朱大夫人冷冷地道，說完便覺不妥，這種東西還得自己親自動手比較放心。一旁侍立的彩雲立刻明白了朱大夫人的意思，拿出火摺子點燃了燭火。

朱大夫人親自拿著拜帖走到燭火前，正準備付之一炬之時，突然注意到了拜帖上那有些眼熟的簪花小楷，她手猛地一抖，隨即趕緊撲滅了拜帖上的火苗，因為動作太過急切，還差點弄傷了手指。

「夫人！」彩雲忙撲過來。朱大夫人揮揮手讓她退下，有些失神地看著手中那張已經被燒毀了一個角的拜帖，「飛瓊，是妳嗎……」

打開拜帖，熟悉的字跡，熟悉的名字映入眼簾，她看完之後，愣怔了許久。

當年，要好的小夥伴遠嫁，她依依不捨地添了妝，哭得眼睛都腫了，總想著雖是遠嫁，但將來她相公說不得就調回京中了呢？總有相見的那一日吧。可是接著就傳來消息，說她在遠嫁的途中被歹人擄走了，生死不明。再然後，許家就辦了喪事，說她在被擄之時不堪受辱，咬舌自盡以保清白。她還哭著去弔唁了。

可是現在，一個自稱許飛瓊的人給她寫了拜帖，用她最熟悉不過的簪花小楷，這字跡她絕對不會認錯，因為她們當年一起習的字，練的同一本字帖。

莫不是她白日見鬼了？朱大夫人涼涼地笑了一下，不，是這世道人心比惡鬼更可怕。這世道對女子苛刻，女子名節大過天，在送嫁的途中被擄走，即便找回來也是失了清白令家族蒙羞，不如死了一了百了。所以許飛瓊就「被死亡」了。

所以她的女兒就得不到父親的重視和疼愛，當年的事縱然她手段通天，能瞞住所有人，又怎麼可能瞞得住自己的枕邊人，所以她的女兒在這個父親眼中便已經是個不潔之人，不配得到他的關注和寵愛。因為父親的刻意遺忘，她可憐的女兒縱然有她這個做母親的疼著，也漸漸在這府中被邊緣化，除了她這個為人母的，誰還記得她？誰還能替她打算？

不過，許飛瓊，飛瓊寨……是巧合嗎？

這廂，施伐柯一路心事重重地回到家，便看到了正在她家門口急得團團轉的奶娘，「奶娘？」

奶娘聽了她的聲音，眼睛一亮，趕緊急急地走了過來，「施姑娘，妳怎麼才回來啊……」

「我今日去了朱府，大夫人拒了婚，妳知道是怎麼回事嗎？顏顏怎麼樣了？」施伐柯問。

奶娘卻是一下子哭了出來，她緊緊抓著施伐柯的衣袖，如溺水之人抓住了浮木，「施姑娘，妳快想個法子救救我家小姐……」

「顏顏怎麼了？」見她這般模樣，施伐柯心中一提。

「小姐……小姐聽到夫人退了婚，當場嘔了血，眼看著就要不成了……」施伐柯心裡一個咯噔，「到底發生了什麼事？朱大夫人為什麼突然要退婚？先前不是已經說好了嗎？」

奶娘微微一僵，猛地住了口，訥訥地道：「我也不太清楚，夫人半點口風沒漏……」這模樣，可不像是不知道內情的樣子。奶娘向來是個碎嘴子，難得竟也有不敢講的事情，到底是發生了什麼事……看起來似乎要比想像中更加嚴重。

奶娘這趟出來找施伐柯也是病急亂投醫，這會兒才想起來這件事也不好同施姑娘講明白的，若是讓人知道她家小姐和一個山匪議過親，可就什麼名聲都沒有了，一個姑娘家沒了名聲，便是逼著她去死啊！

「奶娘，妳什麼都不同我講，我即便想幫顏顏，也無處下手啊。」施伐柯有些著急。奶娘卻是再不肯說了，搪塞了幾句，很快離去了。

施伐柯皺著眉頭看著奶娘遠去，究竟是發生了什麼事，竟連顏顏病成這樣，朱大夫人都不肯鬆口？奶娘也是一副諱莫如深的樣子。陸伯母她真的能說動朱大夫人回心轉意嗎？

晚間用膳的時候，施伐柯一邊吃一邊想著這事，今天晚膳有她愛吃的糟茄，因此雖是有些心不在焉，卻是一連夾了幾筷子，待她再伸筷子的時候，卻夾了個空，定神一看，菜盤子都被三哥端走了，不由得怒目而視。

「阿柯，吃飯要專心啊。」施三哥語重心長，然後腦袋上挨了一筷子。下手的是施長淮，施三哥迫於淫威，敢怒不敢言。

「把盤子放下，不許欺負阿柯。」施長淮瞪他。施三哥乖乖將盤子放下了。

「阿柯，多吃點。」施長淮給寶貝女兒夾了一筷子糟茄。他一筷子下去，盤子便淺了一半。

「爹，我有個問題。」施三哥舉起手。施長淮施恩地瞥了這糟心兒子一眼，「說。」

「我們家只有阿柯是您親生的吧，我們哥仨是不是撿來的？」施三哥一臉勤學好問的樣子。然後，不出所料又得了一頓胖揍。

「阿柯，妳有心事？」陶氏完全沒有去理會總是愛作死的小兒子，任由他被施長淮揍得嗷嗷叫，她看向施伐柯，想了想，問：「是朱家的婚事出了什麼問題嗎？」

「嗯，有點麻煩。」施伐柯愁眉苦臉地道，「我今日去朱家提親，被朱大夫人拒絕了。」

陶氏有點驚訝，「一開始不是朱大夫人托的媒嗎？」

「是啊，可是她臨時又變了卦。」施伐柯歎了一口氣。

陶氏若有所思，「有些事情不能只看表面，朱大夫人向來愛女如命，如果不是發生了什麼她難以容忍的事情，絕不會拿自己女兒的婚姻大事來玩笑。」

「我也是這麼想的，可是到底是什麼事情呢……」施伐柯一臉苦惱，「不過陸伯母說她和朱大夫人是舊識，明日打算登門拜訪，希望能有轉機吧。」

「陸伯母？」陶氏挑眉。

「嗯，陸公子的母親，他們一家人已經到銅鑼鎮了，說起來……陸公子家裡可真有錢啊。」施伐柯感歎。

「為何這樣講？」聽到這一句，對「錢」字向來十分敏感的施二哥接了話。

施伐柯蹬蹬蹬跑回房，抱了一個木匣子出來，放在了桌子上。

「這是什麼？」施大哥也好奇地問。施伐柯打開匣子，便見裡面放著一柄閃瞎人眼的金如意，沉甸甸金燦燦的樣子，旁邊擺著一支鑲寶如意簪，亦是價值不菲的樣子，底下還墊著一張紙。

「這是？」施二哥好奇地問。施伐柯一指那金如意，「陸伯父給的見面禮。」

「妳說的陸伯父……是陸池他爹？」挨了一頓胖揍的施三哥也湊了上來，好奇地拿起木匣子裡的金如意，「嘿，這分量！」

施伐柯沒搭理他，又淡定地指著那鑲寶如意簪道：「陸伯母給的見面禮。」

施三哥露出了一個有點牙疼的表情，「阿柯妳一日暴富啊。」一副很是嫉妒的樣子。

施伐柯早先已經一驚一乍過了，此時非常的淡定，一副已經見過世面的樣子，她又拿起木匣子裡的那張紙，「這是陸大哥給的見面禮。」

施三哥搶過打開一看，怪叫起來，「呵，五百兩！」

施長淮聽到這裡，微微蹙起了眉。施大哥和施二哥面面相覷，陶氏則是看著木匣子裡的金如意和鑲寶如意簪，表情有些微妙，這送的是如意啊……那家人打的什麼心思？

「就算有錢也不至於這麼傻吧，妳見哪個媒婆拿過見面禮？那叫謝媒禮，且妳都說朱家又出了問題……這事兒也沒辦成，作為媒婆妳哪一點值這麼貴的身價了，這見面禮別是相中了妳給他們家做媳婦吧。」施三哥一針見血。

話音落下，一陣寂靜。然後，施長淮倏地站了起來，脫下鞋子就砸了過去，「你這小兔崽子真是什麼話都敢講啊！」施三哥身子一偏躲了開來。

施長淮便再次親自下場揍人，施三哥一看不對，趕緊繞著桌子跑，一邊跑還一邊嗷嗷叫。

施伐柯撓撓腦袋，「其實我也覺得有點奇怪。」她雖然神經有點粗，但也並不蠢好嗎！

「妳說，陸池有個兄長？」陶氏問。

「嗯，那張銀票就是他給的嘛。」施伐柯點點頭，然後露出一個驚訝的表情，「娘……妳該不會想說陸大哥相中我了吧？」

施長淮揍完兒子，跑了回來，把搶回來的銀票塞回木匣子裡，狠狠地闔上了木匣子，一副眼不見為淨的表情，然後一臉嚴肅地對施伐柯道：「把這些東西還給人家。」說著，又彎腰脫下靴子從裡面倒出了幾張銀票來，全都塞進了施伐柯手裡，「爹有錢，爹錢給妳花！」

嗯……這是一疊有味道的銀票。施伐柯一言難盡地看了爹一眼，對他擠了擠眼睛，暗示他趕緊回頭看看娘的臉……施長淮立刻看懂了乖女兒的表情，他僵著脖子慢慢回頭，還沒等他看到陶氏的臉，耳朵已經被揪了起來。

「藏私房銀子？嗯？」陶氏的聲音陰森森地在耳邊響起。

「疼疼疼，孩子都在呢，娘子妳給我留點面子……」施長淮被揪住耳朵，側著身子哀哀求饒。

呵，爹你想多了，你並沒有面子可言。施三哥暗搓搓翻了個白眼。見小弟又在作死，施大哥暗暗瞪了他一眼。施三哥默默縮了縮脖子，到底忍不住眼巴巴看了一眼小妹手裡那一捧有味道的銀票，他不嫌棄啊！他缺錢啊！他已經好幾日不曾出門會友啦！明明小妹是個小富婆啊！為何銀子只認得她，只往她手裡鑽！

「爹……」他到底沒忍住，幽幽地喊了一聲，「果然只有阿柯是你親生的吧……」

耳朵受制於人的施長淮惡狠狠地遞給他一個「待會兒再收拾你」的眼神，待轉頭看向陶氏時又神奇地變成了可憐巴巴求饒的眼神，「娘子，我不是有意藏私房銀子的啊，金滿樓新出了一套頭面我瞧著特別適合妳，打算攢夠了銀子給妳買一套的……本來想給妳個驚喜的嘛，誰知道竟然有人敢拿銀子來砸我們阿柯，我這不只能先拿來應應急嘛……」陶氏的手略鬆了鬆，金滿樓一套頭面可不便宜。

「娘子妳看……」施長淮的表情又無辜又可憐，看起來還有幾分垂頭喪氣。

「咳，金滿樓的頭面我都有好幾套了，你買來做什麼？不能吃不能喝的，戴出去還嫌扎眼，這份心意就當我收下了，新頭面什麼的就不必了。」陶氏輕咳一聲，收回了手。

「娘子……」施長淮一臉感動。施家幾兄妹面面相覷。好嘛，爹求生的本領又進化了。

成功自救的施長淮拉住了自家娘子的小手，還不忘記回頭叮囑寶貝女兒，「記得明日就把東西給人家還回去。」

施伐柯趕緊端正了態度，乖乖點頭，「當時實在是盛情難卻，無法推拒，我原本也打算私下還給陸池的。」施長淮滿意地點點頭，看，這就是他富養女兒的好處了，才不會因為這點子小恩小惠就被收買了，他驕傲！

第二日，施伐柯便帶著木匣子直接去了學堂。這個時間陸池應該正在上課，施伐柯在外面等了一陣，便看到許久不見的小胖子朱禮走了出來，這會兒他已經完完全全是個清俊的少年了。

「施姐姐？」見到施伐柯，朱禮跑了過來，「妳來找先生嗎？」

「嗯，你們下課了嗎？」施伐柯看了看他身後，陸池並沒有出來。

「嗯，不過先生在裡頭同人說話，我去叫他。」朱禮說著，眼睛一轉，轉身便要跑。

「等一下。」施伐柯拉住了他，猶豫了一下，問他，「你們府裡最近有什麼事情發生嗎？」

朱禮眨巴了一下眼睛，歪著腦袋道：「施姐姐妳說的是什麼事情？我那個書呆子弟弟為了房裡的侍女頂撞了母親，氣得母親把那侍女發賣了算不算？」

呃……施伐柯汗顏，彷彿無意中知道了朱府的隱私呢……雖然她本意不是想問這個。

「大房……沒什麼消息嗎？」施伐柯糾結了一下，又試探著問。朱禮睜大眼睛看著施伐柯，直把施伐柯看得發毛，這才嘿嘿一笑，道：「妳是想問我大姐姐的事吧？」

「你大姐姐怎麼樣了？」見他彷彿是知道些什麼，施伐柯趕緊追問。

「聽聞又病了，我今日撞見大姐姐的奶娘神神叨叨地在園子裡燒紙，眼睛紅紅的，看那六神無主的樣兒，估計病得挺厲害。」朱禮小大人一般搖搖頭，歎了一口氣。

「你大姐姐這樣，朱大夫人怎麼說？」施伐柯心裡一緊，又問。

「說要想去京裡請大夫來看呢。」朱禮說著，頓了一下，上前一步，小小聲道：「我大伯母是個能幹的，把府裡守得滴水不漏，她不想傳出來的消息是斷不會傳出來的。」這話，可就有點意味深長了。

「你知道什麼嗎？」施伐柯也壓低聲音，鬼鬼祟祟地問了一句。朱禮高深莫測地搖搖頭，他是恰好知道那麼一點，可事關大姐姐閨譽，即便是施姐姐，他也不能亂講。

見他不肯說，施伐柯也沒有再問，只點點頭，「那你回家去吧，我去找你們先生。」

朱禮一愣，見她已經抬步走了進去，忙不迭地跳了起來，「誒，施姐姐妳等等，我進去喊先生出來就好了……」施伐柯有些奇怪地看了他一眼，覺得他今日的態度有些奇怪啊。

「呵……呵呵，我這不是正好有書落下了嘛，正好順路、順路。」朱禮被施伐柯看得額頭冒汗，乾笑著道。

正這時，完全不知道自家學生正苦心替他遮掩的陸池從裡頭走了出來，施伐柯看了他一眼，過了一夜他臉上的傷已經好了許多，至少消了腫，看著不是那麼淒慘了，她笑了一下，正欲開口，卻忽然看到他身後還跟著一個人。

施伐柯一愣，「可甜？妳怎麼在這兒？」

賀可甜輕哼一聲，昂起下巴，「怎麼，我不能來？」言下之意便是就妳能來？但在臨淵先生面前，賀可甜自然不會如此無禮且咄咄逼人，因此說得相當迂迴。

施伐柯倒是沒有多想，只是覺得有些奇怪，原來剛剛朱禮說他先生在裡頭同人說話，這人便是可甜啊。可是賀可甜來找陸池幹什麼？

朱禮見自己的一番苦心做了無用功，他們竟然碰了個面對面，不忍直視地捂住了臉心中哀嚎，先生啊！腳踩兩條船是會翻的！

「朱克己，你在作甚？」陸池看了一眼又在犯蠢的朱禮，幽幽地問。朱禮愣了一下，趕緊放下捂著臉的爪子，乖乖站好，把頭搖得跟個撥浪鼓似的。

陸池輕哼一聲，走到施伐柯身邊，笑著道：「賀姑娘得了一幅畫，讓我來替她掌掌眼。」

施伐柯一臉了然地點點頭，「是臨淵先生的畫吧，可甜最喜歡臨淵先生了。」當著臨淵先生的面說出這樣的話，賀可甜臉上一下子紅了，她偷偷瞄了臨淵先生一眼，卻發現他根本沒有看自己，仍然笑盈盈地看著阿柯，不由得一怔，該不會……想著又趕緊搖搖頭，怎麼可能，施伐柯可是個媒婆。先前還替臨淵先生說媒呢，臨淵先生怎麼可能看中給自己說媒的媒婆，這太荒謬了。

「可甜，妳又得了臨淵先生的新畫嗎？」施伐柯好奇地問。畢竟之前可甜說了，臨淵先生的畫可不便宜呢。賀可甜微微一僵，她哪裡得了什麼新畫，不過是將早前哥哥送給她的那幅《林海》拿了過來，掌眼什麼的當然是藉口，主要是她咽不下這口氣，施伐柯不肯幫她接近臨淵先生，難道還不興她自己幫自己嘛……且聽聞昨日施伐柯上門提親，朱府的大夫人可是將她趕了出來。臨淵先生和朱府的親事黃了，可見他們有緣無份，她此時不來安慰一下失意的臨淵先生更待何時？

不過這些她當然不會同施伐柯講。她可沒忘記那日在金滿樓，施伐柯寧可幫著朱顏顏，也不肯向著她呢，連沈桐雲都知道護著她！

不過，施伐柯這會兒來找臨淵先生做什麼？

但賀可甜向來聰慧，這話她自然不會問出口，且臨淵先生之事也得徐徐圖之，不可操之過急，她需得一點點改變在臨淵先生心目中驕縱的形象。此時施伐柯來尋臨淵先生顯然有事，她縱然再好奇，但再留下去便顯得沒眼色又不知進退了，於是她沒有理會施伐柯，而是笑著對臨淵先生福了福身，「今日多謝先生了，可甜這便告辭了。」

「不必客氣。」陸池頷首。

賀可甜便轉身走了，看都不曾看施伐柯一眼。施伐柯抽了抽嘴角，果然是氣狠了啊。

「妳們這是吵架了？」陸池挑眉。這倆人不是好友嘛，若非如此，他也不會勉為其難地替她看畫……說起來，那幅還是他早年所做，如今再看真是哪都不順眼。

「嗯，前兒個在金滿樓鬧了點矛盾。」施伐柯隨口道。

見她不欲細說，陸池當然也不會多嘴再問，只笑道：「妳今日怎麼想起來學堂找我了？」嗯，這言下之意便是妳已經多日不曾來學堂找過我了。

當然，施伐柯是不可能聽懂這麼隱諱的含意的，只點點頭道，「今日陸伯母不是說要去朱府登門拜訪嘛，我打算去你那兒等消息，還有……順便把這個還給你。」說著，把手裡捧著的木匣子遞給他。

陸池一看便知道是什麼了，擺手道：「我爹娘兄長送出來的東西，我可不敢擅自收回來。」

「可是無功不受祿，這些東西太貴重了，我斷然不能收的。」施伐柯冷不丁想起了自家三哥的話，心裡不由得有些怪怪的，難不成當真是陸大哥看中了她要娶她當媳婦？

「沒事兒，我家有錢。」陸池擺擺手，不以為意地道。這模樣，彷彿地主家的傻兒子一般。施伐柯抽了抽嘴角。

猶豫了一下，她到底覺得這不明不白地收了人家的東西很不好，便試探著問了一句，「這見面禮著實太厚重了，又有如意，該不是……」如意如意，可不是隨便送的。

陸池原以為這傻姑娘終於開竅了，唇角微微一翹，輕咳一聲，眼睫閃了閃，「既然給妳了，收著便是。」這副默認的態度……該不是他大哥真的相中了她吧！

施伐柯一下子瞪大眼睛，「真的是在替你大哥相看？」陸池一愣，隨即明白了過來，臉一下子黑了，感情她還以為和朱顏顏議親的是他呢！那他們家兄弟倆可不只剩下他大哥了嘛！

「放心，我大哥沒相中妳。」陸池磨了磨牙，道。這話，聽著很有些咬牙切齒地味道了。

施伐柯輕咳一聲，覺得自己彷彿是自作多情了，很有些不好意思，但心中倒是放鬆了一些，畢竟她當真對陸大哥沒什麼想法啊。

一旁被自家先生無視了的朱禮聽到了這一段，差點憋不住笑出聲來，隨即趕緊捂住了嘴，總覺得自己聽到了什麼了不得的東西，再不消失就有些不合時宜了，正盤算著要默默消失，便見自家先生目光如炬，已經看了過來，忙精神一振，十分狗腿對自家先生笑了笑。

便聽他涼颼颼地道，「還不走？可是作業不夠多？為師知道你是個好學的，那便將今日的作業再多抄寫一遍吧，便當練字了。」朱禮頓時淚流滿面，先生是個好先生，自己認下的先生流著眼淚也要好好聽話，畢竟不聽話下場只會更慘……

最早先生這麼說的時候，他還回嘴說他的字已經很好看了，不必再練，畢竟他可是從小練字練到大的，別的不敢說，他對自己的字可是很有信心的。然後，先生冷笑著寫了八個字給他。

「天外有天，人外有人。」這八個字端的是翩若驚鴻、矯若游龍，簡直驚為天人，硬生生把自己寫的字襯成了一坨狗屎，待他從這八個字的鋒芒中醒過神來，認得是哪八個字之後，便更加無地自容了，感覺自己的臉都被打腫了。

可不就是天外有天，人外有人嘛，再回想自己之前大言不慚說的話，感覺自己活像只井底之蛙，只會坐井觀天，還得意洋洋自己已經擁有了整片天空。

如此事例，不勝枚舉。難怪連他爺爺都感歎著讓他好好跟先生學，說先生是個有大才的。可不是有大才嘛，爺爺可還不知道他家先生不僅文有大才，武也有大才呢！

呃，這莫名其妙湧上來的驕傲感是怎麼回事？該不是他已經被先生虐傻了吧？

「怎麼，還不夠？」見他呆著不動，陸池的眉頭挑得更高了，「那便……」

「夠夠夠、夠了！」朱禮再不敢胡思亂想，一迭連聲地說著，趕緊麻溜地退下了。那速度，如火燒了屁股一般。

施伐柯見他們師徒著實有趣，一時倒忘記了尷尬，忍不住笑了起來，「你這先生很嚴厲嘛。」

「嚴師出高徒。」陸池板著臉迸出五個字，然後一言不發地走了，一副大爺很不開心的樣子。施伐柯不知道自己又哪裡得罪了他，忙跟了上去，「你是回家嗎？」

「嗯。」言簡意賅的一個字，半句廢話都沒有。

「那我們順路啊，陸二哥你等等我！」施伐柯人矮腿短，倒騰著一雙小短腿趕了上去。

陸池聽了這句「陸二哥」，腳下猛地一個趔趄，差點收不住腳摔了個狗吃屎，好在他有功夫在身，不著痕跡地站穩了腳步，這才一臉懵地看向施伐柯，「妳剛剛……叫我什麼？」

「呃……陸二哥？」施伐柯嘿嘿一笑，簡直整個人都在冒著傻氣，她有些不好意思地撓撓腦袋，「陸伯母讓我這麼叫你的，說我都認了陸大哥，便讓我跟著叫你一聲陸二哥。」

陸池抽了抽嘴角，感情是被他娘坑了啊！

狗屁的陸二哥，尤其那句認了陸大哥，便跟著叫他陸二哥？陸池憋屈極了。早先他哄著她，如願以償地叫了她一聲阿柯，後來又暗搓搓想哄著她叫他一聲陸大哥……

嗯，池哥哥就更好了，但到底還要臉，沒敢開口，亦或者說沒有找到合適的時機。如今倒好，直接排成了陸二哥！差之毫釐，繆以千里啊！早知如此，當初就不要臉地哄她叫了池哥哥啊……

「唔，你不喜歡這個稱呼嗎？」施伐柯眨巴了一下眼睛，問。

「……喜歡。」這兩個字是從牙縫裡擠出來的。要不然呢？他說不喜歡？那為什麼不喜歡呢？不管怎麼樣……陸二哥總比陸公子要好些。他咬牙切齒地想。

「那我以後就叫你陸二哥了！」聽他說喜歡，施伐柯笑彎了眼睛，拍板道。

她笑起來的樣子簡直陽光燦爛，彷彿整片天空都晴朗了。

陸池看著看著，也忍不住跟著笑了起來，然後在心底默默地啐了自己一口，自己跟這個傻姑娘較什麼勁呢？她大概到現在連自己之前為什麼生氣都不知道。

兩人回到柳葉巷的院子時，院子裡靜悄悄的，一個人都沒有。

這會兒，陸父陸母應該是去朱府拜訪了，也不知道他們談得怎麼樣了，施伐柯想著，隨手將木匣子擱桌上，四下裡看了看，「陸大哥也不在家嗎？」

「他查驗金滿樓送來的聘禮時發現了點問題，這會兒應該是去金滿樓核實了。」聽她問起大哥，陸池心裡有些不得勁。

尤其在施伐柯居然誤會是陸竹西相中了她之後……他簡直異常敏感！這麼想著，一回頭便見施伐柯正直勾勾地盯著他看，陸池被她看得頭皮一麻，下意識吞了吞口水，「怎、怎麼這樣看我？」

「明明是你成親，怎麼我感覺陸伯父和陸伯母，甚至是陸大哥都比你積極得多啊。」施伐柯摸了摸下巴，「你這般不冷不熱的態度著實有些奇怪。」

呵呵，終於發現不妥了嗎？陸池有點心累，正打算趁機跟她說明白新郎官到底是誰……便聽她又嘰嘰喳喳地說開了。

「陸池你這樣不行的，你既然決定了要娶顏顏，就得好好對她，這般不冷不熱的可不成，如今朱大夫人那關還沒過呢，就你這態度，人家怎麼放心把女兒交給你啊。」很是語重心長了，特別的媒婆樣。陸池抽了抽嘴角，又不想理她了。

「陸二哥，你又怎麼了？」施伐柯一副你怎麼又無理取鬧的表情。

陸池再度心塞。娘啊！他才不要做勞什子陸二哥啊！

結果施伐柯在柳葉巷一直等到中午，陸庭和許飛瓊都還沒有回來，連陸竹西也不見蹤影……

「陸伯父和陸伯母他們怎麼還不回來？該不是談得不順利吧？」施伐柯看了看日頭，憂心忡忡地道。

「如果不順利，這會兒應該已經灰溜溜被趕出來了。」陸池淡淡地道。

施伐柯一聽，有道理啊！心裡頓時一鬆。

「果然讀書人就是不一樣，總有不一樣的視角和想法。」施伐柯一臉贊許。

陸池嘴角一翹，隨即又想起她還認得一個叫褚逸之的書生，頓時把嘴角的笑意一收，淡淡地道：「也不是所有讀書人都這樣。」

施伐柯點點頭，很是贊同的樣子，「那肯定啊，朱禮告訴我，就連朱老爺子都說你是有大才的呢。」朱老爺子什麼人啊，那可是正經科舉出身，一路升到三品大員的讀書人，他說的話那必然是沒錯的。於是，陸池的嘴角忍不住又翹了起來。施伐柯看著，偷偷地笑了起來。陸二哥也是蠻好哄的嘛。

正偷笑著，肚子突然叫了起來。

啊……餓了。施伐柯有點窘迫地捂住了肚子，「我餓了……你餓嗎？」陸池看了她一眼，起身去了廚房。施伐柯不知道他去幹嘛，便乾脆也厚著臉皮跟了進去。

廚房打理得十分乾淨整潔，施伐柯四下裡看了看，梁上掛著好大一塊臘肉，角落裡的架子上放著幾樣水靈靈的蔬菜和鮮肉，水缸裡還養了幾尾魚，可以說食材相當豐盛了。

「陸二哥，陸伯母過來之後，你很有口福啊。」施伐柯感歎，果然有娘在身邊就是不一樣，這些以前可都沒有的。對於這個說法，陸池木著臉在心底呵呵一聲，完全懶得反駁，兀自挽了衣袖準備去米缸舀米……說起來，他快要習慣陸二哥這個稱呼了呢。習慣真是一件可怕的事！

陸池不搭理她，施伐柯也不介意，她還揣測著他一個書生應該不善於下廚，陸伯母又不在家，便十分善解人意地道：「我來煮飯吧。」陸池看了施伐柯一眼，默默讓開。

施伐柯剛淘了米煮上，轉頭便看到陸池在水缸邊剖魚，他動作乾淨俐落，雖然剖魚這種行為著實和他的模樣氣質不搭，但這種瑣事由他做來卻平白好看起來，連臉上的淤青都不能影響他的帥氣！施伐柯看著看著，不由得在心中感歎長得好果然是佔便宜啊。

察覺到她盯著自己看，陸池抬頭看了她一眼，「這魚已經養了兩日，吐盡了泥腥味，和豆腐一起燉湯不錯。」倒是頭頭是道的樣子，施伐柯有些驚訝，她好奇地走到他身邊看他剖魚，「不是說君子遠庖廚嗎？」陸池挑眉，「君子也要食人間煙火的啊。」

施伐柯笑了起來，推測道：「陸伯母手藝一定很好。」一定是因為陸伯母手藝很好，陸二哥才會耳濡目染學了幾招。陸池還是沒有回答，表情卻有些一言難盡。

施伐柯看著陸池忙著做魚，也幫忙做了一道梅菜扣肉，又炒了兩道水靈靈的時蔬。這個時候魚湯差不多也好了，豆腐燉魚湯雪白雪白的，在鍋裡咕嘟咕嘟地冒著泡，還有鮮嫩嫩的豆腐在裡頭翻滾，看著便令人口舌生津。

「好香啊。」施伐柯聞了聞，讚歎，「看不出來你手藝很好呢。」

看著她眼睛亮閃閃的，一臉陶醉的樣子，陸池臉上不自覺帶了笑，他的視線落在她白皙圓潤的臉上，手指動了動，忍不住伸手捏了一下她的臉。只輕輕地捏了一下，便收了手。明明只是很輕的一下，可施伐柯感覺自己的臉彷彿被蜇了似的，心跳陡然加快，「怎、怎麼了？」

「妳臉上有髒東西。」陸池一本正經地說著，不動聲色地將剛剛剖魚時不小心沾到衣擺上的魚鱗捏在手中給她看，「妳看。」

施伐柯看了一眼他指尖的魚鱗，先前不由自主加快的心跳一下子趨於平靜，她從頭到尾都沒有碰過魚，哪可能會沾上魚鱗。她齜牙一笑，「謝謝啊。」

「不必客氣。」陸池雙手背在身後，指尖輕輕摩挲了一下，道貌岸然地點點頭。

施伐柯內心呵呵一聲，走到灶間看了看，然後悄悄地摸了一手的黑灰，心懷鬼胎地看了陸池一眼，見他正給湯調味，便嘿嘿一笑，走到了他身後。

陸池看了她一眼，舀了一小勺遞到她唇邊，「妳嘗嘗，鹹不鹹？」施伐柯下意識聽話地就著他的手嘗了一口，鮮得瞇起了眼睛，「好喝。」

「那我起鍋了。」「等一下。」施伐柯叫他。

「嗯？」陸池回頭看向她，「怎麼了？」施伐柯沖他笑了笑，然後冷不丁伸出爪子在他那張漂亮得不像話的臉上抹了抹，他白皙的臉上立刻留了五道黑黑的爪印。

「你臉上有髒東西，我幫你擦掉了。」施伐柯沖他燦然一笑。陸池被她指尖的溫度和觸感牽走了心神，卻也沒有錯過她眼中的促狹，雖心知肚明這是小小的報復，但也沒有拆穿，反而微微一笑，「多謝。」一副君子端方的作派。只臉上那五個爪印有些滑稽，施伐柯眼中盛滿了笑意。

見她高興，陸池便樂得哄她，也不曾擦掉爪印，就頂著這樣一張臉將飯菜擺上了桌子。滿滿一桌子菜，竟也十分豐盛，兩人正要開動的時候，外頭有門被推開的聲音，施伐柯眼睛一亮，也顧不得吃飯了，急急忙忙跑了出去。留下身後黑了臉的陸池。

嗯，陸池的臉很黑，黑到和他臉上的鍋灰不相伯仲。

「陸伯父、陸伯母你們回來了。」施伐柯站在院子裡，看到果然是陸庭和許飛瓊走了進來，忙道。

許飛瓊一進門便看到了施伐柯，笑了起來，「阿柯，妳來了啊。」

「嗯，我來等消息，陸伯母，您和朱大夫人談得怎麼樣了？」施伐柯有些迫不及待地問。許飛瓊微微一笑，「婚期定在五月。」施伐柯一下子瞪大眼睛，簡直歎為觀止，明明昨日朱大夫人還說要拒婚呢，今日就定下婚期了？

「您、您怎麼辦到的？」也讓她取取經啊！她要有陸伯母這一手，何愁不成一代大媒婆啊！

施伐柯眼睛亮閃閃的樣子逗笑了許飛瓊，她忍不住捏了捏她的小臉，「妳想到哪裡去了，我和朱大夫人是舊識，先前朱大夫人對竹西有些誤會，如今誤會解開了，自然便談妥了。」

施伐柯聽到這一句，一時也顧不上取經了，愣愣地說，「……陸大哥？這和陸大哥有什麼關係？」

「竹西是新郎官啊，怎麼能沒關係呢。」許飛瓊笑咪咪地道，彷彿絲毫不知道自己拋下了一個驚天大雷。

啥？施伐柯被這驚天大雷轟傻了，看起來更呆了。陸池按捺不住走出來的時候，便正好看到施伐柯這一臉呆相的樣子，當即有些不滿地看向自己那個性格惡劣的娘……娘又在逗阿柯了！他本來想自己同阿柯講清楚這件事情的。還有之前哄著阿柯叫他「陸二哥」！

陸池一出來，許飛瓊一下子便看到了自己兒子那張本就負了傷的臉上還多了幾道黑乎乎的爪子印，看起來著實精彩極了，彷彿是……鍋灰？這小倆口很會玩嘛，揶揄地看了兒子一眼，接收到兒子不滿的眼神，許飛瓊輕咳一聲，掩飾般道：「哎呀好香，你們做了飯嘛，我正好餓了。」說著，便拉著呆頭呆腦的施伐柯進了廚房。

「哎呀，這麼豐盛啊。」許飛瓊一臉驚喜，「你們還沒吃吧，我們可趕巧了，陸庭快來，一起吃吧。」陸庭看了看那一桌子菜，皺了皺眉沒說什麼，轉身從房梁上割了一塊臘肉下來。

施伐柯是被一陣撲鼻的香味驚到回神的，她下意識看向那個正站在灶頭炒菜的男人……呃，是陸伯父？看他動作嫻熟的樣子，似乎……平日沒少做飯呢。施伐柯一下子想起了之前跟陸池說伯母的手藝一定很好時，他臉上那一言難盡的表情……嗯，她現在大概明白那是什麼意思了。

很快，一盤臘肉炒山蕨端了上來。施伐柯注意到陸伯母雖然盛讚了她和陸池的手藝，但筷子夾得最勤的還是那道臘肉炒山蕨。

「阿柯，妳也吃啊。」注意到施伐柯的目光，許飛瓊熱情地夾了一筷子到她碗裡，「妳陸伯父的手藝可是一絕，這臘肉也是他自己醃了帶來的，可惜山蕨放不住，是鎮上現買的，待以後妳有機會去我們那，一定給妳嘗嘗正宗的臘肉炒山蕨，比這可好吃多了。」

「委屈妳了。」陸庭聽著一臉心疼的樣子，「要不我們過幾日便回去？」

呃……施伐柯一時有些不知說什麼好，默默低頭吃飯，吃到了陸伯母夾給她的那筷子臘肉炒山蕨，臘肉香氣撲鼻，肥而不膩，山蕨入口清爽，當真是美味。就這樣……還委屈？

許飛瓊卻不領情，飛了陸庭一個白眼，「不回，兩個孩子的八字還沒合，聘禮還沒送，且我和阿喬二十多年不曾見面了，我答應了回頭要去找她說話的。」施伐柯有些驚奇，陸伯母口中的阿喬莫不就是朱大夫人？看來陸伯母和朱大夫人果然是好友啊。

正吃著，陸竹西回來了。他的表情有些不大好，看到正坐在一起吃飯的眾人時，他愣了一下，隨即看向許飛瓊，「娘……」

「你且安心，婚期已經定下了，就在五月。」許飛瓊笑著起身，給他盛了一碗飯，「你還不曾吃飯吧，快洗了手來吃一口。」聽了這話，陸竹西緊繃的表情終於鬆懈了下來，整個人都輕快了起來，他轉身去洗了手，坐下吃飯。

吃了一口，他忽然抬頭看向陸池，狐疑道：「你的臉怎麼了？新上的藥？」

施伐柯一驚，頓時心虛起來，陸池臉上的鍋灰！她幹的！陸池斜睨了施伐柯一眼，見她一副心虛不已的表情便有些想笑，他嘴角微微翹起，佯作不知情的樣子，「嗯？我的臉怎麼了？」

陸竹西見他一副蕩漾的表情，越發的莫名其妙了，「你這臉上那五個黑爪印……」哦，他懂了。那小小的爪子，除了眼前這位施姑娘……大概不可能是別人幹的。難怪這臭小子如此蕩漾。陸池裝模作樣的摸了摸臉，然後看著指尖的黑灰，露出了一個驚訝的表情。陸竹西有些看不下去了，傷眼。許飛瓊忍不住笑了起來。施伐柯默默垂頭數米粒，假裝自己不存在，陸伯母一定不是因為知道這事兒是她幹的才笑的！一定是！

「竹西，剛剛怎麼了，是發生什麼事了嗎？」笑過之後，許飛瓊一臉關切地看向陸竹西。剛剛他回來的時候表情可不好。

「金滿樓送來的那些東西裡，很多被人做了手腳，以次充好也就罷了，其中有一對金鑲玉的鐲子竟然是用斷裂的鐲子修補過的。」斷裂的鐲子以金鑲玉的手法修補這本身是沒有問題的，可這些都是做聘禮之用的，大喜的日子你送一對斷鐲，便犯了忌諱。

許飛瓊亦是一愣，隨即道：「這事兒沈青應當不知情，大概是手下人辦事不力。」

「娘，以沈青的能力和手段，妳覺得他會管不住底下人？」陸池瞥他娘一眼，一針見血地道。

「沈青不是這樣的人。」陸庭沉默了一下，說了句公道話。講道理，雖然不爽那小子覬覦阿瓊，但這樣的事情他也絕對幹不出來。

「此事沈叔的確不知情，我大概知道是誰做的。」陸竹西道。

一桌子的人都看向了陸竹西。

「沈叔的女兒沈桐雲。」陸竹西喝了一口湯，淡淡道。

「怎麼可能是小桐雲……她可是七娘的女兒。」許飛瓊皺了皺眉，這事兒簡直比沈青幹的都讓她更難接受，她可是七娘的孩子，七娘那麼溫柔……

七娘原本是她身邊的貼身侍女，向來妥帖又忠心，後來她要出嫁，選了七娘做陪嫁。在送嫁的路上遭遇山匪的時候，幾乎所有人都只顧著自己的命，逃的逃散的散，唯有七娘一直陪著她，後來還隨她進了山寨……那時她說既然進了山寨，那便沒有什麼小姐，也沒有什麼陪嫁侍女了，她們都是一樣的。可七娘不肯，還是伺候著她。

後來她無意中得知七娘中意沈青，便將她嫁給了沈青，再後來金滿樓的掌櫃告老回了寨子，要安排人去接管，陸庭屬意沈青，讓他去接管金滿樓的生意，那時七娘剛剛懷了孩子，她原本是有些不捨七娘懷著身子走的，可七娘向來敏感又多思，她擔心此事會影響陸庭和她的感情，執意和沈青一同離開了寨子。一去便是這麼多年。

這幾日她剛到銅鑼鎮，又忙著竹西的婚事，今日見了阿喬頗有感觸，對往事也格外的懷念，因為竹西的婚事也定了下來，她原本正打算著明日去沈家見見七娘和她的女兒呢。可這會兒竹西竟說七娘的女兒換了他的聘禮，還心懷惡意地放了一對斷鐲？

許飛瓊情緒有些低落。陸庭看得心疼，可他嘴拙啊，只得連連對陸池使眼色，這小混蛋不是向來大道理一套一套的嘛，怎麼關鍵時候用不上了！讀了那麼多沒用的書，肚子裡那麼多墨水，倒是快說句話安慰安慰你娘啊！

陸池接收到他爹的眼神，頓了頓，道：「娘，有時候，人是會變的。」

許飛瓊搖頭，「七娘不會變的。」

「娘，妳到銅鑼鎮幾日了？」陸池沒有繼續同她爭辯，而是忽然說了一個風馬牛不相及的問題。

「呃……」許飛瓊愣了愣，「連今日一共三日，怎麼？」

「妳是七娘的舊主，她可曾來見過妳？」陸池看著她，問。

許飛瓊蹙了蹙眉，「自從進了……進了你們陸家，我便同七娘說過不再拿她當侍女，我們是一樣的人，我沒有時間去探望她，她亦沒有時間來探望我，豈不是很正常？」

「娘，妳當真覺得正常嗎？」陸池挑眉，聲音有些涼薄，「好，不提舊主一說，娘妳沒有時間去主動探望她，是因為妳初到銅鑼鎮有一堆瑣事，可那位沈夫人久居銅鑼鎮，如果……她對妳的感情真像娘妳說的那麼深的話，她究竟能有什麼事忙到來見妳一面都沒有？」許飛瓊怔住。

「陸池！」陸庭怒喝，「我讓你勸勸你娘，你這是在勸嗎？」

「不是在勸嗎？」陸池看了他一眼，表情很是無辜，「我甚至都沒有提起沈大小姐在銅鑼鎮向來以金滿樓東家大小姐的身份自居呢，儼然已經把金滿樓當成了自家產業，如今大哥不知天高地厚地列了這麼長的清單要去她家鋪子裡搜羅東西，她能樂意？再者，即便沈桐雲不樂意，一兩件東西尚可，如此大宗的貨物，她有這個本事在沈青的眼皮子底下調了包？當真是她一個人手筆？」不，你已經提了，還叭叭叭說了個痛快。許飛瓊臉色已經僵住。

陸庭大怒，「小混蛋你這是在火上澆油！」

「我只是希望娘不要被自以為是的感情蒙蔽了眼睛。」陸池一本正經地道。

「我打死你個兔崽子！」陸庭大怒，站起來便要揍他。

圍觀了整場的施伐柯目瞪口呆，只覺得……這一幕分外的眼熟，簡直跟她爹揍三哥時一模一樣呢，原來陸二哥本質上也是一個熊孩子嗎？

所以，陸二哥你臉上的傷真的是不小心碰到門上了嗎？難道不是被你爹揍的嗎？

所以，原來金滿樓是陸家的產業？沈家不過代管？

所以，號稱東家夫人的沈夫人……是陸伯母的舊僕？

總覺得自己彷彿知道了什麼了不得的八卦啊！

「好了，陸庭你坐下。」許飛瓊揉了揉額頭，「他臉上傷還沒好全呢，你別給他打破了相，以後不好娶媳婦。」施伐柯深以為然，這位陸二哥目前已經不太好說媳婦了啊！萬一再被打破了相可怎辦！臉好看可是他最強又有力的優勢了！還有，陸二哥臉上的傷果然是因為太熊被他爹打的吧！

陸庭瞪了陸池一眼，到底是坐下了。

「我想明日去一趟沈家，見見七娘。」許飛瓊冷不丁道。這一次，父子三人都蹙起了眉頭。

「看，你們都不相信七娘沒變。」許飛瓊怒目而視。

「咳。」陸庭咳嗽了一聲，「這不是……這不是……」

「我知道你們心疼我。」許飛瓊突然笑了起來，「我沒事，我只是想去看看當年的七娘還在不在，若是朋友，便可如今日與阿喬重逢一般，體會一番久別重逢的喜悅，若不是……」

「若不是……那當如何？」陸庭有些緊張地問。許飛瓊笑了笑，沒有再說什麼，只轉頭對陸竹西道：「竹西，你明日去一趟朱府吧，朱大夫人想見一見你。」

「好，謝謝娘。」陸竹西知道這是朱大夫人默許他光明正大地去看顏顏了，心中歡喜，卻又惦記著娘說明日要去見郁七娘的事情，心思微微一轉已經拿定了主意，他笑了一下，對她道：「那明日您若要去沈家，便讓爹陪您一同去吧。」

陸庭看了大兒子一眼，雖然不知道他要搞什麼鬼，但他做事還算穩妥，便也接話道：「嗯，明日妳若要去，我便陪妳去吧。」許飛瓊笑著嗔了他一眼，有些好笑。像今日她去朱府，他非要跟著去，結果朱家老太爺是個不管事的，朱大老爺又不在家，她要和阿喬敘舊，他就一個人坐在外堂喝了一肚子茶。這個男人，為了護著她，真是一點面子都不要的。

他們一家人聊天的時候，施伐柯默默坐在一旁，忽然覺得彷彿有哪裡不太對勁……咦？她一個外人，怎麼就這樣坐在這裡和陸家這一大家子一起吃飯了？彷彿……不太合規矩？可是她都快吃完了，這時候再站起來，是不是更奇怪了？她到底為什麼會坐在這裡的？

唔，原本她只是來這裡等陸伯母的消息，結果快到中午陸伯母都沒有回來，於是她感覺腹中饑餓，便同陸池一起做了飯……吃飯的時候，本來只有她和陸池二人的，後來陸伯父、陸伯母回來了……再後來陸大哥也回來……於是就變成這樣了？說起來，她之前怎麼沒覺得不妥？

啊！是因為有更讓她震驚的事情。要和朱顏顏成親的人竟然不是陸池，而是他大哥陸竹西？這到底是怎麼回事啊！她說了一門假親嗎？她一個媒婆竟然從頭至尾都搞錯了新郎官？這事兒傳出去誰還敢找她做媒？簡直奇恥大辱啊！施伐柯簡直要懷疑人生。

吃完飯，陸庭哄了許飛瓊出去散心，陸竹西進房拿了什麼東西，又匆匆出門了。於是屋子裡又只剩下施伐柯和陸池兩個。施伐柯甚至都沒有注意到這些，她還陷在深深的自我懷疑裡不可自拔……「阿柯？」陸池見她一直發呆，實在看不下去了，輕輕推了推她。

施伐柯回過神來，看了他一眼，目光頹唐，她問出了自己心底的疑惑，「……是什麼時候起，新郎官變成陸大哥的？」陸池見她一副深受打擊的樣子，有些好笑，又有些心疼，便將當日的事情告訴了她。

「……所以當年救了顏顏的人，是陸大哥，不是你？」聽陸池講了前因後果，施伐柯目瞪口呆。

「我一早便跟妳說，朱顏顏認錯了人，妳不信啊。」陸池攤手，表情很是無辜。施伐柯一想，彷彿也是……他一直否認來著，可是朱顏顏不信啊。朱顏顏不信，她自然也懷疑過他始亂終棄……還找了人來試探他，結果害他受了傷，這麼一想，施伐柯忽然覺得自己簡直罪大惡極。尤其是他此時臉上還帶著傷，更加深了她對那一日的記憶。

「對不起……」

「沒關係，一葉障目也是人之常情。」陸池意味深長地道。

施伐柯卻沒有聽出那點子意味深長，她現在很沮喪，當日救下朱顏顏的是陸大哥，朱顏顏要嫁的也是陸大哥，所以這樁婚事從頭到尾都沒陸池什麼事兒，感情她這是白忙一場啊。

陸池見她一副沮喪的樣子，心裡又有了小情緒，怎麼新郎官不是他，她就這樣失望？

「新郎不是我，妳就這樣失望？」他看著她，淡淡地問。

不知為何，被他這樣看著，施伐柯竟有點不敢直視他的目光，只撇開視線，小小聲嘀咕了一句，「我失望的是自己白忙一場……」陸池聽懂了她的意思，一下子泄了氣。跟這個笨蛋生氣真是不值當！

「雖然新郎官不是我，但媒人還是妳啊。」陸池歎了一口氣，認命地道：「亦不會少了妳的媒人紅包。」施伐柯一想，眼睛頓時又亮了起來，嘿！還真是這個道理。好嘛，立刻又生龍活虎了。生龍活虎之後，施伐柯這才意識到……嗯？怎麼屋子裡又只剩下她和陸池兩人了？

「陸伯母他們呢？」

陸池抽了抽嘴角，「爹和娘出去散心了，大哥出去辦事了。」

「陸伯母沒事吧？」施伐柯聞言，有些擔心地道，雖然才和陸伯母相處了短短幾日，但她很喜歡這位可愛又溫柔的夫人，難得見她情緒如此低落的樣子。

「放心，我娘比看起來要強悍多了。」陸池擺擺手道。

……喂，有你這麼說自己娘的嘛！

「幹嘛這樣看我。」陸池失笑，「別擔心，明日那七娘必然會和我娘好好敘舊的。」

「你也覺得那位沈夫人沒變嗎？」施伐柯眼睛一亮，「那位沈夫人深居簡出，雖然我從來沒有見過她，但據聞她十分賢慧，沈東家……我是說沈掌櫃的衣裳鞋襪都是她一手操辦的呢。」

「銅鑼鎮賢慧的婦人有多少，像那位沈夫人一樣能傳出賢慧之名的又有多少？」陸池笑了笑，很是不以為然的樣子。施伐柯一怔，突然回過味來。是啊，她爹的衣裳鞋襪，甚至他們兄妹的衣服也都是娘一手操辦的，可娘怎麼就沒傳出什麼賢慧的名聲？那位沈夫人不簡單呢。

「可是如果這樣……你又怎麼肯定明日那位沈夫人會好好和陸伯母敘舊呢。」施伐柯有些憂心忡忡地道。

「有我爹和我大哥在呢。」陸池很光棍地道。

喂，那也是你娘！不要一副甩手掌櫃的樣子啊！「不是……就算陸伯父和陸大哥很厲害，他們怎麼可能左右沈夫人的態度和想法。」施伐柯還是想不明白。

「妳猜，我大哥剛剛拿了什麼出去？」陸池露出白牙，忽然森森一笑。

「……什麼？」

「那位沈夫人的賣身契。」

「……沈夫人的賣身契竟然還在？」施伐柯十分驚訝，隨即立刻反應過來，想來那位沈夫人自己應當是不知道的吧……不然何以如此作死。

「嗯，我大哥一直留著呢。」陸池瞥了施伐柯一眼，「我大哥那個人啊，別看著長了一張正直堅毅的臉，其實一肚子壞水比誰都多。」喂，有你這麼說自己大哥的嗎？

「我大哥他小時候和沈青感情不錯，看在沈青的面子上，即便沈家母女鬧些問題，他也不太會計較，反正他也不缺錢，那些聘禮大不了從別處買些補上，就是麻煩些……」陸池說著，頓了頓，才道：「我娘算是他的逆鱗吧，郁七娘讓娘傷了心，大哥這是動了真怒了。」

……你呢？你不是親兒子嗎？你怎麼一副輕描淡寫的樣子啊！

陸池被她控訴的眼神看得笑了起來，笑得肩膀直抖，「都說了我娘沒有這麼脆弱了，就爹和大哥一直把她當個琉璃人兒似的，其實吧……」

「其實什麼？」「其實我娘也是個美麗剔透的琉璃人兒。」陸池一本正經地道。

施伐柯愣了愣，這路數怎麼那麼熟悉啊……她下意識回頭，果然便看到了正倚在門口，似笑非笑望著陸池的陸伯母。

「娘，妳回來了啊，爹呢？」陸池笑容可掬地問，態度很是殷勤。嗯，求生欲很強了。

「去給我買雪花酥了，排隊排老長的那個。」許飛瓊微笑著道。提起雪花酥，施伐柯默默咽了咽口水，然後又默默抖了一下，所以陸伯母是故意甩開陸伯父自己回來了啊……

「你大哥呢？」許飛瓊問。

「唔，大概怕妳明天見了郁七娘被她的態度傷到了，這會兒先去教教郁七娘明日見到舊主該怎麼說話吧。」陸池聳聳肩，道。

這操作可以的……

許飛瓊愣了愣，隨即失笑，「那傻孩子……」

出版品預行編目資料

娶(中) / 夢三生著. -- 初版. -- 臺北市 :
灣東販, 2020.01
68面 ; 14.7x21公分
ISBN 978-986-511-170-0(中冊 : 平裝).

857.7 108017035

明媒善娶（中）

2020年1月1日初版第一刷發行

著　　者　夢三生
封面插圖　哈尼正太郎
Q版插畫　非光
編　　輯　鄧琪潔
美術編輯　黃郁琇
發 行 人　南部裕
發 行 所　台灣東販股份有限公司
＜地址＞台北市南京東路4段130號2F-1
＜電話＞(02)2577-8878
＜傳真＞(02)2577-8896
＜網址＞http://www.tohan.com.tw
郵撥帳號　1405049-4
法律顧問　蕭雄淋律師
總 經 銷　聯合發行股份有限公司
＜電話＞(02)2917-8022

明媒善娶

東販出版 《明媒善娶 中》・非賣品